손바닥 소설 2

▲

손바닥 소설 2

가와바타 야스나리

유숙자 옮김

▲

문학과지성사

옮긴이 유숙자

번역가. 지은 책으로『재일한국인 문학연구』(학술원 우수학술도서),
『재일한인문학』(공저), 옮긴 책으로는 가와바타 야스나리의『설국』
『명인』, 다자이 오사무의『사양』『만년』『옛이야기』『디 에센셜 다자
이 오사무』, 나쓰메 소세키의『행인』(대산문화재단 번역 지원),『유리
문 안에서』, 엔도 슈사쿠의『깊은 강』, 오에 겐자부로의『새싹 뽑기, 어
린 짐승 쏘기』, 쓰시마 유코의『「나」』, 김시종 시선집『경계의 시』, 데
이비드 조페티의『처음 온 손님』, 사토 하루오의『전원의 우울』, 가와
무라 미나토의『전후문학을 묻는다』등이 있다.

문지 스펙트럼 세계 문학

손바닥 소설 2

제1판 제1쇄   2010년 2월 26일
제1판 제5쇄   2017년 3월 13일
개정증보판 제1쇄 2021년 3월 31일

지은이   가와바타 야스나리
옮긴이   유숙자
펴낸이   이광호
주간   이근혜
편집   박지현 홍근철
펴낸곳   ㈜**문학과지성사**
등록번호   제1993-000098호
주소   04034 서울 마포구 잔다리로7길 18 (서교동 377-20)
전화   02) 338-7224
팩스   02) 323-4180(편집) 02) 338-7221(영업)
전자우편   moonji@moonji.com
홈페이지   www.moonji.com

ISBN 978-89-320-3837-7 04830
ISBN 978-89-320-3835-3 04830(전2권)

손바닥 소설 2 차례

손바닥 소설 1 차례

일러두기

1. 이 책은 川端康成의 『掌の小説』(新潮社, 1989)를 우리말로 옮긴 것이다.

2. 인명, 지명 등 고유명사의 외래어 표기는 국립국어원 외래어 표기법에 따랐다.

3. 이 책의 각주는 모두 옮긴이 주이다.

웃지 않는 남자

청잣빛이 짙어지면서 하늘은 아름다운 도자기 결 같았다. 나는 이부자리에서 가모가와鴨川 강물이 아침 빛으로 물들어가는 걸 바라보고 있었다.

이번 영화에서 주연을 맡은 배우가 열흘 뒤에는 연극무대에 서야 했기 때문에, 1주일 남짓 밤샘 야간 촬영이 계속되고 있었다. 나는 그저 작가로서 편한 마음으로 지켜볼 뿐이었지만 입술이 부르트고, 하얗게 타오르는 카본 불빛 옆에서는 눈도 제대로 뜰 수 없을 만큼 피곤했다. 그리고 그날 밤도 별이 사라질 무렵에야 숙소로 돌아왔다.

그런데 청잣빛 하늘이 나를 산뜻하게 만들었다. 무언가 아름다운 공상이 떠오를 법한 기분이었다.

제일 먼저 시조도리四条通의 경치가 떠올랐다. 나는 전날 오하시大橋 근처 기쿠스이菊水라는 서양 요릿집에서 점심을 먹었다. 3층 창문으로 히가시야마東山의 울창한 신록이 보였다. 시조도리 한복판에서 산이 눈앞에 펼쳐진다. ─ 그건 당연한 일이지만, 도쿄에서 온 내겐 하나의 신선한 놀라움이었다. —— 그다음엔 골동품 가게 진열창에서 본 탈이 떠올랐다. 오래된 웃는 탈이다.

"옳거니! 역시나 아름다운 공상을 찾아냈어."

이렇게 중얼거리자 나는 기쁨에 겨워 원고지를 끌어당기고, 그 공상을 글로 정리했다. 영화 각본의 마지막 장면을 고쳐 썼다. 완성하고 나서 촬영감독에게 편지를 동봉했다.

라스트 신은 공상입니다. 공상하는 화면에 푸근한 웃음을 띤 가면이 가득 떠오릅니다. 이 어두운 이야기의 후반부에서 작가는 밝은 미소를 보이려고 했으나 보여줄 수 없었으니, 적어도 현실을 아름답게 웃는 가면으로 감싸려고 합니다.

원고를 들고 촬영소로 갔다. 사무실에는 조간신문뿐이었다. 식당 아주머니가 한 사람, 널찍한 도구실 앞에서 대팻밥을 그러모으고 있었다.

"이거 감독님이 누운 머리맡에 놔두고 오세요."

이번 영화 각본은 정신병원에 대해 쓴 거였다. 나는 매일 촬영소에서 광인들의 힘겨운 생활이 하나씩 찍혀나가는 걸 보는 게 괴로웠다. 어떡해서든 밝은 결말을 내지 않고는 마음이 개운치 않을 것 같았다. 해피엔드가 생각나지 않는 건 자신의 성격이 어둡기 때문이라고 여겼다.

그래서 가면을 떠올리게 된 것이 기뻤다. 그 병원의 모든 광인에게 한 사람도 빠짐없이 웃음 띤 탈을 씌워준 모습을 상상하면 유쾌해졌다.

벌써 스튜디오의 유리 지붕이 초록빛으로 빛나고 있었다. 하늘의 청잣빛이 한낮 햇살에 희미하게 열어졌다. 나는 안심하고 숙소로 돌아와 푹 잠이 들었다.

탈을 사러 간 사람은 밤 11시쯤 촬영소로 돌아왔다.

"아침부터 자동차로 온 교토 시내의 장난감 가게를 달려 돌아다녀봤지만, 쓸 만한 탈은 아무 데도 없더군요."

"어서 그 탈을 보여주세요."

나는 종이 꾸러미를 펼치는 동시에 실망하면서 말했다.

"이걸로는……"

"그렇지요? 영 틀렸지요? 탈 같은 건 어디에나 다 있으려니 생각했고 여러 가게에서 본 적이 있는 것도 같은데, 하루 종일 찾아 돌아다녔는데도 고작 이거예요."

"내가 생각한 건 노能* 같은 탈이에요. 탈 그 자체의 예술적 향기가 높지 않으면, 찍어봤자 우스꽝스럽게 보일 뿐이죠."

종이로 울퉁불퉁 만든 어릿광대 탈을 손에 들고, 나는 거의 울상이 되었다.

"우선 이 탈은 거무스름하게 찍히겠죠. 하얗고 반들반들한 피부에 푸근한 웃음이 아니면……"

---

* 일본의 대표적인 가면 음악극.

빨간 혓바닥을 갈색 얼굴 밖으로 삐죽이 내밀고 있었다.

"지금 사무실에서 하얀색 물감을 칠해보는 중이에요."

촬영이 일단락되어 감독도 병실 세트장에서 나와, 다들 탈을 바라보며 웃었다. 내일 아침 라스트 신을 촬영해야 했기 때문에 많은 탈을 마련할 방도가 없었다. 장난감 탈로는 어차피 글렀지만, 내일까지 옛 탈이 모이지 않으면 하다못해 셀룰로이드 탈이라도 좋겠다 싶었다.

"예술적인 탈이 없으면, 관두는 게 좋습니다."

나의 실망을 안타깝게 여겨서인지, 각본부의 사람이 말했다.

"한 번 더 찾아나서 볼까요? 11시니까 아직 교고쿠京極*는 깨어 있겠죠."

"가주실래요?"

가모가와 제방을 자동차로 곧장 내달렸다. 강 건너편 대학병원의 등불 환한 창문이 물 위에 비치고 있었다. 그 많은 창문 안에 수많은 환자가 앓고 있으리라고는 여겨지지 않았다. 쓸 만한 탈이 없으면, 정신병원의 유리창 등불을 화면에 내보일까 생각도 해보았다.

우리는 이미 문을 닫기 시작한 신新교고쿠의 장난감 가

* 교토의 지명으로 상점이나 영화관 등이 많다.

게를 한 집 한 집 다녔다. 허탕일 줄은 알고 있었다. 종이로 만든 오카메* 탈을 스무 장 샀다. 약간 귀엽긴 했으나, 예술적인 느낌 같은 게 있을 리 만무했다. 시조도리는 이미 잠들어 있었다.

"잠깐 기다려요."

이렇게 말하고 각본부의 사람이 뒷골목으로 꺾었다.

"이 거리는 불교 도구를 파는 골동품 가게가 많아서 노能 도구도 있을 것 같은데요."

하지만 그 거리는 한 집도 깨어 있지 않았다. 나는 문틈으로 가게를 들여다보았다.

"내일 아침 7시쯤에 옵시다. 어차피 오늘 밤도 잠은 안 잘 테니."

"저도 같이 오겠습니다. 깨워주세요."

나도 이렇게 말했지만 그 사람이 혼자 가주었고, 내가 일어났을 무렵에는 벌써 탈 촬영이 시작되고 있었다. 고가鼓古樂 탈이 다섯 장 모여 있었다. 내 생각으로는 똑같은 종류의 탈을 20, 30장 마련할 셈이었으나, 푸근한 웃음이 감도는 탈 다섯 장의 고상한 느낌을 맛보자 기분이 편안해졌다. 광인들에 대한 책임을 다한 것 같은 기분이었다.

"엄청 비싸서 사지는 못했고 빌린 거야. 때 묻으면 돌려

* 이마가 튀어나온 동그란 얼굴에 뺨이 볼록하고 코가 납작한 여자.

줄 수 없으니까 조심해야 돼."

이렇게 말하며 다들 보물을 보듯 손을 깨끗이 닦고 손끝으로 집어 들어 탈을 바라보았다.

그런데 어찌 된 건지 촬영이 끝나고 보니, 탈 한 장의 뺨에 노랑 물감이 묻어 있었다.

"씻으면 지워지려나?"

"그럼 내가 사도록 하죠."

실제로 나는 가지고 싶었다. 세계가 아름답게 조화된 미래에, 인간은 모두 그 탈처럼 똑같이 푸근한 얼굴을 나란히 갖추게 되리라고 공상했다.

도쿄의 집으로 돌아오자, 나는 곧바로 아내의 병원으로 갔다.

아이들은 번갈아 가며 탈을 쓰고 왁자지껄 웃었다. 나는 왠지 모르게 만족스러웠다.

"아빠도 써봐요."

"싫어."

"써봐요."

"싫어."

"써봐요."

둘째 아들은 일어서서 내 얼굴에 탈을 억지로 갖다 붙이려고 했다.

"이 녀석!"

썰렁해진 기분을 아내가 살렸다.

"엄마가 한번 써볼게."

아이들의 웃음 속에서 나는 창백해지며 말했다.

"이봐, 환자가 뭐 하는 거야!"

병상에 웃는 탈이 누워 있다니, 이 얼마나 섬뜩한 일인가.

탈을 벗기자 아내의 호흡은 거칠어져 있었다. 그러나 문제는 이게 아니다. 탈을 떼어낸 순간, 아내의 표정이 얼마나 흉하게 보였는지! 나는 아내의 야윈 얼굴을 바라보고 있자니, 오싹해졌다. 처음으로 아내의 표정을 발견한 놀라움이다. 아름답고 푸근한 미소 띤 가면의 표정에 3분 동안 덮여 있었던 탓에, 흉한 표정이 비로소 느껴진 것이다. 흉하다기보다도 고통에 짓눌린 표정이다. 아름다운 가면에 감춰져 있었기에, 그 후에 비참한 인생의 얼굴이 나타난 것이다.

"아빠도 써봐요."

"이번엔 아빠 차례야."

아이들은 다시 졸라댔다.

"싫어."

나는 일어섰다. 내가 탈을 썼다가 벗으면, 아내에게 내 얼굴은 흉한 도깨비로 보이리라. 아름다운 탈이 섬뜩했다. 그 섬뜩함이, 지금껏 내 곁에서 연신 상냥한 미소를 보내준 아내의 얼굴은 가면이 아니었을까? 여자의 미소는 이 탈 같은 예술이 아닐까? 싶은 의심을 불러일으켰다.

탈이 잘못되었다. 예술이 잘못되었다.

나는 교토의 촬영소로 보내는 전보를 썼다.

— 탈 장면을 없애버려요.

그리고 다시, 그 종이를 소리 나게 찢었다.

사족士族

6월 숲의 흔들리는 우듬지가 욕조에 비쳐드는 한낮 고요 속에, 그는 여탕에서 나누는 이야기를 듣고 있었다. 제각각 젖먹이를 개구리 같은 배에 끌어안고 보여줄 때 그 여자들의 떠들썩함.

"이 아이는 말이에요, 아주머니. 조그만 장난감을 싫어한다니까요. 이제 곧 아장아장 걷기 시작하면 좀더 큰 집으로 이사할 수밖에 없지 않겠냐고 남편하고 그런 이야길 했답니다."

"정말 대단한 아드님이세요. 집을 장난감으로 삼다니 덴구*님이 따로 없네요. 야나가와 쇼하치梁川庄八보다 힘센 호걸이 되세요."

"하지만 아주머니, 요즘은 학문이 중요한 세상이잖아요……"

---

* 하늘을 자유로이 날고 깊은 산에 살며 신통력이 있다는, 얼굴이 붉고 코가 큰 상상의 괴물.

"네, 그렇지요. 이 아이는 참 신기해요. 이 아이는 신문이나 그림책을 정말 좋아하거든요. 신문이나 그림책 같은 걸 쥐여주기만 하면 시간 가는 줄 모르고 얌전히 읽는다니까요."

"어머! 놀랍네요. 이 아이는 아주머니, 신문 따윈 금세 먹어 치워요. 그림책도 찢어서 먹어버린다니까요. 뭐든 닥치는 대로 입으로 가져가는 통에 어떻게 해야 할지."

"또 얘는 입에 무얼 넣는 건 전혀 하지 않는 아이예요."

"어머! 깔끔해라. 먹는 걸 엄청 싫어하나 봐요."

그리고 여자들은 친하게 보이면서도 결코 속을 터놓지 않는, 여자들끼리의 그 드높은 웃음소리를 냈다.

그는 목욕탕을 나오자마자 여탕을 들여다보았다. 탈의실 거울에 죽은 문어 같은 유방과 그 유방 같은 젖먹이의 머리가 흔들흔들 움직였다.

장마가 잠시 갠 듯, 젖은 길가에 쌓아 올린 자갈이 말라 있다. 자갈 위 하얀 소녀가 그를 보더니 무릎의 화판을 가슴으로 쓱 끌어당기고,

"저기 화가야." 그의 아틀리에를 가리키며 옆 소녀들에게 속삭이고는 뺨을 붉혔다. 그는 그 애교에 넘어가지 않을 수 없어, 소녀의 가슴을 들여다보았다. 바로 앞 초가지붕을 그린 수채화였다. 초가지붕 물감보다도 그는 느슨한 여름 교복 안 가슴 빛깔을 보았다. 양말을 신지 않은 발이 자갈

위에 꽃대처럼 뻗어 있었다.

"그림은 화가님께 보이는 법이지." 그가 화판에 손을 가져다 대자 의외로 가슴에서 스르륵 빠져나왔는데, 그 순간 소녀가 날카롭게 외쳤다.

"엄마!"

깜짝 놀라 뒤돌아보니, 아까 젖먹이를 끌어안고 있던 여자가 건너편 집 문간에 서 있었다. 소녀는 자신이 부른 엄마는 거들떠보지도 않고 당황하는 그의 가슴에 하얀 꽃을 들이밀 듯 몸을 일으켜, 그의 손에 든 수채화를 들여다보며 자갈 위에서 미끄러져 내려왔다. 엄마는 집 안으로 사라지고 없었다. 다른 소녀들도 몸을 일으켜 그의 그림 평을 기다렸다.

"저기가 너네 집?"

"네, 맞아요."

"네 남동생은 세계에서 가장 어린 신문 독자란다."

소녀는 제비처럼 고개를 갸웃했다. 그는 부드럽게 미소 지으며 두번째 야유를 퍼부었다.

"너네 집은 사족士族이라던데, 정말 대단하구나."

목욕탕을 오고 가면서 소녀 집의 진기한 문패를 쳐다보는 일이, 언제부턴가 그의 습관이 되었다. '다테한伊達藩 사족 오키야마 가네타케沖山兼武' ─ 도쿄 교외의 허름한 셋집에서 아직도 굳이 '다테한 사족'이라는 간판을 내걸고 있는 남자를 생각하니, 그는 쓴웃음을 짓지 않을 수 없었다. '다테한'이라고 듣고 그의 머리에 떠오르는 것은 시골 온천에서 심심풀이로 본 '야나가와 쇼하치'라는 활동사진 단 하나였다. 그래서,

"야나가와 쇼하치보다 힘센 호걸이 되세요" 하고 탕 안에서 말한 여자가 다테한 사족의 아내임을 알고는 무릎을 탁 치고 싶을 만치 우스웠다. 젖먹이가 신문이나 그림책을 읽는다는 이야기에서, 사족이라고 내세우는 집안의 생활이 선명하게 그의 눈앞에 나타났다. 그러나 사족의 아내도 어쩌면 자기 남편의 한藩에 대해서는 '야나가와 쇼하치'라는 야담 속 호걸의 이름 하나밖에 알지 못하는 건지도 모른다. 그리고 이 의젓한 서양식 차림의 딸은 '다테한 사족'이라고 문패를 단 집을 제비처럼 가뿐히 뛰쳐나오지 않았는가. 제비에게 비아냥거림은 통하지 않는다.

"색깔은 좋은데 좀더 시원하게 선을 그어보렴. 사족 같은 그림은 안 돼."

이를테면 허벅지까지 드러난 너의 다리처럼 — 하고, 그는 말할 뻔했다. 소녀는 그의 세번째 야유에도 하얀 꽃처럼 웃었다.

"그림을 좋아하면 우리 집에 오렴. 그림책을 얼마든지 보여줄게."

"지금 바로 가도 돼요?"

그가 끄덕이자 소녀는 뺨에 야무진 기색을 비추고 성큼 성큼 따라왔다. 아하하! 그는 쓴웃음을 얼버무리기 위해 느긋하니 휘파람을 불고, 자신의 발을 보며 걸었다. 이 딸도 역시 사족이다, 하고 그는 마침내 알아챘다. 꾀죄죄한 소녀들을 모아 수채화를 그리고 있었던 것도, 화가인 그에게 애교를 떤 것도, 엄마를 불러 세워본 것도, 소녀들을 남겨두고 혼자 그의 집에 오는 것도, 결국은 자신을 사족이라고 느끼고 싶었기 때문임에 불과하다.

그는 때리듯 소녀의 어깨에 손바닥을 얹고, 사족을 꽉 쥐어 찌부러뜨리기라도 하듯 손끝에 힘을 주었다.

"너의 초상을 그려줄게."

"어머! 기뻐요. 정말?"

"정말이고말고. 오늘은 그 하얀 옷을 입은 채 그려주겠지만, 너도 여러 전람회에서 봐서 잘 알지? 인체는 알몸이 아니고선 좋은 그림을 그릴 수 없어. 너도 알몸이 아니고선 너의 진짜 아름다움을 그릴 수 없어. 요담엔 알몸이 되어줄래?"

소녀는 신부처럼 무서운 얼굴로 끄덕였다. 그는 바늘에 찔린 듯 깜짝 놀랐다.

그러나 이것 또한 너무나 사족의 심장이었던 모양이다. 왜냐하면 아틀리에에서 소녀와 단둘이 있게 되자, 그는 그 안의 사족의 도덕을 느끼기 시작했으므로 ─ . 신문지를 먹

는 젖먹이처럼 그는 사족의 딸을 꽃대 같은 발부터 우적우
적 갉아먹어버릴 작정이었음에도 불구하고 —— .

전당포에서

눈雪이 반사되어 환해진 젖빛 유리문에 장식 소나무 그림자가 어렸다. 새 셔츠를 가슴에 하얗게 내보이며 아들이 가게에 앉아 있었다. 이 소년은 입술연지처럼 붉은 입술에다 목 언저리의 보드라운 살집에 처녀 같은 요염함이 있었다. 게다가 세밑에 교체한 것으로 보이는 하얀 격자문도 연극에 나오는 전당포처럼 환했다. 그는 그 격자문 너머로 소년과 새해 인사를 나누었다. ── 따라서 한가로이 미소 지으며 높은 이자의 돈 이야기를 하고 있었다. 한 달 1할의 이자로 치면 300엔에 30엔 ──.

"그렇담 1,500엔이나 2,000엔 정도의 목돈만 있으면 그 이자로 멋지게 먹고살 수 있단 얘기잖아. 세상 사람들이 어째서 다들 고리대금업에 나서지 않는지 신기하군."

"그러니까 애당초 돈 빌리는 일은 관두시는 게 낫다는 말이죠. 기한까지의 이자를 미리 공제하고 게다가 수수료며 조사비까지, 결국 손에 쥐는 건 액면가보다 엄청 깎여버린다니까요. 더구나 담보 없는 신용 대출이라면, 훨씬 힘들어지는 거죠."

"야단났군. 이 근처에 자네 집에서 잘 아는 대금업자가 있다면 소개해주지 않겠나?"

"글쎄요." 소년은 계집애처럼 친근하게 웃고는 있지만 장사에 닳고 닳아 건성으로 내뱉는 소리였다. ─ 이야기하면, 우리 가게에서 빌려주겠다고 말할지도 모르지. 이처럼 비위 좋은 그의 헛기대는 더 이상 안색으로도 드러낼 수가 없었다. 그는 눈길에서 기다리고 있는 여자를 생각했다. 그때 출입구가 열리는 바람에 가슴이 덜컥했으나, 그의 여자는 아니었다.

객사할 뻔했던 이가 간신히 제 집에 죽으러 돌아온 듯, 그 사내는 닫히는 유리문과 함께 비틀비틀 휘청거리다 벽에 바싹 갖다 붙인 어깨로 벽을 훑어가면서 계산대의 격자문을 움켜잡았다.

"처음인데, 좀 빌려주게."

여자 속바지였다. 그 모슬린이 여자의 살갗 때로 하도 꼬질꼬질하여 그는 시선을 돌렸다. 사내의 옷자락 사이로 낡은 플란넬 잠옷이 보이고, 게다 굽은 눈 흙탕 범벅인 데다 굵은 신발 끈이 늘어져 헐렁헐렁했다.

"처음이신 분께는 댁을 한 번 방문해본 뒤에 물건을 맡는데요."

"음. 사실은 지난 세밑에 한 번 왔다가 역시 똑같은 말을 들었는데, 그땐 마누라가 이웃 사람에게 창피하다고 해서. 그 마누라가 이번엔 창피고 체면이고 없으니 집으로 찾아온들 상관없다는구먼. 11월부터 둘 다 몸져누운 환자 신세야. 이런 몸으로 역 건너편에서 찾아왔으니 돌아가는 길에 녹초가 되어 쓰러질지도 알 수 없고, 느릿느릿 걷는 게 고작인데 집까지 같이 갈 테니 1엔 50전 좀 빌려주게나."

"설날이라 일손이 없어요."

"겨우 1킬로미터 남짓한 길을 한 시간이나 걸려 찾아온 환자라고 생각해주게." 사내는 신문지를 얼굴에 대고 쿨룩거렸다. 양쪽 무릎을 단단히 모은 채 꾀죄죄한 손가락이 신문지와 함께 부들부들 떨렸다. 그리고 강요하듯 거만스러운 태도로 똑같은 말을 장황하게 늘어놓으며 부탁해보지만, 전당포의 아들은 고집쟁이 계집애처럼 잠자코 있었다.

"그런데도 자넨……" 사내는 여자 속옷을 그러쥐고 신문지에 싸려고 했다. 그 신문지에 튀긴 핏자국을 허둥지둥 무릎에 숨기면서,

"자넨 피가, 피가 통하는 사람인가?"

"죄송하게 됐네요. 토해도 좋을 만큼 남아도는 피는 없거든요."

"뭐라고!" 심한 기침과 동시에 침을 격자문에 내뱉었다.

"이게 인간의 피다. 기억해둬!"

사내의 이마에 푸른 정맥이 불거지고 눈을 치켜올린 채

그 자리에 쓰러질 것 같아, 그가 말했다.

"실례지만 1엔 50전으로 괜찮으시다면, 제가 빌려드리지요."

사내는 깜짝 놀라 그를 보았다. 그리고 털썩 힘이 빠진 모양이다. 머뭇거리는 참에 다시 출입문이 열렸기 때문에 그는 사내에게 돈을 내밀었다.

"그러면 이걸 받아주시죠." 사내는 여자 속옷을 건네주려고 했다. 그가 웃으며 되돌려주자, 사내는 긴 머리카락이 이마에 뒤덮일 정도로 머리를 숙이고 무슨 말인가 중얼거리며 휘청휘청 걸어 나갔다. 아들이 집 안에서 소독약을 가지고 나와 격자문의 피를 닦았다.

"마치 지옥에서 돈 뺏으러 온 꼴이군."

"저런 폐병 균 덩어리 같은 물건을 맡기려고 하다니. 그렇게 연극하듯 거만스러운 말투하며, 그 녀석 틀림없이 사회주의자예요."

제2의 사내는 도망쳐 들어온 듯 두 사람의 이야기를 들으려고도 하지 않고 한쪽 구석에 서 있었는데, 아들이 계산대로 돌아오자 성큼성큼 다가가더니 품에서 작은 종이 꾸러미를 꺼냈다.

"얼만가요?" 아들이 꾸러미를 펼치자 지폐 다발이었다. 그걸 세는 아들을 그의 시선에서 감추기 위해 사내는 박쥐처럼 소맷자락을 펼쳐 격자문을 붙잡았다. 막 피를 닦아낸

그 격자문이다. 그리고 박쥐처럼 초라하지만 으스스한 뒷모
습이었다. 소년한테서 전당표를 받아 들자, 고통의 그림자
처럼 퉁명스럽게 밖으로 나갔다.

"이봐, 방금 받은 건 100엔이 넘을 테지. 100엔이 넘는
이자를 지불하다니, 대체 전당 잡힌 물건이 뭔가?"

"이자가 아니에요." 소년은 그제야 소녀 같은 미소로 돌
아왔다.

"비밀인데, 그분은 현금을 맡기러 오시는 거예요."

"도둑인가? ── 이자는 어느 쪽에서 지불하나?"

"물품과 마찬가지로 그쪽에서 지불하겠다고 해요. ──
이웃의 이목 때문이라나요. 저 집은 맨날 전당포를 들락거
리니 어지간히 형편이 어려운가 보다, 이렇게 생각하게 만
들고 싶은 모양이에요. 아까 그 환자와는 정반대죠."

"그렇게까지 해서 가난하게 보일 필요가 있다면, 그 돈
은 수상쩍은걸. 무슨 장사를 하나?"

"가난하다고 여겨지면 돈 들 일도 없어지고, 돈 받으러
오는 사람도 없잖아요."

"그런데 난 돈 달라고 오는 사람들 통에 난감한 상황인
데, 방금 맡긴 그 기이한 돈을 좀 융통해줄 수 없겠는가?"

"글쎄요." 소년은 집 안으로 들어가더니, 계집애처럼 친
근한 낯으로 달려 나왔다.

"아버지께서 문제없다고 하시네요. ── 아까 이야기한

300엔의 절반이에요."

그는 눈 쌓인 양지로 뛰어나왔다. 잡목림 옆에서 눈사람을 만드는 아이들 틈에 섞여 그의 여자는 환하게 웃음 짓고 있었다.

구로보탄黑牡丹

구로보탄

아빠	테리어*
엄마	칭**
출생지	赤坂靑山南町 5-15 와타나베 유키코 댁
생일	1928년 10월 26일

"구로보탄? ── 흰 개 이름이 어째서 구로보탄이지?"

"귀예요. 왼쪽 귀가 검은 모란꽃처럼 보이지 않아요?"

"어디 볼까?" 강아지의 머리를 손바닥으로 안아 올리자, 강아지는 그의 가슴을 기어올라 느닷없이 그의 입술을 할짝 할짝 핥았다.

* 영국 원산의 작은 개. 영리하고 민첩하다.
** 일본 개의 일종. 몸집이 작으며 털이 길다.

"이놈. 제일 먼저 남의 입술을 공략하다니, 예리한 녀석이군. 앞날이 무서운 불량소녀잖아, 넌."

"남자예요."

"남자인가?" 그는 유키코의 수줍어하는 뺨을 보며, 자연스레 그녀의 입맞춤을 떠올렸다. 격렬한 입맞춤을 하는 강아지가 귀여워졌다.

"그런데 여기 남녀 성별이 안 적혀 있는걸." 개 목줄에 매단 주머니 안의 종이를 한 번 더 펼치며,

"너의 훌륭한 호적등본이야"라고 말했다가 철렁했다. 훌륭한 호적을 갖지 못하는 아이를 유키코에게 낳게 한 그다. 하지만 그녀는,

"남자도 여자도 아닌, 그래서 행복하게 살라고 일부러 안 적은 거예요. 그렇지? 구로보탄."

"이 귀가 모란꽃으로 보이려나? 기껏 꽃잎 한 잎이지."

"꽃잎인데 모란 꽃잎을 닮지 않았다고요?"

"좋은 이름이지만 일일이 구로보탄, 구로보탄이라고 부를 수 없잖아? 구로는 싫고, 보탄? 보, 보가 좋겠네."

"보야, 보야."

"보야가 아니야. 보. 내가 말한 건."

"그런데 정말 데려가주실 거예요?"

"데려가고말고. 떠돌이 개를 두 마리나 맡아 키우고 있는걸. 실제로 지금도 툇마루 아래서 잠들었을 거야. 얼마 전

집사람이 담배를 사러 갔는데, 고상한 할머니가 운영하는 가게지, 집사람을 따라온 개들을 보고 그 할머니가, 이 개는 불쌍한 개니까 먹다 남은 게 있으면 좀 나눠주세요. 저희가 매일 밥을 주고 있다고 집사람이 말하자, 할머니가 두 손을 바닥에 탁 짚고 고맙단 말씀을 하셨다고. 그런데 가게 안쪽에서 또 다른 할머니가 나오더니 두 사람이 함께 머리를 숙이고, 고맙습니다. 즉 그 개 주인이 가마쿠라鎌倉로 이사 가면서 내다 버린 건데, 오랫동안 근처 쓰레기통이며 부엌 언저리를 서성거리는 사이, 야위고 눈빛이 험상궂고 지저분하고 초라해져 어느 집에서건 쫓겨나고 또래 개들한테도 경멸당했지. 정말 그렇다니까. 같은 개들끼리도 서로 신분이나 재산을 훤히 꿰고 있는 모양인데, 어느 개 할 것 없이 거지 개를 비웃거든. 우리 집에서 키우게 되면서 밖에 따라 나오면 동네 아이들이 죄다 다가와 돌을 집어 던지는 판이니, 집사람도 너무 심한 게 아니냐고 아이들과 싸우기도 했지. 담배 가게 할머니도 평소에 가엾게 여긴 터라 집사람에게 인사를 한 거야."

"잘됐네요. 당신한테 개를 귀여워하는 기질이 있다는 건 알았지만, 그럼 사모님도."

"그런데 귀족 출신 개는 어떨지."

"귀가는 늦나요? 어느 쪽이⋯⋯"

"집사람? 실은 댄스홀에, 옛날 알고 지내던 손님들에게 내 그림을 강매하러. 당신들이 중국으로 전임한다는 이야길 들었으니 돈을 갚아야지. 그래서 나도 지금껏 이리저리 돌아다녔고."

"그래요? 그럼 역시 사모님은 내 마음을 순수하게 받아주시지 않는군요. 오늘도 난 2년 만에 찾아왔는데도 부재중인 집에 멋대로 들어와 화실에서 그림 그리며 좋은 시간을 보냈는데."

"그건 집사람도 우리 결혼 비용을 남편의 전 애인한테 빌리는 걸 웃으며 기뻐했으니까 칭찬받을 만해. 지금도 그 마음은 마찬가지야. 하지만……"

"하지만 이젠 돈을 받을 짬도 없어요. 내일 아침 출발인걸요. 사모님이 강아지를 맡아주신다면 그걸로 됐어요."

개는 그의 무릎에서 잠이 들었다. 머리를 쓰다듬자 실눈을 뜨고 그의 얼굴을 쳐다보며 쿠우쿠우 목구멍에서 소리를 내고 잠 좀 자게 해달라고 부탁했다. 기다란 털의 부드러운 감촉에서 어린아이를 사랑할 때의 따스함이 그의 가슴에 솟구쳤다. 아이 — 유키코는 아이를 떠올리게 하려고 강아지를 데려온 걸까.

"아무튼 댄스홀까지 같이 가볼까? 돈이 조금 생겼을지도 몰라."

"사모님을 만나고는 싶지만 돈 이야기를 하시면 싫어요."

"글쎄, 남의 집 부엌 언저리를 기웃거리는 거지 개나 다름없는 심정으로 모처럼 집사람이 갔으니까." 그는 자리에서 일어나 소맷자락에서 한 줌 가득 집어낸 휴지를, 십자매 바구니 위에 올려놓으며,

"올 연말에는 우리도 휴지 바구니를 하나 장만할 생각이야."

무릎에서 내려간 강아지는 졸린 탓에 비틀거렸지만, 크게 한 번 기지개를 켜더니 그의 옷자락으로 달려들었다.

"이 개를 어떡하지? 집에 두자니 가엾고 전차에 태울 수도 없고 — 택시비는 당신이 내줘."

자동차 안에서 유키코는 개에게 장갑을 물리며,

"이렇게 당신이나 사모님에게 거침없이 이별을 고하고 갈 수 있다는 것을, 지금 세상에서는 행복이라고 여겨야겠지요."

"지금 세상이라니?"

"끊임없이 열등감을 느끼며 살고 있는 여자에게는, 이라는 뜻이에요. 난 일하지 않는 여자, 당신과 함께하는 동안 그 점을 얼마나 슬프게 생각했는지 몰라요. 결국 그 때문에 헤어진 거죠."

"즉 남자인 내게 일이 없었다는 거지."

"그렇게 생각지는 않아요. 당신과 지낼 때는 즐거웠지만, 그때 자리 잡은 열등감은 평생 저를 따라다닐 테니까 그

것만은 원망스러워요. 매일 밤 이 개와 어미 개인 칭을 이부자리에 들이고 자주 생각해요. 저도 칭처럼 사람에게 키워지고 있다고."

"그런데 쉬는 어떻게 하지?"

"강아지가 쉬할 때는 어미 개가 제 잠옷을 잡아당겨 깨워요."

"아까부터 묻고 싶었는데, 당신은 아이에게도 이별을 알리고 왔어?"

"아뇨."

"남편에게 털어놓았어?"

"아뇨. 딱 한 가지 그것만은, 아직."

"나도 그것만은 집사람에게, 아직."

"저렇게 시골 농사꾼의 튼튼한 아가씨로 자라는 편이 행복할지도 몰라요. ── 하지만 약속해줄래요? 당신이나 나, 어느 쪽이건 배우자에게 털어놓고 허락을 받은 사람이 자유롭게 떠맡기로."

"그 대신, 어느 쪽이 떠맡지 않아도 서로를 탓하지 않기로."

"그렇지만 아이가 우리를 탓한다면? 제가 저 자신을 탓한다면? 거기서 도망칠 길을 제 힘으로는 못 찾아요."

하지만 다행히 그들은 무도장 입구에 도착했다. 유리문을 열자, 재즈 밴드가 그를 압도했다. 무희들이 강렬한 원색의 소용돌이로밖에 보이지 않을 정도로 그는 허둥거렸고, 홀 한쪽 구석에 걸터앉았다. 화려한 의상을 갖춘 춤 가운데 아내가 금세 눈에 띈 것은 오직 그녀 한 사람만 빛깔이 바랜 싸구려 비단을 입고 춤추고 있었기 때문이다. 상대는 빨간 스커트의 세일러복을 입은, 아직 열대여섯 정도로밖에 보이지 않는 무희였다. 아내의 여윈 어깨, 어깨까지 자란 단발을 질끈 묶은 머리. 그는 창피함을 금방 잊었고, 고요한 상냥스러움이 절절히 가슴에 파고들었다. 댄스곡이 끝나고 무희와 손님이 홀 양쪽으로 적赤과 흑黑이 되어 휙 갈라지는데, 그녀 한 사람만 그 흑에 섞였다가 그와 유키코를 발견하고는 목까지 빨개져서,

"어머! 싫어요, 깜짝 놀랐잖아요. ── 옛날 생각이 나서 춤추고 싶어졌거든요. 그런데 방금 같이 춤춘 그 아이가 내 거친 손을 일부러 꼬옥꼬옥 쥐고는, 언니 행복해요? 하기에 그만 슬퍼졌어요."

"유키코 씨한테 강아지를 받았어."

그가 소매에 감추고 있던 강아지 머리를 꺼내자,

"어머! 귀여워라." 안아 올리며 남의 시선도 아랑곳하지 않고 볼을 비비고 있는 참에 왈츠곡이 시작되었다. 아내는 문득 기쁜 듯이,

"부인, 춤추실래요?"

그리고 그는 깜짝 놀랐다.

"전 그저 걷기만 할 뿐이지만 작별 기념으로. 요담에 만날 때쯤이면 둘 다 할머니가 돼서 댄스 따윈 꿈도 못 꿀 테니까요." 유키코가 흔쾌히 몸을 일으킨 것이다! 우르르 상대 무희를 찾으러 가는 남자들보다 조금 늦게 아내도 그에게 강아지를 건네고 유키코의 어깨를 감싸 안으며,

"제가 여자."

그 바람에 손에서 빠져나간 강아지는 춤추는 동그란 원 안으로 쪼르르 달려 들어갔다. 그가 쪼그리고 앉아 뒤쫓아도 춤추는 발에 가로막혀 다가갈 수 없다. 그러자 강아지는 춤추는 무리 한가운데 뒷발을 벋디디고 오줌을 쌌다. 그 주변의 무희들이 소리치며 잽싸게 물러섰다. 남자들이 한바탕 웃었다. 그는 아내의 어깨를 두드렸다. 강아지는 긴 의자 아래로 숨어들었다. 30, 40쌍의 춤이 거의 대부분 멈춰 섰다. 악사들은 악기를 연주하며 발돋움했다. 아내는 뛰어가자마자 느닷없이 소맷자락을 오줌 위로 덮어 닦아냈다. 역시나 웃음이 뚝 그쳤다. 하지만 그걸 둥글게 에워싼 무희들은 모란 꽃밭이었다. 아내는 홀 안쪽 문으로 뛰어 들어갔다. 홀 보이가 미지근한 물과 걸레를 가져왔다. 춤이 이어졌다. 그들 셋은 도망쳤다. 자동차를 타자, 그와 아내는 배꼽을 잡고 웃어댔다.

"정말 난데없는 일을 치렀네요. 죄송해요. 보야, 너 때문이야. 사죄해야지." 유키코는 아내의 더러워진 소맷자락에

강아지 목을 밀어붙였다.

"아니에요. 그 일로 한층 귀여워졌어요." 아내는 강아지
를 품에 안으며,

"하지만 덕분에 한 푼도 못 받고 후퇴네요. 나중에 조금
받을 약속을 하긴 했지만."

그리고 도중에 유키코가 내리자, 아내는 부끄럼도 없이
강아지를 꼭 껴안고 목을 할짝할짝 핥게 두었다.

"개조차 이 정도인데, 아이라면 얼마나 귀여울까? 우
리는 어째서 그토록 아이 낳는 걸 두려워하며 살아온 걸
까요?"

"사람과 개, 부담을 느끼는 정도가 달라."

"하지만 이렇게 개를 안고서 생각하는 건 아이예요."

"유키코 씨도 아이 생각을 하게 만들려고 준 건지도
몰라."

"우리에게 아이를 낳으라고?"

"그게 아니야. ── 사실은 지금까지 숨겨왔지만, 유키코
씨는 내 아이를 낳았어. 시골에 있는데 네 살이야."

"어머, 그렇군요. 제가 당장 맡을게요. ── 사실은 제게
도 숨겨둔 아이가 있어요."

"뭐라고?" 두 사람은 큰 소리로 웃었다.

"그쪽부터 먼저 떠맡자고. 남의 아이 쪽이 아무래도 마
음이 편해. 자기 아이보다도 개에 가까우니까."

"심하네요. ── 그래서 유키코 씨는 이 개한테 보야*라는 이름을 지어주었군요."

"보야가 아니야. 보. 구로보탄의 보탄의 보."

* '아가야'라는 뜻.

일본인 안나

그들은 형제 둘이서 지갑 하나밖에 가지고 있지 않았다. 좀더 옳게 말하자면, 오빠가 가끔 여동생의 지갑을 빌렸다. 검은 가죽의 말굽 모양 동전 지갑인데, 빨간 테두리가 여자용 표시였다. 그러니까 안나가 이것과 똑같은 걸 지니고 있었다고 해도, 그는 의심하기는커녕 이 가련한 러시아 아가씨 또한 여학생의 유행을 —.

그렇지, 그가 여동생의 권유에 따라 어느 백화점에 갔을 때, 화장품을 장식한 유리 상자 위 바구니를 들여다보고 '50전 균일' 가격표를 입술로 가리키며 여동생은,

"반 친구들이 모두 이 지갑을 가지고 있어."

그렇다면, 하고 산 지갑이었다.

안나도 이것과 똑같은 지갑 — 죽은 박쥐 날개처럼 검은 숄을 노점 위에 기다랗게 늘어뜨리고 그녀가 볶음 콩을 살 때 그는 그 지갑을 보았는데, 똑같은 물건을 가지고 있다고 안 것만으로 그는 문득 한 걸음 내디더 그녀에게 말을 걸려고 했다. 안나는 검은 날개로 남동생 이스라엘의 외투 없

는 어깨를 안아주었다. 이스라엘의 남동생 다니엘은 모자 없는 머리를 노인의 허리춤 주머니에 비벼대고 있었다.

아사쿠사 공원은 가설극장의 분장실에서 나오는 예인 이나 매표 아가씨로 넘쳐나고, 부랑자들이 눈에 띄는 시각 이었다. 그럼에도 러시아 악사들은 거지처럼 느린 걸음으로 얼어붙은 나목의 그림자를 밟고 갔다. 앞서거니 뒤서거니 하며, 마침내 공원 뒤 싸구려 여인숙까지 뒤쫓았다. 그리고 안나가 2층 복도를 걸어가는 걸 보기 위해 그는 길 건너편 내과 병원의 하얀 벽에 등을 기댔다가 — 선 채 꼼짝도 못 했다.

그 하얀 벽에 중학생 하나가 도마뱀붙이처럼 찰싹 달라붙어 발돋움하며, 싸구려 여인숙 2층을 가만히 노려보고 있었다. 역시 안나를 뒤쫓아 온 게 틀림없다. 그는 고등학생이었다. 두 사람은 울음을 터뜨릴 듯 진지한 서로의 얼굴을 피해 10분 이상 차가운 발로 서 있었다. 갑자기 중학생이 머리에 망토를 푹 뒤집어쓰고는, 개처럼 달려 나갔다. 그는 싸구려 여관으로 들어갔다. 안나의 옆방으로 안내하자마자 지배인이,

"실례지만 숙박비는 선불로 정해져 있습니다만."

"그래, 1엔 30전이지?" 윗옷 주머니에 손을 넣었는데, 지갑이 없다. 허둥지둥 몸 전체 일곱 개의 주머니를 뒤졌지

만 보이지 않는다.

　── 안나에게 아까 소매치기당했다.

　N극장의 분장실을 나온 안나와 형제는 롤러스케이트 장 앞에 멈춰 서서 스케이트를 구경하는 사람들 사이로 파고들었다. 그는 안나 바로 뒤에 서 있다가, 망토 소매가 그녀의 숄에 어쩌다 살짝 닿았다. 안나가 자리를 뜨려고 뒤돌아보는 바람에 그의 발을 밟았다.

　"실례." 엉겁결에 말한 건 그였다. 안나는 뺨이 새빨개져서 미소 지었다. 갸름한 얼굴에 눈썹 꼬리와 입술 끝을 조금 치켜올려 사나운 새처럼 미소 지으며, 번뜩 그를 노려보고는 고개를 숙였다. 그는 뒤를 쫓기로 마음먹었다. ── 그때 소매치기당한 걸까.

　지배인은 복도에 손을 짚은 채 비웃듯이 그를 올려다보고 있다.

　"아무래도 지갑을 떨어뜨린 모양이야. 내일 아침 여동생을 시켜 가져오라고 하면 안 될까? ── 야단났군. 내 하숙집으로 전화를 걸어 ── 그렇게 해도 이미 오늘 밤은 여동생이 올 수 없겠지."

　"선불로 받는 게 저희들 규칙이기 때문에."

　"묵을 수 없다는 건가?"

　"정말 죄송합니다만 ── . 아직 전차가 있을지도 모르고, 혼고本鄕라면 걸어서도 갈 수 있지요."

그는 곁눈질도 하지 않고 ― 현관에 벗어 던진 안나의 무대 구두 하나를 보면서 싸구려 여관의 사다리 계단을 내려왔다. 러시아 노래를 영어로 부르며 혼고로 걸어 돌아갔다.

　"어서 오십시오." 다음 날 밤 지배인은 시치미 뗀 얼굴로 그를 맞이했다. 그는 맹장지 문틈으로 안나의 방을 들여다보았다. 도코노마*에 안나 형제의 주름투성이 속옷, 낡고 허름한 트렁크 두 개, 트렁크 위 볶음 콩 봉지, 녹슨 하모니카, 옷걸이에는 먼지 내려앉은 화환 하나, 판자를 짜 맞춘 작은 목마 ― 그 밖에 아무것도 없다. 넘어진 목마는 목에, 장난감이 아닌 것 같은 러시아 훈장을 걸고 있다.

　이부자리를 깔아주러 온 여종업원은,

　"나리." 그에게 난생처음 듣는 명사로 부르며 맹장지 문을 드르륵 열고,

　"이곳의 외국 아가씨가 마음에 드시면 불러드릴까요?"

　"응."

　"20엔이나 내시겠어요?"

　"하지만, 하지만 그 아이는 겨우 열세 살이야."

---

* 다다미방 정면에 바닥을 한 층 높여 만들어놓은 곳. 벽에는 족자를 걸고, 바닥에는 도자기나 꽃병 등을 장식한다.

"어머, 열세 살이에요?"

안나 형제는 돌아와 동생들끼리 두세 마디 나누었을 뿐, 금세 잠이 든 모양이었다. 그는 딱딱한 침상에서 부들부들 떨었다.

사흘째 되던 날 밤, 그는 친구들한테서 20엔을 빌려 모아 왔지만, 다른 여종업원이 그의 방으로 왔다.

아버지와 남동생들이 잠든 뒤에도 안나는 나직이 노래하고 있었다. 들여다보니 그녀는 발만 이부자리에 집어넣고 앉아 있었다. 스커트는 주름이 잘 잡히게 개어 요 밑에 깔아놓았다. 무릎 위에 속옷이 잔뜩 쌓여 있었다. 안나는 그걸 일본식 바느질로 수선하고 있다.

거리에 자동차 소리가 들리기 시작해 다시 들여다보니, 이스라엘을 안고 잠든 안나의 머리카락만 보였다. 맞은편 잠자리에는 아버지와 다니엘이 자고 있었다. 그는 살며시 맹장지 문을 열고 기다시피 해서, 안나의 머리맡에 지갑을 놓고 왔다. ─ 검은 가죽의 말굽 모양에 빨간 테두리를 친 동전 지갑. 오늘 그가 일부러 백화점에서 지난번과 똑같은 것을 사 왔다.

울어서 부은 눈을 뜨자, 그의 방 맹장지 문 아래 ─ 놀랍게도 똑같은 지갑이 두 개 나란히 있는 게 아닌가! 새것에는 간밤의 20엔, 낡은 것에는 16엔 얼마 ─ 안나는 얼마 전 그에게 훔친 만큼의 돈을 고스란히 갚았다. 옆방에는 옷걸이에 먼지 내려앉은 화환뿐. 안나 형제가 도망쳤다. 그의 미숙한 마음 씀씀이가 도리어 안나를 위협했다. 그는 화환에서 국화 조화를 하나 꺾어 지갑에 넣고 서둘러 N극장으로 갔다. 영화 프로그램이 바뀌었다. 안나 형제의 이름은 프로그램에 없다.

르보스키 형제는 혁명에 쫓겨 유랑하는 러시아 귀족의 고아로, N극장에서 영화 휴게 시간에 열세 살 안나는 피아노를 치고, 아홉 살 이스라엘은 첼로를 켜고, 일곱 살 다니엘이 러시아 자장가를 노래했었다.

그는 하숙집으로 돌아와 여동생에게,

"요전에 잃어버린 지갑이 돌아왔어. 아사쿠사 경찰서에 들렀더니, 가련한 러시아 소녀가 주워 가져다주었다는구나."

"잘됐네. 사례해야지? 그 애한테."

"유랑하는 아가씨라 어디로 갔는지 알 수 없어. — 잃어버렸다 체념하고 있었으니까, 그 아이 기념으로 뭔가 러시아 물건을 사자."

"혁명으로 러시아 물건은 아무것도 들어오지 않아. 오는 건 나사* 장수뿐."

* 두꺼운 바탕에 보풀을 세운 모직물.

"아무튼 우리한테는 사치스럽고 오래 남는 물건을 사자."

그는 붉은 가죽으로 만든 화장 도구 상자를 그 백화점에서 여동생에게 사주었다. ── 3, 4년 후 신혼여행에도 여동생은 그 상자를 들고 갔다.

긴자에서 3월의 밤, 불량소년인 듯한 무리가 인도를 가득 차지하고 걸어온다. 가로수 옆으로 길을 피한 그는, 그 무리 뒤쪽에 밀랍 인형처럼 희고 아름다운 소년을 보았다. 투박한 감색 무명 옷, 푹 눌러쓴 낡은 검정 모자, 옷자락이 해진 학생 망토. 게다를 신은 맨발이 깨물고 싶을 정도로 예쁘다 ── 여자? 스치듯 마주 지나가며 그는,

"아! 안나다. 안나."

"안나가 아냐. 일본인이야." 소년은 분명히 말하고 바람처럼 사라져버렸다.

"안나가 아냐. 일본인이야." 그는 중얼거리며 문득 신사복 안주머니에 손을 넣었다. 역시 지갑이 없다.

변소 성불成佛

옛날 오랜 옛날 아라시야마嵐山의 봄 —

교토 대갓집의 사모님, 따님, 술집의 게이샤, 유녀들이 꽃단장을 하고 벚꽃 놀이를 와서는,

"죄송하지만 화장실을 잠시 빌릴 수 있을까요?" 초라한 농가의 대문 앞에서 얼굴을 붉히며 허리를 굽힌다. 뒤쪽으로 돌아가 보니, 너덜너덜 꾀죄죄한 거적문이 달린 그것 — 그 거적이 봄바람에 들썩거릴 때마다 교토 여자들의 피부가 오싹한다. 야아, 야아, 하고 아이들 소리가 들린다.

이렇듯 난감해하는 교토 여인네들을 본 가난한 농사꾼의 묘안인즉 말쑥한 변소를 지어,

"변소 대여, 1회 3푼."

먹으로 쓴 시커먼 간판을 내걸었다. 꽃구경 철은 밀치락달치락 대성공, 순식간에 주인은 크게 한몫 챙겼다.

"하치베가 근래 변소로 엄청 돈벌이를 하더군. 나도 올봄엔 빌려주는 변소를 지어 하치베의 돈벌이를 박살 내줄 참인데, 어떤가?"

하치베를 부러워하는 마을 사람 하나가 아내에게 말하자,

"그건 당신, 못된 생각이에요. 설사 우리가 대여 변소를 지어봤자, 하치베 씨의 유서 깊은 점포에는 단골도 상당하겠죠. 우리는 새 가게, 잘못했다간 없는 살림에 가난을 덧칠할 뿐……"

"무슨 소리! 이번에 내가 고안한 변소는 하치베처럼 지저분한 변소가 아냐. 요즘 교토 시내에선 차 마시는 모임이 유행한다고 들었는데, 다실풍 변소를 지을 참이야. 우선 네 기둥도 요시노吉野 통나무로는 지저분하니 기타야마北山의 옹이나무를 사용하고, 천장은 가마 천장으로 하여 거멀못을 박고, 솥 매다는 쇠사슬을 늘어뜨려 동아줄 대신 쓸 참이니, 묘안 아닌가. 창문은 나지막하게, 발판은 느티나무의 여륜목, 앞막이는 사쓰마 삼나무. 구멍 둘레는 납빛 테두리, 벽은 중간 칠에 덧치기, 문은 노송나무의 긴 판자, 백죽白竹에다 지붕은 삼나무 껍질, 청죽靑竹을 댄 고사리줄, 일본식으로 지붕을 이고, 댓돌은 구라마 돌, 그 옆에는 청죽 엮은 네모난 울타리, 다리 달린 손 씻을 물그릇, 입구의 소나무는 나긋나긋한 적송을 마련하여, 센케千家, 엔슈遠州, 우라쿠有樂, 하야미逸見, 그 어느 풍이건 모조리 끌어 들인 시설……"

아내는 멍한 얼굴로,

"그래서 대여료는 얼마를 받으려고요?"

그리고 어렵사리 마련한 돈으로 아무튼 꽃 같은 방이라고 할 만한 멋스러운 변소를 짓고, 간판도 스님에게 부탁해 중국식 서체로 거창하게,

"변소 대여, 1회 8푼."

아무리 교토 여자라도 호화로움에 허리가 욱신거릴 지경이라, 그저 감탄스러워 홀린 듯 바라보기만 할 뿐, 그것 보라는 듯 아내는 방바닥을 치며,

"이렇게 될 게 뻔해 그만두시라고 일렀건만, 거금을 쏟아붓고 이 지경이니 어쩔 참인가요?"

"시끄러운 잔소리 그만해. 내일 내가 단골들을 찾아 한 바퀴 돌고 나면, 손님들은 개미 행렬처럼 모이겠지. 당신도 내일은 아침 일찍 일어나 도시락을 준비해둬. 내가 한 번 빙 둘러보고 오면, 틀림없이 문전성시를 이룰 테니."

남편은 더없이 태연자약 ─ 그러나 다음 날 여느 때보다 늦잠을 자는 통에 10시에야 눈을 떠, 잠방이를 올려 입고 도시락을 목에 달아매고서 사뭇 구슬프게 아내를 히쭉 돌아다보며,

"이보게, 마누라. 당신은 내가 하는 일마다 사사건건 평생 트집만 잡고 늘어졌지. 멍청한 꿈, 꿈이라고만 말해왔지. 오늘 한번 보게나. 내가 단골들을 찾아 한 바퀴 돌고 오면, 손님들이 새까맣게 밀려들 테니. 만약에 변소 통이 다 차거든, 중간 휴식 팻말을 내걸고 옆집 지로베한테 부탁해 한

짐, 두 짐씩 퍼내게."

아내는 신기하기 짝이 없다. 단골을 찾아 나선다고 말했는데, 교토 시내를 변소 빌려줍니다, 변소 빌려줍니다, 하고 떠들며 돌아다니는 건가 싶어 한참 궁리하다 지친 참에, 어느새 돈 통에 8푼을 던져 넣고 변소에 들어간 처녀가 있다. 그다음부턴 잇따라 들락날락 손님들이 좀처럼 끊이지 않기에 아내는 깜짝 놀라 눈이 휘둥그레지며 지키고 섰는데, 머잖아 중간 휴식 팻말을 내걸고 변소 통을 퍼내는 소동 ― 드디어 해 질 녘까지 변소 대여료 8,000푼, 그리고 다섯 짐을 퍼냈다.

"아무래도 남편은 문수보살의 환생인가? 참말로 그 사람이 말한 꿈같은 일이, 난생처음 정말 이루어졌어!"

기뻐 어쩔 줄 모르는 아내가 술을 사놓고 기다리는 그때, 애통하게도 업혀 들어온 것은 남편의 시신.

"하치베의 변소에서 복통 발작을 일으켰는지 죽어 있었습니다."

남편은 집을 나가자마자 3푼을 내고 하치베의 변소에 들어가, 안에서 자물쇠를 잠그고 남이 열려고 하면,

"에헴, 에헴……" 기침을 하고 그 기침에 목소리도 쉬고 낮이 긴 봄날, 일어설 수도 없게 되고 말았나.

이 이야기를 들은 교토의 사람들,

"기막힌 풍류인의 몰락이로군."

"천하제일의 다인茶人일세."

"일본 개국 이래 세련된 자살일세."

"변소 성불, 나무아미타불."

저마다 높이 기리지 않는 이 없었다.

이혼 부부의 아이

1

그도 그녀도 소설가였다. 두 사람 모두 소설가라는 사실은 그들이 결혼하기에 충분한 이유였다. 이와 마찬가지로 또한 그들이 이혼하기에 충분한 이유이기도 했다.

두 사람의 결혼은 아름다웠다. 왜냐하면 그녀는 이혼할 힘을 가지고 있었으니까.

두 사람의 이혼 또한 아름다웠다. 왜냐하면 그녀는 친구가 될 수 있는 마음을 가지고 있었으니까.

게다가 또 하나 아름다운 것은, 그들 사이에 태어난 남자아이였다.

아이를 아빠가 키울 것인가, 엄마가 키울 것인가. ── 그런 다툼도 일어나지 않았다.

2

그의 소설과 그녀의 소설이 같은 달 다른 잡지에 나왔
다. 그의 소설은 헤어진 여자에게, 그녀의 소설은 헤어진 남
자에게 보내는 연애편지 — 드넓은 하늘에 서로를 갈구하
는 연애편지였다.

그 소설 두 편을 연달아 읽은 그녀는 목을 움츠리고 몰
래 소리 죽여 웃었다. 방을 돌아다니며 노래를 불렀다. 아이
를 데리고 집을 나섰다.

그의 책상 위에도 그 잡지가 두 권 펼쳐져 있었다.

"축하 파티를 해요. 당신은 즐겁지 않아요?"

두 사람은 몇 년 전의 애인인 듯, 사람들의 눈을 피해
어둑한 뒷골목을 걸었다.

"저랑 헤어진 후에 또다시, 저랑 같이 살기 전에 지내던
하숙집으로 돌아가다니 쓸쓸하잖아요. 훨씬 더 멀리 날아가
줘요."

"그렇군. — 기왕 헤어진 마당에, 서로의 생활을 손에
잡힐 듯 상상할 수 있어서야."

"어서 서로를 상상할 수 없는 생활을 하자고요."

"그건 힘들어. — 서로서로 상당히 훌륭한 소설가니까."

두 사람의 유쾌한 축하연 귀갓길, 아이는 자동차 안에
서 잠들어버렸다.

"깨우는 것도 가여우니까, 당신 집에 두고 갈게요."

3

다음 날 아침 아이와 단둘이 되고 보니, 그는 깜짝 놀랐다. 전차 거리로 나갔지만 무얼 사주면 좋을지 도통 알 수 없었다. 새삼스레 말문을 열었으나 할 이야기가 없었다. 젊은 친구들이 찾아왔을 때처럼 여섯 살짜리 아이를 커피숍으로 데려가기도 했다.

그건 마치 처음으로 아이를 발견한 것 같은 기분이었다. 부부 사이의 애물단지이며 지금껏 가정부가 맡아 돌봐준 아이를 이제 처음으로 사랑하게 된 것처럼 여겨졌다.

그런데 신기하게도, 도저히 야단칠 수가 없었다.

아이는 장지문을 열고 그걸 붙잡고는 하숙집 복도를 이리저리 살폈다. 사람이 지나가면 문을 닫고 숨고는 다시 열었다. 그 모습을 20분이나 잠자코 지켜보다가 그는 불렀다.

"겐짱, ── 겐짱은 멋지구나, 집이 둘이나 생겨서."

"이거, 아빠 집?"

"응, 아빠 집에서 며칠 자고 갈 거야?"

"며칠로 할까." 아이는 그의 무릎 위에 앉아 고개를 갸우뚱거렸다.

사흘째 되던 날, 그녀의 집 근처 차에서 내리자, 아이는 그의 손을 잡아끌고 내달렸다. 서양식 방의 새 커튼에 큼직한 꽃 그림자가 비쳤다.

그들의 신혼 시절처럼, 그녀는 다시 집 꾸미는 일을 떠올린 모양이다.

"또 놀러와."

그는 아이의 손을 놓고 뒤도 돌아보지 않고 걷기 시작했다. 아이는 따라오지 않았다.

4

— 당신에 대해선 겐짱한테 이런저런 이야기를 들었지만, 저에 대해선 겐짱한테 묻지 말아줘요. 이건 내 이야기도 겐짱한테 들어주길 바란다는 수수께끼는 결코 아니에요.

이런 편지를 들고 아이가 혼자서 그의 하숙집으로 오게 되었다. 혼자서 전차를 탈 수 있었다는 걸 무척 기뻐했으니까, 엄마한테 데려다달라고 부탁한 건 아닐 테지.

"아빠 집에 갈 거야." 아이는 엿새째인가 아흐레째에 말했다고 한다. 그녀가 그를 만나러 오는 핑계는 아닌 모양이다.

아이는 그 앞에서도 날이 갈수록 쾌활하게 행동하게 되

었다. 그와 그녀가 사는 집 두 곳을 왕래하는 것이 점점 수월해진 것 같다. 그가 친구들과 이야기를 나누고 있을 때면, 어느 틈엔가 혼자서 그녀의 집으로 가버린다.

"우리 둘은 가정을 잃었어도, 겐짱한테는 그게 있군요."

"그렇지 않아. 어느 틈엔가 이혼 부부의 아이답게, 거리의 아이답게 그렇게 될 거야."

"부랑아의 싹일까."

"두 사람의 이혼의 이상을 실현시켜줄 거야. 두 사람의 새 가정은 거리 위 푸른 하늘이라는."

5

연극 구경을 하고 돌아오자, 그의 방에서 아이가 혼자 자고 있었다. 그 이부자리 속으로 몸을 밀어 넣어도 아이는 잠에서 깨지 않는다. 아침 10시경 일어나 보니 없다. 정오 무렵 돌아온다. 동네 아이들과 놀았다고 한다.

"엄마는, 어떤 아저씨랑 여행 가버렸어."

허겁지겁 밥을 떠 넣는 아이를 물끄러미 보고 있으려니, 그는 형언할 수 없는 증오심이 느껴졌다.

"여행 — 이 뭔데?"

"응. 여행이래. 문 잠그고 가버렸어."

"겐짱도 아빠랑 저 멀리 가버릴까?"

"그럼, 엄마 집으로 못 돌아가는 거야?"

당혹스러워하는 아이의 그 표정이 그에게 해맑은 웃음을 선사했다.

6

"당신의 소설이 내 작풍의 영향을 말끔히 내다 버릴 때가 온다면, 다시 재결합할 수도 있겠지."

"그런 식으로 대놓고 말하는 건 싫어. 당신이 필요한 때에 언제든지 전 당신의 애인인 걸요."

이런 식으로 헤어진 그들이었다.

그렇지만 두 사람의 작풍이 조금씩 멀어지고 두 사람 감정의 움직임이 상이해짐에 따라 ─ 그 거리감이 아이를 몹시 힘들게 한다는 것을 그는 깨달았다. 아이는 아빠와 엄마 사이를 왕래하면서 그 거리감을 이겨내기 위해 알게 모르게 애쓰고 있었다. 따라서 아이의 감정이 씩씩하게 성장해가는 게 눈에 보였다. 아이는 아빠도 엄마도 자신의 것으로 만들어놓을 작정으로 무언가와 격렬하게 싸우고 있었다. 그것은 그의 가슴에도 그녀의 가슴에도 뼈저리게 스몄다.

그런데 그는 아이가 자신의 아이가 아닌 듯 느끼는 일

도 있었다.

그녀는 아이 안의 새로운 그와 경쟁하고 아이 안에 자신을 더 많이 심어놓으려고 했다.

그리고 두 사람이 만나면, 그녀는 온화한 가정의 어머니 마음이 되어 눈물을 글썽거렸다.

"겐짱은 어쩔 수 없이 고아예요."

"고아라도 인간의 고아가 아냐. 짐승의 고아, 아니면 신의 고아지."

7

그는 또다시 인생의 함정에 발을 들여놓았다. 결혼을 했다.

아름다운 결혼이라고 할 수 없을지도 모른다. 왜냐하면 새 아내에게는 이혼할 힘이 없었으니까. 그럴 힘이 없는 아내와는, 친구가 될 턱이 없었으니까.

하지만 아이는 그의 새집으로 처음 왔을 때, 스스럼없이 그의 아내를 "엄마" 하고 부르며 금세 친해졌다. 그는 다시 아이에게 까닭 모를 증오를 느꼈다.

2, 3일 놀다가 대뜸 그녀의 집으로 돌아가버리자, '제법인데' 하고 머리를 다독거려주고 싶을 만큼 귀엽고 가슴이

후련해졌다. 그렇다고 새 아내에 대한 심술궂은 기분은 아니었다.

그런데 아내는 아이가 작은 새처럼 가버릴 때마다 안절부절못했다.

"제가 겐짱한테 무슨 잘못이라도 했나요?"

그는 아내가 여섯 살짜리 아이보다 더 바보처럼 보였다.

"겐짱을 제가 키우게 해줘요."

"글쎄."

"아무래도 그분이 소설가라는 게, 전 어쩐지 겁이 나요. ── 제 아이로 만들어서, 그분 집으로 못 가게 해주시면 안 돼요?"

"바보!"

그는 느닷없이 아내를 마구 두들겨 팼다. 눈물을 뚝뚝 흘리며 소리쳤다.

"그 아이는 ── 그 아이는, 그 여자가 애인과 함께 누워 있는 침대에도 거침없이 뛰어 올라간다고! 결혼을 하는, 그런 불량배의 자식이 아니야."

그는 드넓은 푸른 하늘의 거리로 뛰쳐나갔다.

현미경 괴담

　"자아, ─ 그건 그렇고." 의학자 후시미는 조금 난처한 듯 쓴웃음을 지었다. 시골 중학교의 재경 동창회에서 유령 이야기꽃이 피었는데, 그러고 보니 참석자 가운데 단 한 사람 의학자인 후시미 군의 의견을 모두들 기대하는 것도 당연했다. 하지만 그는 유령이 있고 없음에 대한 의학적인 의견을 말해 술기운을 가시게 할 것까진 없다고 생각했으리라.

　"그건 그렇고 의사란 작자들은 유령이 되었건 미치광이가 되었건 엄청 징글징글한 물건이 탄생될 거라는 생각입니다. ─ 실은 저도 기이한 사람을 하나 알고 있는데요. 대학에서 저보다 3, 4기 위 남자였습니다."

　그 ─ 지하야라는 남자는 기초의학을 일생의 직업으로 삼고자 했으나 그것으로는 설사 10년, 20년 후에 대학교수가 된다고 하더라도 많은 그의 가족을 부양하는 건 어려웠다. 어쩔 수 없이 부인과 조수를 맡으면서, 해부학 연구실에서 발생학 연구에까지 손을 뻗었다. 그러나 물론 오직 학위

논문을 쓰기 위해 기초의학을 공부하는 다른 동료 조수들과 비교하면, 그의 몰입은 근본부터 달랐다.

"진찰할 때의 이상한 행동 ─ 예를 들어 가장 심한 경우, 그 무렵 내각 추천으로 의원이 된 지 얼마 안 지난 어느 정치가의 따님이 부인과에 다니고 있었는데, 병원 전체에 미인이라는 소문이 자자했지요. 그런데 그 따님을 진찰하더니 지하야 군은 무섭도록 허둥거리며 손을 씻지 않은 채, 복도 건너편의 연구실로 뛰어가지 않았겠습니까. 뭘 하나 싶어 봤더니……"

후시미 군이 얼굴을 붉히며 이야기한 바로는, 지하야가 자신의 오른 손가락을 현미경 원판에 문지르고 있었다고 한다.

"그것도 부족해선지 손톱 틈을 찔러 ─ 손톱을 짧게 깎은 상태라 금방 피가 배어 나왔는데, 그 얼마 안 되는 피도 원판에 문질러 현미경으로 들여다보고, 지하야 군은 얼굴이 새파래지고 말았습니다. 낙담하여 책상에 머리를 찧었습니다."

동료 조수들은 그것도 발생학과 무슨 관련이 있으려니 빈정거리며 이야기를 나누었을 뿐 그다지 개의치 않았지만, 한 달 후쯤에는 '지하야의 발생학'이라는 말이 병원 내에서 어떤 의미의 유행어가 되어버렸다. 왜냐하면 지하야는 그 아름다운 따님을 연인으로 삼은 것 같았기 때문이다. 어느 틈엔가 동료 조수들은 의사와 환자 사이라기보다 친구의 약혼자로서 그 따님과 대화를 주고받는 상황이 되고 말았다. 하지만 지하야가 외곬으로 쏟는 뜨거운 시선이 두려워 누구도 그녀와 친하게 이야기를 나누는 건 삼가고,

"현미경적 탐정 기술로 질투받는 건 도저히 못 참지."
멀찍이서 비아냥거렸다.

"웃을 일이 아닙니다. 현미경은 실제로 과학적 탐정 기술의 훌륭한 도구지요. ── 예를 들면 리옹 경찰 실험실의 에드몽 로카르* 박사가 어떤 남자의 귀지를 현미경으로 5만 배 이상 확대해봤더니, 인쇄용 잉크 물방울, 석판 인쇄에 사용하는 돌가루 그리고 어떤 약품의 결정체, 즉 지폐 위조의 증거가 생생히 드러났습니다. 로카르 박사처럼 현미경을 사용할 줄 아는 부인이라면, 여러분이 여자와 악수만 하고 귀가하셔도 금세 탄로 납니다."

또한 신新귀족원 의원의 따님이란 반드시 품행 방정의 조건은 아니다. 신참 졸업생인 지하야의 무서운 눈을 알지 못한다. 그리고 과科 시합 ── .

"이를테면 내과와 부인과 조수들끼리 야구 시합을 하기도 하는데요."

그 과 시합의 인기 스타라고 할 오타케 조수는 그 따님

* Edmond Locard(1877~1966). 프랑스의 범죄학자.

과 유쾌한 사이라 할까, 거리낌 없이 금세 친해졌다. 그리고 그와 따님이 함께 신궁神宮 야구장에 리그전을 보러 간 다음 날 아침 복도를 지나가는 그를 지하야가 불러 세우고,

"오타케 군, 요 근래 4, 5일 진찰한 적 없지?"

"예."

"오늘도 아직 환자를 안 만났지?"

"이제 막 출근했습니다."

"10시까지 야마다 교수의 조직 교재를 만드는데 거들어 주겠나?"

말하는 대로 오타케가 연구실에 들어가자 그의 손을 예리하게 살피고,

"손톱이 좀 긴 것 같군. 표본을 만지기 전에 깎도록 해."

그리고 오타케가 옆 표본실로 간 틈에 지하야는 그 손톱 부스러기를 주워 손톱 때를 원판에 문지르고 현미경을 들여다보다가, 돌아온 오타케의 어깨를 다짜고짜 낚아챘다.

"자, 자, 자넨 간밤에 여자와 함께 있었지?"

"무슨 짓입니까? 멍청이!" 오타케는 연구실을 뛰쳐나오고 말았다.

"지하야의 원령 같은 얼굴에 자기도 모르게 오싹해져 오타케가 도망친 게 화근이었습니다. 나중에 오타케 본인도 그렇게 말하더군요. ── 그날도 따님은 치료하러 왔는데……"

저녁 무렵 해부학 연구실 문을 사환이 무심코 열자 —
지하야의 오른 손가락에서 손바닥은 살갗이 완전히 뻘겋게
벗겨진 채 피가 뚝뚝 떨어지고 있었다. —그 피범벅이 된
손에 작은 메스를 쥐고서 왼손 손톱 틈을 찌르고 있었다. 사
환은 소리도 지르지 못하고 도망쳤다.

"그리고 우리가 여럿이 뛰어갔을 때 지하야는 왼손 생
손톱을 완전히 벗기고 손가락 살집을 깎아내는 참이었습니
다. 손가락뼈가 훤히 드러난 피투성이 오른손에 메스를 잡
고서 말이지요. —더구나 그 앞에는 따님이 쓰러져 있었
습니다. 목에는 지하야의 손톱 상처가 여럿 나 있었습니다.
—그리고 또 한 가지, 우리 의사들에게도 역시나 무서웠던
것은 곁에 놓인 현미경이었습니다. 지하야가 자신의 손톱
때를 원판에 문지른 게 틀림없는데 —따님 목의 자그만 살
집과 피가 —그녀를 떠났음에도 여전히 살아서 꿈틀꿈틀
움직이는 것이 현미경으로 보이더군요. —그리고 따님이
평소 애용하는 화장품도."

지하야는 이러한 현미경적 증거를 자신의 손에서 없애
려고 스스로 제 손가락을 깎고 있었다. 미치광이가 되어서
까지도 늘 현미경만 들여다보는 남자의 애처로움. 더 큰 증
거 —거기에 쓰러져 있는 따님의 몸을 까맣게 잊고 — .

"정말이지 피해자의 피는 범인의 땀샘 세포에 스며들어
아무리 씻어내도 지워지지 않는다고 합니다." 후시미 군은

동창생들을 둘러보았다.

"그럼 저도 모두를 따라 해부학 교실에는 뻘겋게 벗겨진 손으로 피투성이 손을 깎는 유령이 나온다고 말할까요? —젊은 오타케와 따님이라고요? 그건 말이죠, 오타케는 전날 밤을 여자와 보낸 건 틀림없지만 완전히 딴 여자, 오타케 자신의 연인이었습니다."

무희 여행 풍속

1

도쿄 교외 오모리 부근은 언덕, 서양인, 젊은 부인, 무희가 눈에 띄게 많은 동네.

무희에는 물론 모던한 스타일과 고풍이 있다 ─ 무도장의 재즈 밴드에서 춤추는 단발의 댄스 걸과 요릿집이나 카페 문 앞에 샤미센*을 안고 서 있는 갈래머리 소녀 예인.

댄스 걸은 오모리의 언덕 동네에 살고, 소녀 예인은 바다 근처의 마을을 흘러 돌아다닌다. 그래서 무희 메리가 바다를 따라 난 게이힌京浜 신新국도를 무도장 손님의 배웅을 받아 자동차를 타고 오면 시나가와品川에서부터 이미 창밖만 보고 있다. 그리고 어둑한 골목길에 샤미센 소리가 들리면,

---

* 3현으로 된 일본 고유의 현악기. 사각형의 납작한 동체 양쪽에 고양이 가죽을 댔다.

"언니!" 목청껏 부른다.

"세워요. — 언니를 같이 데려가요."

그리고 언니를 자동차에 태우면 이제 손님 따윈 제쳐놓고 — 댄스 걸은 언니의 샤미센을 만돌린풍으로 켜며 신나게 떠들어댄다. 소녀 예인은 자그만 버선을 벗어 가볍게 털면서,

"먼지가 말도 못 해. 옷자락이 엉망이야."

그런가 하면 댄스 걸은 2등, 소녀 예인은 3등, 같은 전차로 돌아가면서 오모리까지 내처 모를 때도 있다.

카페에서 손님이 소녀 예인에게,

"저 애, 여동생이니?"

"그렇구먼요."

"하나도 안 닮았군."

"고아원에서 여동생 삼았구먼요."

"넌 어째서 댄스 걸이 되지 않아?"

"남자와 끌어안고 춤추는 거, 싫구먼요."

무도장 손님이 댄스 걸에게,

"너도 얼마 전엔 언니의 샤미센에 맞춰 싸구려 카페에서 춤추지 않았어?"

"누가 그런 거지 같은 일을."

참으로 요즘 시선으로는 — 언니의 춤은 거지 쪽에 가깝다. 여동생의 춤은 귀한 따님 쪽에 가깝다. 그럼에도 두

아가씨를 무엇이 이토록 아름답게 맺어주고 있는지는 아무
도 모른다. 고아원에 함께 있었다 ─ 라고 언니가 무심히 말
한 건 곧이곧대로 들린다. 뿐만 아니라 귀한 따님이 남 앞에
서 조금의 창피함도 없이 언니를 거지라고 부르는 ─ 그 '요
즘의 시선'을 개의치 않는 여동생은 정말이지 고아원 출신
소녀다웠다. 밑바닥에서 껑충 뛰어올라 대담무쌍한, 인생
그 자체인 가출 소녀.

2

직업도 신분도 알 수 없는 화려한 풍속의 여자를 보거
든 댄스 걸이라고 생각하라 ─ 도쿄에서 이렇듯 그녀들의
풍속이 새로웠을 무렵 나는 메리를 발견했다. 누가 붙였는
지 바닷가 항구 아가씨풍으로 가장 흔하디흔한 이름인 메리
로 불리는 소녀를. 옷깃만 새빨간, 새하얀 세일러복 ─ 이를
테면 이와 같이 그녀는 늘 청순한 소녀풍 인상을 자랑거리
로 삼았다.

"대체 몇 살이야?"라고 묻는 것이 어느 남자에게나 신
선한 기쁨이듯.

나는 오후 3시경 그녀와 자주 우연히 전차를 함께 타곤
했다. 그녀는 립스틱이 짙은 입술을 일부러 삐죽 내밀어 항

상 무언가를 경멸하는 표정이었다. 너무 이른 사랑 때문에 여학교를 퇴학당한 귀한 따님이 음악이나 수예를 배우러 다니는 거겠지. 나의 추측은 이 정도로만 머물렀다.

그런데 한밤중에 두 팔로 덩치 큰 두 남자와 팔짱을 끼고 태연히 돌아간다. 갈래머리 소녀 예인과 어깨를 맞대고 노래를 부르며 돌아간다.

그 소녀 예인은 늘 혼자 돌아다니는 것, 빨간 끈 짚신, 긴 소매 옷, 허리띠에 끼운 붉은 어깨띠, 작고 동그란 얼굴로 — 누구나 알고 있다.

그녀는 카페 손님에게도 여급에게도 '구먼요' 말투를 쓴다. 가게에 손님이 없으면 입구에서 발그레 뺨을 붉히고 고개를 숙인 채,

"언니, 잠깐 쉬어가도 될지 모르겠구먼요?"

그리고 가게 의자에 걸터앉아서도 그저 말없이 쓸쓸하니 고개를 숙이고 있는 탓에 여급이 말을 걸게 된다.

그래서 그녀는 시나가와와 가마타蒲田 사이, 옛 도카이도東海道 해안에서 여급들에게 미움받지 않는 오직 단 한 사람의 무희였는데 — 벚꽃 무늬 수건을 반듯하니 개어 촌스럽게 목에 두르고, 그 끝을 오른 손가락으로 잡아 휙 내던지며 춤추기 시작한다 — 그녀와 단발의 아가씨가 함께 사는 것은 신기하기 짝이 없는 사실이었다. 설사 귀한 따님이 댄스 걸임을 알게 된 후에도.

하지만 몸집이 자그마한 소녀는 춤추기 좋은 상대가 아니다. 단지 그녀의 소녀풍 인상 때문에 인기 있는 ─ 그렇지만 춤에 능숙한 남자가 기교를 넘어 곡예처럼 날뛰면, 그녀는 어디까지나 흥겹게 마치 초등학생 유희 시간인 듯 신나게 춤춘다. 눈을 반짝반짝 빛내며 숨이 가빠진다.

3

이 무희의 모습이 오모리에서 보이지 않게 되었다.

나는 이즈 여행을 떠났다. 이 온천에는 내가 좋아하는 안마사가 있다. 아니, 이 온천에 오는 안마사 ─ 라고 고쳐 말하는 게 옳다. 그는 10리 남짓 떨어진 북쪽의 번화한 온천장에 살며, 집에는 제자를 대여섯 명 데리고 있다. 눈이 보이는 사람보다 빨리 걷는 것이 무엇보다 자랑.

"눈이 보이는 사람의 발소리가 들리면 뛸 듯이 걸어서 앞장서지 않고는 못 배기는 성질이라, 강에 빠지기도 하고 나무에 부딪히기도 하다 보니 늘 새 상처가 끊이질 않는답니다" 하고 여관 여종업원이 나를 웃긴 이후 나는 좋아하게 되었다.

대개 맹인 안마사는 욕조 안에서 보면 어쩐지 추레해 보이는데, 포동포동 살찐 그의 벗은 몸은 터질 듯 힘이 넘치고 아름다웠다.

그는 퉁소 한 자루를 들고 매달 초순 북쪽 온천장에서 이 여관으로 온다. 이 마을의 안마사 네다섯 명을 불러다 퉁소를 불고 그다음엔 기다유,* 나가우타** ─ 이런 식으로 2, 3일 거들먹거리며 부자 티를 내고 놀다 간다. 손님은 늘 맹인뿐.

오늘도 이치마루의 연회 ─ 이 여관 사람들은 그의 기묘한 놀이를 '이치마루 씨의 연회'라고 부르는데, 내가 머무는 별채와 정원수 너머로 서로 마주 보는 방에서 맹인 여섯 명이 퉁소를 합주하고 있다.

지도리千鳥 곡이 끝나고 한 사람이 퉁소를 탁 털자 앞자리 맹인에게 침이 튀긴 듯,

"뭐야! 사람이 있는 게 안 보여?"

혼난 맹인은 주먹으로 상대를 때리는 시늉을 했다.

뜻밖에 여자 목소리로,

"가네마루 씨가 주먹으로 스기마루 씨를 때리는 시늉을 했어요."

맹인들이 빙 둘러앉은 그 옆에 소녀가 유카타에 자줏빛 가죽띠를 맨 차림으로 오도카니 앉아 있다.

스기마루가 날름 혀를 내밀었다.

* 샤미센 반주에 맞추어 가락을 붙여 엮어나가는 이야기.
** 일본 전통극 가부키 무용의 반주 음악으로 발전한 샤미센 음악.

"스기마루 씨가 혀를 내밀었어요."

옆 안마사가 그녀에게 치아를 훤히 드러내자,

"어머! 스나마루 씨가 히이잉!"

"좋아!" 이치마루가 일동을 둘러보며 ─ 보이지는 않지만,

"이봐, 다들 무언가를 해서 알아맞히기 게임을 하자. 마치코가 심판이야. 마치코, 한가운데로 나와."

"네, 좋아요."

이치마루가 고쳐 앉아 합장했다. 다섯 맹인은 의기양양하게 고개를 갸웃한 채 생각에 잠겼다.

"어머, 안 돼요! 손을 모아 빌었어요."

"무얼?"

"그건 ─ 보이는 사람도 알 수 없잖아요."

"됐지?" 하고 스기마루가 콧구멍에 검지를 쑤셔 넣었다. 다섯 명 모두 알지 못한다. 스나마루가 칼을 뽑는 시늉을 했다.

"어머! 한꺼번에 하면 안 돼요. 스기마루 씨, 코에 손가락 쑤셔 넣고 스나마루 씨, 칼을 뽑고……"

가네마루가 입을 삐죽거리자 소녀도 덩달아,

"가네마루 씨, 입을 삐죽거렸어요."

곧장 이치마루가 두 손으로 이마에 뿔을 세우고 가네마루가 다시 코딱지를 튀겨내고,

"이치마루가 도깨비가 되고……" 그녀가 말하는 사이 맹인 여섯 명이 일제히 기묘한 손짓에 표정을 짓기 시작했다.

"가네마루 씨가 코딱지를 튀겨내고 하시마루가 히이잉! 지마루 씨가 우는 시늉을 하고 ── 안 돼요, 안 돼요! 헷갈리잖아요. 가네마루가 귀를 잡아당기고, 스기마루가 입술을, 이치마루는 목을 매고, 스나마루 씨는, 하시마루는 ── 아아, 바쁘다!"

"아아, 바쁘다!" 이치마루가 우람한 허벅지를 출렁이며 뒤로 벌러덩 나자빠졌다.

"이치마루는 나자빠지고……"

그러자 나머지 맹인들도 일제히 다리를 쳐들어 우당탕 나자빠지고, 소녀는 배꼽을 잡고 엎어진 채 작아졌다.

마침 그때 승합마차가 도착하고 샤미센 소리가 들려왔다.

"어머! 언니!" 유카타 옷자락에 슈미즈를 차내며 복도를 달려가는 이는 ── 바로 무희 메리였다.

4

메리가 나가는 무도장이 무희의 품행이 바르지 못하다

는 이유로 영업 정지를 당하고, 그녀도 무희 면허증을 빼앗긴 것은 나도 알고 있었다. 그러고 나서 곧 무희 두 사람의 모습은 오모리에서 사라졌는데.

"저 단발머리 아가씨는?"

"이치마루 씨가 데려왔습니다만, 가게 주인이나 첩으로 삼으려는 걸까요?" 여관 종업원이 말한다.

"이치마루의 집에서 지내나?"

"그렇다고 하더군요."

"그 유랑 예인은?"

"그 아이는 이 근처 안마사의 딸인데, 유랑 예인에게 맡겨져 열두세 살 무렵까지 이즈를 돌아다니고 있었습니다만, 요즘 다시 어디에선가 돌아와······"

"역시 이치마루의 집인가?"

"글쎄요, 늘 저렇게 떠돌겠지요."

잠시 후 이치마루의 방에서는 술 취한 맹인들이 무희의 샤미센에 맞춰 춤추기 시작했다.

맹인들의 문어 같은 춤사위 한가운데 마치코인 메리는 유카타 옷자락을 세일러복 스커트처럼 짧게 걷어 올리며 차 찻차찻차 찰스턴* 댄스를 참으로 멋들어지게 추고 있다.

나는 웃다가, 웃다가 눈물이 났다.

* 사교댄스의 하나. 1920년대 찰스턴에서 시작되어 유행했다.

망원경과 전화

1

　포부레 씨의 두 의족은 이 이야기에 너무나 적합한 조건이지만, 제자인 우리한테도 아주 도움을 주었다.

　우선 우리가 아무리 시도 때도 없이 불쑥 찾아가도 선생님이 부재중인 경우가 없다. 게다가 외출을 할 수 없는 선생님은 한 번도 우리의 방문을 반겨주시지 않은 적이 없다.

　"선생님은 걸어 다닐 수 없는 다리의 쓸쓸함을 위로하기 위해 프랑스어를 가르치기 시작했어."

　이것이 누구나 생각하는 —— 그리고 한결같은 소문이었다.

　"아름다운 사람들은 프랑스 화장품 냄새가 나지. 그리고 프랑스어가 로망인 일본, 나는 떠나지 않아." 선생님은 가끔 노래하듯 말한다.

　프랑스어가 로망인 일본 —— 이것은 제자들의 노래이기도 했다. 특히나 가난한 학생인 내게는 아름다운 노래였다.

다리를 잃기 전 포부레 씨는 프랑스 대사관의 젊은 서기관이었다고 한다. 그런 까닭에 제자 중에는 아름다운 부인이나 아가씨가 많았다.

그녀들은 언제나 선생님 주변에 대사관의 무도회나 크리스마스, 또한 요코하마 항구의 공기를 어렴풋이 풍기게 했다. 게다가 선생님은 틈만 나면 — 이라고 여겨질 만큼 자주 일본 노래 한 구절을 불렀다.

금란 단자 고운 띠 매면서
어째서 우는가 저 새색시는

프랑스의 동그라니 혀 꼬부라지는 목소리로 부르니, 이 노래는 고풍스러운 애수를 잃고 묘하게 새롭고 이국적인 경쾌함이 있었다.

그 노래를 들으며 나는 자주 생각했다.

"과연 장애인 같은 불행은 — 그 사람이 외국에 있으면 오히려 부드러운 애교로 보일지도 몰라."

하지만 B코가 — 그녀는 열다섯 살 여학생인데 어느 날 내게 말한 적이 있다.

"포부레 선생님을 일본에 남도록 붙잡은 건 분명 일본 아가씨의 다감한 눈물일 거라는 소문이 있어요. 선생님이 다치셨을 때 누군가 으앙 울음을 터뜨리는 바람에 앞뒤 생각 없이 맹세하고 말았을 거라고요."

2

소리가 나기에 돌아보니 비둘기가 발코니를 걷고 있었
다. 영락한 독일 음악가가 널어놓은 재킷 옆에서 그 비둘기
는 동네의 하늘로 떠올랐다. 동네 건너편은 오후 안개가 내
려앉아, 증기선이 지나지 않으면 안개빛 바다는 먼 산맥이
라고 착각할 수도 있었다. 호텔 비둘기는 여섯 마리. 7월의
열기를 한껏 빨아들이며 잿빛으로 뿌연 동네 위를 날고 있
었다.

포부레 씨는 가죽 의자에 일본풍으로 — 두 다리의 의
족을 벗으면 납작하니 단정하게 앉을 수밖에 없는데 그 정
물화 같은 자세로 내게,

"내 의자를 창문 가까이 밀게."

창가에는 — 이 방의 표시이기도 한 큼직한 망원경이
놓여 있다. 선생님이 다리를 잃고 언덕 위 호텔로 옮겨 왔
을 때 친구와 지인들이 선물한 기발한 위문품이다. 선생님
은 제자들에게도 절대 손을 대지 못하게 할 만큼 그 기계를
사랑한다. 제자들 또한 그걸 들여다보는 일은 선생님의 눈
안 — 즉 마음 안으로 들어가는 무례한 행동을 하는 느낌이

들어선지, 망원경을 신성시하는 것이 이 방의 예의였다.

그런데 오늘은 선생님이 내게,

"자넨 망원경으로 인생을 본 적 있는가?"

"인생을? ─ 나는 오페라글라스로 게이샤의 춤을 본 적이 있을 뿐이다. 신바시新橋 무용 극장에서 벚꽃 필 무렵의 춤을." 나의 프랑스어는 나를 젠체하게 만든다.

"다른 인생을 발견했는가?"

"게이샤의 몸통이 시선 가득 와락 덮어씌우듯 뛰어들어 나를 놀라게 했지. 그녀들의 실물 한 배 반 크기의 몸은 파도 같은 압력으로 내 얼굴 가까이 밀려왔다."

"그래. ─ 그럼 S코는 무얼 봤어?"

"나? ─ 난 높은 탑에서 도시를."

"그 감상은?"

"어릴 적 기억이에요. ─ 새는, 새가 하늘을 날고 있었고, 어째서 새는 좀더 빨리 날지 못할까 생각했어요."

"그 새는 비둘기?"

"네, 비둘기 ─ 방금 비둘기라는 프랑스어를 잊어버려서 새라고 했어요. 쌍안경 안에서 날갯소리가 들리는 느낌이었죠."

"그래." 선생님은 망원경 핀트를 맞추었는데, 느닷없이 날카로운 코를 내게 들이대고,

"지금 이걸 봐."

"앗!" 나는 망원경에서 얼굴을 떼었다. 내 얼굴 바로 가까이, 남녀 한 쌍이 키스하고 있다. 다시 들여다봐도 ── 키스하고 있다.

여자는 화장기 없는 하얀 이마에 어울리지 않을 만큼 어렴풋이 혈색이 뺨에 비쳐, 병에서 갓 회복된 게 틀림없다. 남자가 입술을 움직일 때마다 여자는 어깨부터 흔들린다. 여자의 긴 머리가 등짝에 툭 흘러내렸다. 그리고 눈을 뜬 채 남자의 얼굴을 쳐다보고 있다. 그녀는 앓고 나서 오늘 처음 머리를 감은 듯, 아무렇게나 다발 지어 꽂아둔 빗치개가 빠져 떨어졌으리라.

내 얼굴이 창백해진 걸 보고 S코는 남의 비밀을 묻듯이,

"나도 봐도 돼?"

"안 됩니다." 나는 망원경 앞을 가로막았다. 아까도 S코가 없었다면 나는 선생님에게,

"색정이 ── 파도 같은 압력으로 내 얼굴 가까이 밀려왔다"라고 말할 뻔했다.

선생님은 무섭도록 진지한 표정으로 미소 지으며,

"신神이라는 이름이 붙는 모든 것은 인간과 아주 조금 다른 눈을 가진 데에 불과하다."

"예술의 천재도……"

"아무튼 Y와 S코는 내일도 오늘처럼 3시에 와. 나는 희곡 하나를 쓰겠네. 나는 두 사람을 신으로 삼겠네."

다음 날 S코는 엷은 쪽빛 새 비단옷을 입고 나보다 5분 먼저 와 있었다. 다른 향수 냄새가 났다. 바다에는 쌘비구름이 떠 있고, 돛 빛깔이 선명했다. 해안의 가스탱크가 번쩍번쩍 빛났다. ─ 하지만 저 멀리 보이는 동네에서 새하얀 것은 새 목욕탕의 굴뚝과 큰 병원의 벽뿐이었다.

포부레 씨는 망원경 옆에 탁상전화를 가까이 끌어다 놓고 S코에게,

"57번, K병원, 3호실 환자를 불러내. 그녀 집이라고 하고."

나도 선생님 옆에서 망원경을 들여다보니 ─ 바로 내 눈앞에서 어제의 남녀가 오늘도 키스하고 있다. 그 병원 옥상정원으로 간호사가 올라온다. 간호사가 여자 앞에서 허리를 살짝 굽힌다. 두 사람 나란히 걸어간다.

S코가 깜짝 놀라 수화기를 귀에서 떼고 일본어로,

"받았습니다."

"그럼 Y, 내 말을 그녀에게, 그녀 말을 내게 통역해." 선생님의 말에 나는 수화기를 받아 든다.

"여보세요? 누구, 누구세요? 당신이에요?" 여자 목소리.

"누구? 남편인가? 하고 그녀 말한다."

"남편이다. ─ 넌 방금 옥상정원에서 원장 아들과 키스

를 했다."

"난데, 당신은 방금 옥상정원에서 원장 아들과 키스했지?"

대답이 없다.

"그저께 처음 키스했고, 어제도 오늘도 오후 3시에 같은 벤치 옆에서 선 채 키스했다."

"그저께 처음 키스했고……"

"여보, 정말 당신이에요? 겁주기 없기예요. 회사에 계세요? 집? 당신 목소리가 아냐. 어디 계세요?"

"그녀는 사실을 부정하려 하고, 남편 목소리라 믿을 수 없는 모양이다."

"믿게 만들어. ── 오늘 아침 병문안을 마치고 집으로 돌아왔다. 병실에 지팡이를 두고 왔다."

"아내의 부정을 보고 평소 목소리로 이야기할 수 있다고 생각해? 오늘 아침 당신 병실에 지팡이를 깜빡 두고."

"어머! 지팡이를 ── 지팡이를 가지러 되돌아왔군요. 어디 계세요?"

(이하 프랑스어로 말한 표현은 생략한다.)

"병원에 되돌아오지 않아도 당신이 하는 일쯤은 다 보여. 남편은 ── 아내는 남편 것이라는 사실을 잊어버린 당신은 남편의 눈을 경멸하는지 모르겠지만 당치 않아. 당신은 오늘 아침 내가 돌아가자 침대 위에 앉아 손톱을 깎고, 오렌지를 먹고, 양말을 신어보고, 발을 바라보고, 립스틱을 바르고 한참 동안 거울 앞에서……"

"그 그 그걸……"

"내 눈은 신의 눈이야."

"아니에요. 뭔가 이상해. 당신은 자신을 '나'라고 말하지 않아요."

"그 남자는 당신을 만나기 전 당신 병실에 있던 아가씨하고도 그 갈대밭 아래 벤치에서 키스했어. 그리고 젊은 간호사하고도 ─ 그 여자는 가엾게도 병원에서 쫓겨난 모양이야. 난 모두 보고 있었지. 그런데 당신까지 그 남자의 키스용 벤치에 다가가, 멍청이."

"여, 여보! 용서하세요……" 외치는 소리로 전화가 끊겼다. 선생님이 둥근 렌즈 통을 조금 움직여주기에 내가 망원경을 들여다보니, 악마에 쫓기듯 파랗게 질린 그 여자는 병원 현관으로 달려 나가 두리번두리번 주위를 살피고는 털썩 쓰러졌다.

"제1막 성공. ─ 그녀는 그렇게 세계에서 가장 정숙한 부인이 되었다" 하고 선생님은 싸늘하게 웃었다.

포부레 씨의 망원경으로는 그 병원 입구, 약국, 의무실, 취사장, 북쪽 병실, 옥상정원 등이 이웃집처럼 훤히 보인다. 이러한 곳은 근처 집들에서는 결코 보이지 않는다. 또한 저 멀리 언덕 위에서 지켜보는 것을 그곳 사람들이 알 턱이 없다.

"튼튼한 다리로 걸어 다니는 사람들보다도 나는 오히려 더 많은 벌거벗은 인생을 봤지. ── 내 화려한 프랑스어 제자들과 병원 사람들, 내게는 두 개의 인생이 있었다. 제자들은 아직도 나를 외교관이라고 생각해. 그래서 나는 병원의 인생과 좀더 많이 함께 기뻐하고 울었다. 그곳의 선과 악 ── 하지만 망원경으로 확대되어 신처럼 알고 신처럼 쓸쓸했다. 자네들의 도움을 빌려 나는 신의 심판을 내린다. 제 2막을 시작해볼까?"

그런데 제2막은 비극이 아니었다. 의무실에서 늘 현미경을 들여다보는 의사가 있었다.

"현미경은 ── 망원경과는 또 다른 신의 눈임에 틀림없어. 또한 장애인에 대한 사랑은……" 말하다 말고 선생님은 뺨을 붉혔다.

그는 약품으로 인해 오른쪽 귀에서 뺨으로 화상 흉터가 있었다. 한 간호사가 그를 사랑했다. 하지만 못생긴 그는 못

생긴 탓에 그걸 알아채지 못했다.

선생님은 그 간호사의 목소리를 S코에게 흉내 내게 하고 의사를 전화로 불러냈는데,

"저어, 저어, 저는 병원에서 가장 신참 간호사예요." 겨우 이렇게 말했을 뿐, S코는 우물거리고 말았다.

"제2막 내일로 연기."

그래서 나와 S코는 호텔 카페에서 차를 마시고 방으로 돌아왔는데 선생님이 엄하게 그녀에게,

"S코 — '저 부탁이에요. 대학생과 결혼 약속했어요'라고 전화로 말하게."

S코는 놀라며 뺨이 붉어졌지만 선생님은 너무나 진지했다.

"저어, 저 부탁이 있어요. 실은 대학에 다니는 분과 결혼 약속을……"

그런데 돌연 물러서며 자신의 입인 듯 수화기를 꾹 누르고,

"어머! 엄마."

S코의 어머니였다. 병원이 아니라 S코의 집으로 전화 연결이 바뀌어 있었다. 선생님은 눈을 가늘게 뜨고 웃으며,

"내일은 연인 역할을 하도록 S코를 연인으로 만들었어."

우리는 곧 호텔을 나왔다. 정원의 녹나무가 석양에 타

오르고 있었다. 뒤에서 포부레 씨의 경쾌한 노래가 들려
왔다.

금란 단자 고운 띠 매면서
어째서 우는가 저 새색시는

"저 어떡해요? ── 집으로 못 돌아가요."
"해안 쪽으로 걸을까요?"

넓은 도로를 자동차가 엄청난 기세로, 우리를 향해 달
려왔다. ── 그 차 안에 옥상정원의 여자가 있다. 그녀는 키
스 상대에게 축 늘어져 기대고 있다. 선생님의 실패다. 아까
전화로 남편에게 들켰다고 여겨, 될 대로 되라는 식의 두 사
람이다. 하지만 앉은뱅이 프랑스인의 망원경은 이 자동차도
우리도 역시나 지켜보고 있는 걸까. 나는 오싹해져 S코 곁
으로 다가갔다. 휙 지나가는 자동차에서 열정이 내게 전해
져왔다. 선생님의 망원경과 전화가 이번엔 성공했다. 새 연
인인 우리가 선생님이 있는 호텔의 언덕을 돌아보자, 비둘
기 세 마리가 유유히 날고 있었다.

닭과 무희

무희가 닭을 겨드랑이에 끼고 가다니 — 아무리 한밤중이라도, 물론 무희는 마뜩잖았습니다.

무희가 닭을 키우는 게 아닙니다.

그녀의 어머니가 키웁니다.

그녀가 훌륭한 무희가 되면 그녀의 어머니도 닭 같은 건 키우지 않을지도 모릅니다.

— 지붕 위에서 알몸으로 체조해요.

어머니는 화들짝 놀랐습니다.

— 한두 사람이 아니에요. 40, 50명 늘어서서 여학교 체조처럼. 알몸이라고 해봤자, 다 벗는 건 발뿐이에요.

콘크리트 옥상에는 봄볕이 넘쳐납니다. 무희는 풋풋한 죽순처럼 자신의 손발이 쑥쑥 뻗어 나가는 걸 느꼈습니다.

— 초등학교라도 이제 맨땅에서 체조를 하지 않거든요.

어머니가 분장실 입구에 마중 나와 있습니다.

— 닭이 밤에 울었단다. 뭔가 안 좋은 일이 네게 생겼
나 싶어서.

무대 연습이 끝날 때까지 어머니는 밖에서 기다립니다.

— 내일부터 손님들 앞에서 알몸으로 춤춰요.

이렇게 말하지는 않았지만, 무심코,

— 이상한 사람이 있어요. 엄마가 기다리고 있던 그 옆
이 분장실 목욕탕이에요. 그곳에 한 시간이고 멍하니 서서
지켜보는 남자가 있대요. 젖빛 유리에다 창문이 높아 그림
자도 비치지 않는데. 수증기 방울이 유리창을 흘러내리는,
그것만 지켜본대요.

— 얘야, 닭이 밤에 울 만도 하구나.

밤에 우는 닭은 아사쿠사淺草의 관음보살님이 계신 곳
에 내다 버리는 풍습이 있습니다.

그렇게 하면 화를 당하지 않는다고 합니다.

관음보살님의 비둘기와 함께 지내는 닭들은 모두 이처
럼 주인을 위한 충실한 예언자였다고 합니다.

무희는 다음 날 밤 일단 집으로 돌아갔다가 다시 고토
토이 다리를 건너 아사쿠사로 왔습니다.

겨드랑이에 닭을 싼 보자기 꾸러미를 끼고서.

관음보살님 앞에서 꾸러미를 풀자, 닭은 땅에 내려서자
마자 파닥파닥 날개를 펼치고 허둥지둥 어딘가로 달려가버

렸습니다.

　―닭은 정말 바보야.

　그 언저리의 으슥한 곳에라도 쪼그리고 있다면 가엾습
니다. 그런 생각에 찾아보지만 눈에 띄지 않습니다.

　무희는 기도를 하라는 말을 줄곧 들어온 게 생각났습
니다.

　―관음보살님도 예전에 춤추신 적이 있나요?

　그리고 꾸벅 머리를 숙이고 나서 위를 쳐다보고는 깜짝
놀랐습니다.

　은행나무 높다란 가지에 닭이 네다섯 마리 앉아 잠이
들었습니다.

　―닭은 어찌 되었을까?

　무희는 극장에 가는 도중에 관음보살님 앞에 멈춰 섰습
니다.

　어디선가 어젯밤의 닭이 가까이 다가왔습니다.

　그녀는 얼굴이 빨개지며 도망쳤습니다. 닭이 달려왔습
니다.

　닭에게 쫓기는 무희를, 공원 사람들은 어이없다는 듯
구경했습니다.

　닭은 인파들 한가운데서 나날이 야생의 새로 돌아갔습

니다.

상당히 날 수 있게 되었습니다. 날갯죽지는 모래 먼지를 뒤집어써서 뽀얘지고 말았지만, 아사쿠사의 떠돌이 소년다운 재빠른 무사태평으로 비둘기와 함께 콩을 줍거나 새전함 위에 올라가 거만스레 굴기도 했습니다.

그런데 무희는 두 번 다시 관음보살님 앞을 지나려고 하지 않았습니다.

지나간들 닭은 이미 그녀를 잊어버렸습니다.

무희의 집에서는 병아리가 스무 마리나 부화했습니다.

병아리는 밤에 울어도 불길하지 않겠지요.

— 얘야, 사람도 아이가 밤에 우는 건 당연하잖니.

— 정말로 어른이 밤에 운다면 이상해요.

무희는 이런 시시한 이야기를 하고 — 그럼에도 조금은 의미를 느끼게 되었습니다.

그녀는 자주 중학생과 걷습니다.

그다지 재능이 없는 무희란, 중학생과 나란히 걷기도 하나 봅니다.

집에 돌아와 보니,

— 무슨 일일까? 또 닭이 밤에 울었단다. 얘야, 관음보살님에게 기도하고 오렴.

무희는 섬뜩했으나, 그래도 웃습니다.

— 병아리가 스무 마리 태어났다면, 난 남자 스무 명과 같이 걸어도 괜찮다는 걸까? 이 정도면 평생 충분하겠네.

무희의 착각이었습니다.

닭의 예언은 중학생이 아니었습니다.

겨드랑이에 닭 보자기 꾸러미를 낀 무희에게, 수상한 남자가 뒤따라왔습니다.

그녀는 무섭다기보다도 닭이 창피스럽습니다. 그리고 주뼛주뼛 겁먹은 그녀 — 그렇습니다, 크게 고함이라도 질러봐요.

닭 꾸러미를 들고 가는 무희는, 분명 의심받을 만도 할 테지요.

남자는 마침 이때다 하고 생각한 게 틀림없습니다.

— 아가씨, 멋진 돈벌이에 한몫 거들지 않을래? 난 말이지, 매일 아가씨가 춤추는 극장의 쓰레기통을 뒤지고 있어. 그렇다고 넝마주이는 아냐. 휴지 나부랭이 속에 무희들에게 보낸 연애편지가 잔뜩 버려져 있더군.

— 네?

— 그렇다니까. 그 편지들을 빌미로 멍청한 사내들한테서 쪼끔 뜯어내자고. 그게 말이지, 분장실 여자 하나와 짝을 이루면 훨씬 일이 수월하거든.

무희는 도망치려고 했습니다.

남자가 붙잡았습니다.

그녀는 엉겁결에 오른손으로 남자의 얼굴을 밀어제치려고 했는데 ― 닭이 있네요.

닭이 보자기 꾸러미 통째로 남자의 얼굴에 짓눌려, 파닥파닥 날개를 퍼덕거렸으니 ― 이걸 누가 견딜 수 있을까요.

남자는 기겁하고 펄쩍 뛰었습니다.

닭인 줄 모르니까요.

그다음 날 아침 무희가 관음보살님 앞을 지나다 보니, 어젯밤의 닭이 용케도 거기에 있다가 그녀의 발치로 달려오는 게 아닙니까.

그녀는 키득키득 웃으며, 그렇지만 이번엔 더 이상 당황해서 도망치지도 않고, 살그머니 물러났습니다.

그리고 분장실에 들어가자마자,

― 여러분, 편지는 소중히 보관하세요. 휴지통에 버리지 않는 게 좋겠어요. 이러한 안내문을 공원 전체의 분장실에 돌려야 하지 않을까요. 공중도덕을 지키기 위해서요.

과연 이 정도면 그녀 역시 머잖아 훌륭한 무희가 될 수 있겠지요.

화장의 천사들

색채

그곳은 소년의 꿈 빛깔과는 달랐다.

나는 그 빛깔을 보고 집을 도망쳤다.

차가운 바늘이 내 발을 붙잡을 때까지 영혼을 잃은 듯
걷고 있었다.

커다란 호박잎의 밤이슬과 가시.

드넓은 논과 마을을 둘러보니 이미 불빛은 하나밖에
없다.

그 불빛은 청죽靑竹 평상에서 소녀가 쏘아 올리는 불꽃
이었다.

나는 평상에 보내는 선물로 밭치의 큼직한 호박을 훔
쳤다.

소녀는 청죽 위에서 호박을 척척 잘랐다.

오렌지 빛깔 호박 속살이 얼마나 아름다운지!

그러니 세계 편력자여,

어느 나라엔가 오렌지 빛깔 여자는 없는가.

그때까지 내가 소녀들을 사랑한들

색채의 신神은 용서하시리라.

풍경

나는 산과 들이 있는 마을에서 자라, 산과 들을 잊고 있었다.

계곡 옆에서 소녀를 발견했다.

소녀와 둘이서 사진을 찍는 것밖에 나는 생각하지 않았다.

계곡을 오르고 다시 내려가, 사진의 아름다운 배경이 될 바위, 계류, 숲을 나는 매일 혼자 찾아 다녔다.

그리고 비로소 풍경의 아름다움을 배웠다.

약

그 애는 팔려갔답니다.

조금만 더 일찍 오셨더라면 좋았을 텐데.

당신에게 받은 약을 소중히 가지고 있었어요.

잊지 않고 챙겨 갔답니다.

튼튼한 아이니까 평생 그 약 수만큼 감기에 걸리진 않
겠죠.

만났을 때 나도 그녀도 감기에 걸렸었다.

소녀는 그 약을 감기약이라고 믿었겠지.

우산

우산을 만드는 동네의 우산 가게 아가씨였다.

가을비가 내렸다.

우산 가게 주인이 마당 가득한 우산을 거둬들인다 ─
새 기름종이 소리가 우리에게 들렸다.

가을비가 걷히고 집을 나설 때, 아가씨가 말했다.

우산을 잊으셨어요.

다시 가을비가 내렸다.

가을비가 걷히고 여관을 나선 뒤, 내가 말했다.

우산을 깜빡했어.

아가씨는 말없이 내 우산을 건네주었다.

우리는 오랜 부부처럼 두 개의 우산을 동시에 펼쳤다.

아가씨는 어느새 나의 것이 되었으리라.

여관에서 나는 흡족한 감정의 휴식을 위해

아가씨의 손가락에 닿는 것조차 잊고 있었다.

아가씨가 남자의 집으로 간, 그날 밤이었다.

겨울옷 입은 살갗에 비가 스며들도록

우산도 없이 나는 그 집을 찾아 돌아다녔다.

아가씨가 신부가 되기 전에 다시 데려와야 해.

신축한 집 문패를 보려고 발돋움하자, 모자 테두리에
고인 빗물이 폭포 소리를 내며 떨어졌다.

화장실에 불이 켜졌다.

그 창문으로 털썩 우산이 내던져졌다.

낡고 찢어진 우산이었다.

백발

스무 살도 안 되었는데 흰머리투성이다.

게다가 잘 끊어지는 머리카락이다.

물어뜯어 뿌리를 뽑아줄게.

기억해요. 엄마가 그렇게 머릿니를 잡아주셨죠.

그리고 여자는 잠들어버렸다.

새벽녘까지 뽑아도 아직 백발이다.

양치하러 갔더니 내 입은 온통 여자 머리카락 냄새다.

꽃

여기 오는 기차 창밖에 만주사화曼珠沙華가 가득 피어 있었어요.

어머, 만주사화를 모르세요? 저기 저 꽃이에요.

잎이 시들고 나서 꽃대가 돋아나죠.

헤어지는 남자에게 꽃 이름 하나쯤은 가르쳐줘요.

꽃은 해마다 반드시 핍니다.

은인

바닷가를 맨발로 걷다가 유카타 품에서 지갑을 떨어뜨렸다.

저녁뜸*의 께느른한 파도가 더듬고 갔다.

풀 먹인 게 흐물흐물 풀린 지갑을, 나는 툇마루에 널어두었다.

그 안에서 여자가 금란金襴 주머니를 발견했다.

덴마天滿의 덴마구宮 지혜 부적이었다.

부적 안에 작은 사진이 들어 있었다.

* 저녁 무렵 해풍과 육풍이 교체될 때 일시 무풍 상태가 되는 현상.

반 폭 수자繻子 허리띠를 매고 머리를 안경에 묶은, 촌스러운 소녀였다.

이 귀여운 아이는 누구예요?

내 은인이야.

어머! 은인? — 여자는 사진을 눈에 넣을 듯 바라보았다.

내가 연못에 빠져 죽을 뻔했을 때 이 아이가 살려줬어.

하지만 나는 그 사진을 망가진 지갑과 함께 피서지의 별장 툇마루에 잊어버리고 왔다.

여자가 가끔 다른 여자를 보며 떠올리게 한다.

저 사람은 당신의 은인을 닮았네요.

사실은 하나도 닮지 않았다.

아름다운 여자를, 그녀는 늘 그렇게 말한다.

사람의 목숨을 구하거나 아름다운 사람을 닮기도 하면서 — 은인은 우리의 즐거운 거짓말로 꾸며져 요즘 어딘가에서 아이를 하나 낳았다는 풍문이다.

잠든 얼굴

잠든 얼굴이 되면, 갑자기 늙는 여자.

잠든 얼굴이 되면, 갑자기 젊어지는 여자.

어느 쪽이 슬프다 ― 할 수도 없다.

잠든 모습이 좋은 여염집 여자를, 나는 알지 못한다.

그래서 화류계 여자를 아내로 삼은 남자에게 물어보았
는데.

아내로 삼으면 역시 아니에요.

행실이 나빠지고 말았거든요.

옷자락

곤드레만드레 취해 추워요, 추워요, 하며 잠든 여자
였다.

발이 차가웠다.

옷자락을 발목에 칭칭 휘감고 있었다.

다음 날 아침 여자 뺨은 방금 목욕을 마친 듯 달아올라
있었다.

여자는 붉은 뺨을 연신 문지르며, 아침부터 두 사람은
닭고기 전골을 먹었다.

나는 떠올렸다.

눈뜨면 사라지고 없는 여자들을.

모기장

아침에 여자를 찾아갔다.

팽팽하니 쳐진 하얀 모기장이 비어 있었다.

여관 사람이 말했다.

소지품을 챙겨 남자에게 갔습니다.

남자의 집 뒷문에서 여자는 남자 것을 빨래하고 있었다.

나를 보자 말없이 집으로 들어가, 곧장 옷을 갈아입기 시작했다.

오래 기다리셨어요, 라고 하듯 나왔다.

여자의 여관에는 하얀 모기장이 그대로 있었다.

모기장 끈을 풀어, 두 사람은 그 위로 올라탔다.

새 모시 감촉이었다.

닛코日光의 호수로 숨으러 가자.

나는 책방 주인에게 돈을 빌리며, 무릎 언저리 여자 냄새가 신경 쓰였다.

여자의 나들이옷과 화장 도구 상자를 사 왔다.

여자는 하얀 모시 위에 곤히 잠들어 있었다.

정신을 차려보니, 닛코까지 기차 요금도 남지 않았다.

여행 대신, 나는 잠든 여자의 발톱을 깎아주었다.

화장 분粉과 가솔린

1

무대에서 화장 분 냄새 ── 그 아래 도마뱀붙이가 손님의 얼굴로 내려온다.

냄새뿐만 아니리라. 50명의 무희가 벌거벗은 온몸으로 꽃가루를 흩뿌린다. 스포트라이트가 던지는 빛 색깔 가운데 뭉게뭉게 날아다니는 먼지는 참으로 화장 분이리라.

무희의 허리를 머리 위로 올려다보며 ── 슌키치는 코에서 폐까지 분투성이가 된다. 즉 그의 폐는 화장 분으로 된 벽 안에, 옅은 옥색 가솔린이 들어 있다.

그는 엔타쿠*의 소년 조수다. 하지만 그의 엔타쿠는 손님을 찾아 돌아다니지 않는다. 돌아다니다가 손님이 불러주는 그런 멋진 차가 아니다. 그래서 이 레뷰revue**가 있는 영

---

* 1엔 택시의 준말. 이전에 1엔 균일로 손님을 태우던 택시. 요금이 바뀐 뒤에도 택시의 통칭이 되었다.

화관 앞에 언제나 멈춰 서 있다.

1,200명이 정원인 극장이다. 하지만 그 1,200명 가운데 화장 분 냄새를 아는 이는 도마뱀붙이처럼 무대 아래 착 달라붙어 있는 구경꾼뿐이어서,

'얼마 되지도 않아' 하고 슌키치는 생각한다.

'얼마 되지도 않아.' ── 그래서 이 소년은 조금이라도 있는 것이 시시해지고 말았다.

2

슌키치 택시의 단골손님은 아사쿠사의 예인 ── 그 마중과 배웅이다. 변사, 만담가, 소리꾼, 피리 부는 사람 ── 서로 잘 아는 사람들뿐이다 보니 물론 간판 그대로 1엔을 받지는 않는다.

아사쿠사에는 이런 택시가 대여섯 대 있다.

무대에서 만담가는 큼직한 두꺼비 지갑에서 수건을 꺼내 보여줄 때가 있다. 그런데 또 하나 작은 지갑에는 수건조차 들어 있지 않았다고 치자.

"앗, 미안하네."

** 프랑스어로 춤, 노래, 곡예, 촌극 등을 결합한 호화로운 쇼.

이런 손님도 상당히 많다.

순키치의 운전사는 만담 팬이다.

"방랑 아가씨가 어디 없을까? 둘이서 만담 순회공연을 하는 거야. 낡은 포드로 일본 전역을. 시골 축제에 자동차를 타고 들어가 한바탕 떠들어대면 인기가 어마어마할걸. 신문에도 나와. 1년이나 떠돌아다니다 공원으로 돌아오면 어엿한 만담가야."

순키치는 여러 극장 분장실의 메신저 보이인데 — 이것이 용돈벌이다.

그리고 탐정이다. 예인의 부탁으로 다른 가설극장 예인의 인기나 내막을 살핀다.

3

아스팔트가 젖어 있으니 봄비인가 보다.

감색 코트에 버선을 신지 않고, 야스기부시* 아가씨가 돌아간다.

아기를 안은 여자가 큰길 건너편을 걷고 있다.

---

* 야스기安來 지방의 민요. 샤미센에 피리, 북 등의 반주로 춤을 추기도 한다.

아가씨를 따라잡은 슌키치는 조수석에서 뛰어내려,

"고마치요 씨, 우산 대신 타세요."

"어머! ─그래도."

고마치요가 타도 차는 움직이려고 하지 않는다.

"왜 그래요?"

"괜찮아요?"

고마치요가 얼굴을 붉히는 것을 운전수는 보았다. 난폭한 속도로 차가 달리기 시작했다.

"건너편에서 보고 있었어요."

"그래요?"

"아기를 비 맞히는 게 가여워서."

"네. 내가 내려도 돼요."

"그래요."

"당신한테 감춘들 소용없지만 인기 직업이니까요. ─공원을 조금 벗어나면, 같이 돌아가죠."

"아이 봐주는 분인가요? 마흔을 훌쩍 넘긴 것 같은데."

"네. 고용을 하긴 했는데 힘드네요, 월급 주는 게. ─내가 극장에 나가 있는 동안만 돌봐주면 되는데, 그런 사람 없을까요?"

"잠시 어딘가에 맡겨두는 게 어때요?"

"젖이. ─무대에서 새된 목소리를 낼 때 아무래도 힘을 쓰는 탓일까요? 젖에 젖어서 의상이 더럽혀진 적이 있어요.”

“찾아보지요. 하루 종일 멍하니 공원을 어슬렁거리는 여자애가 많이 있으니까요.”

“부탁해요.”

4

노점이 늘어서고 늘 사람들로 북적이는 공원의 큰길, 그 노점에 둘러싸인 둥근 초목들 안에 사내 네다섯 명이 둥지를 틀었다.

게다가 그들은 거기에 어린 소녀를 둘이나 데려다 키우고 있다.

노점 위로 목을 길게 빼고 들여다보면 그들의 생활이 보인다. 본들 ─ 그저 나무줄기에 기대어 땅바닥에 앉아 있을 뿐이다. 어느 극장의 지하 식당에 잔반을 받으러 가는 것밖에 할 일이 없다.

노점 앞을 지나는 사람은 ‘1,200명 정원’ 정도가 아니다. 하지만 그곳 나무숲에 사람이 살고 있는 것을 아는 사람은 ‘무대 아래 도마뱀붙이 손님’만큼도 안 되리라.

화장 분 냄새보다도 진기하다.

이곳 소녀는 레뷔의 무희처럼 향기로운 꽃가루를 뿌리

지는 않는다. 흙냄새가 난다. 하지만 아직 그 흙이 때가 될 정도는 아니다. 방랑 생활의 날이 얕다.

소매가 둥그스름한 모슬린 옷이 밤이슬을 맞았을 뿐이다. 앳된 노란 허리띠는 아직 환하다. 어깨까지 내려오는 갈래머리다.

사람들이 오가는 한복판에 살면서 이 사내와 어린 소녀만큼 고독하게 살고 있는 사람은 없다.

5

그 어린 소녀 하나를 데리고, 슌키치는 춤추는 젊은 알몸의 꽃가루를 맞으러 갔다.

재즈의 시끌벅적함 가운데 소녀는 잠들고 말았다.

"그렇게 졸려?"

"음."

"좋은 데서 재워줄까?"

"여인숙에 데려다줄래?"

슌키치는 그의 빈 차 안에 그녀를 재워주었다.

"어째서 그런 곳을 도망치지 않아?"

"그럴 수 없어."

"매일 뭐 해?"

"낮엔 아무것도 안 해. 넌 항상 여기 있다면서? 잠자러 와도 돼?"

"그 레뷔 아가씨처럼 멋지게 살고 싶지 않아?"

"그 일도 그리 편하지 않을 거야."

이 소녀를 고마치요의 아이 돌보미로 슌키치가 소개해 주었다.

6

고마치요는 지방 순회공연 여행을 떠났다.

아이를 빼앗긴 소녀가 슌키치에게 울기 위해 온다. —— 그녀는 우는 걸 생각해냈다. 부랑자의 우울한 고독 —— 에 서서히 잠기고 있는 소녀를, 아이가 세상으로 끌어당겨 올렸다.

슌키치는 자동차에 태워 거리를 달리는 것밖에 그녀를 위로할 방도가 없었다.

그런데 이미 가솔린이 동났다는 걸 도중에 깨달았다. 철도 육교 옆 가솔린 가게에 차를 세웠다.

노란 페인트를 칠한 상자 같은 건물이다. 화장한 점원 이 한 명이었다. 뒤로는 큰 주택의 돌담. 아스팔트 지하에 가솔린이 들어 있다.

"조금 있어?" 슌키치는 소녀에게 속삭였다. 소녀가 고개를 가로젓자, 그는 가게 안을 빙 둘러보며 머리를 긁적였다.

"미안한데, 누나. 잠시 빌릴 수 있어?"

"무얼? 어머, 저기서 하면 돼. 남자잖아. 이 안은 공중전화와 마찬가지거든."

"누나는 어떻게 해?"

"이상한 사람이네. 이웃집에서 빌리지."

"잠시 그 집에 부탁해줄 수 있어?"

그리고 두 사람이 돌아오자, 소녀는 빈틈없이 가솔린 값을 치렀다.

하지만 우에노 공원의 어둑한 곳에 불빛을 끈 채 정차해 있을 때, 슌키치와 소녀는 경찰에게 발각되었다.

7

슌키치의 낡은 포드는 엉망진창으로 때려 부수어졌다. 나무숲에 깃들어 살던 소녀를 슌키치에게 빼앗긴 사내들의 짓이다.

소녀는 소년형무소로 보내졌다.

운전수는 만담가의 제자가 되었다.

아사쿠사 공원과 소년형무소 간에는 끊임없이 정보가

교환되고 있다. 그것에 따르면 소녀는 형무소에서 출산을 했다고 한다. 그리고 가솔린 냄새를 맡으면 슌키치를 떠올린다고 한다.

슌키치는 어디로 갔는지 알 수 없다.

화장 분 꽃가루는 여전히 계속 내려앉아 ― 그곳 악사들의 머리카락에 하얗게 쌓이고 있다는 이야기다.

매여 있는 남편

어차피 남편은 아내에게 매여 있는 게 틀림없다.

그런데 가느다란 끈 같은 걸로 남편이 아내에게 손이나 발을, 말 그대로 매일 수밖에 없는 경우도 세상에는 더러 있는 법이다. 이를테면 아내가 병들어 몸을 움직일 수 없게 되어 남편이 간호를 한다. 잠든 남편을 깨우기에 충분한 목소리를 내자면, 환자는 지친다. 또한 환자만 침대에서 잠을 자고 남편 침상과 떨어져 있을 수도 있다. 아내는 어떻게 한밤중에 남편을 깨우나? 부부의 팔을 끈으로 묶어두고, 아내가 그걸 잡아당기는 게 제일 낫다.

병든 아내란 원래 외로움을 많이 탄다. 바람이 나뭇잎을 떨어뜨렸다는 둥, 나쁜 꿈을 꾸었다는 둥, 쥐가 소란스럽다는 둥, 온갖 구실을 지어내고는 남편을 깨워 이야기를 늘어놓는다. 잠 못 드는 그녀 곁에서 그가 잠들어 있는 것부터가 영 마음에 들지 않는다.

"당신은 요즘 끈을 잡아당기는 정도로는 좀체 못 일어나더군요. 끈에다 방울을 달아줘요, 은방울을." 이러한 유희를 생각해내기도 한다. 그리고 가을날 깊은 밤, 오랜 병치레를 하는 아내가 딸랑딸랑 남편을 깨우는 방울 소리는 얼마나 구슬픈 음악인지.

그런데 란코 역시 남편의 발을 끈으로 묶고는 있지만 병든 아내가 울리는 방울의 구슬픈 음악과는 완전히 정반대로 활발한 음악의 여자다. 레뷔의 무희다. 가을이 깊어지면 란코는 분장실에서 무대에 오르는 도중의 추위로 화장한 살결에 닭살이 돋을 지경이지만, 재즈 춤이 금세 화장을 땀범벅으로 만든다. 그리고 경쾌한 생물처럼 춤추는 그녀의 다리를 바라본다면, 그것이 남편 한 사람에게 매여 있다고 그 누가 상상이나 하겠는가. 사실인즉 남편이 그녀의 다리를 묶고 있는 게 아니라 그녀가 남편의 다리를 묶고 있는 것이다.

소극장 공연이 끝나고 분장실에 딸린 탕에 들어가는 건 10시쯤이지만, 방금 탕에서 나와 몸의 온기가 채 식기 전에 아파트로 돌아가는 건 열흘 중 나흘뿐이었다. 엿새 동안의 연습은 2시가 되고 3시가 되고 새벽녘이 된다. 아사쿠사 공원 근처의 연예인이 많은 아파트라고 해도 1시 전에는 정문을 닫는다.

"3층 방 창문에서 끈을 늘어뜨려놓거든." 란코는 분장실에서 무심코 그만 입 밖에 내고 말았다.

"그 끈을 그 사람의 발에 묶어놓거든. 밑에서 잡아당기면 끄응 하면서 벌떡 일어난다니까."

"어머, 그럼 진짜 끈이잖아!"

(여자에게 빌붙어 먹는 남자를 끈이라고 한다.)

"란코 씨, 큰일 날 소리를 다 하네. 위험하잖아. 만약에 내가 그 끈을 잡아당긴들 어차피 상대방은 쿨쿨 잠들어 있다가 란코 씨로 여기고 문을 열어주겠네. 까딱하다가는 3층 방까지 올라가서도 다른 사람인 줄 알아채지 못할 수 있겠어. 얼른 시험 삼아 해봐야지. 건수 하나 챙겼는걸."

분장실 전체가 란코를 놀려댄 건 그렇다 치고, 그 끈의 비밀이 불량소년들의 귀에까지 들어갔다. 어디서 구했는지 초대권을 들고 와서는 2층 좌석에 한 떼거리로 모여 무대의 무희 이름을 부르는 게 무슨 직업인 양 여기는 소년들이다. 그들이 란코의 끈을 잡아당기러 가자고 난리다.

"오늘 밤 애송이들이 그 끈을 잡아당기러 갈지도 모르는데⋯⋯" 하고 분장실에서 아파트로 전화를 걸자 남편은 졸린 목소리로,

"그래? 그렇담 끈을 끌어 올려놓지 뭐."

"아니에요, 나한테 좋은 생각이 있어요." 란코는 미소 지었다.

"껄렁껄렁한 녀석들이긴 해도 무대 위의 나한테 호응을 해주기도 하니까. 내 소중한 홍보 담당자예요. 아주 세련되게 고마움을 전하고 싶어요. 뭐라도 좋으니 먹을거리를, 단

팥빵 같은 걸 끈 위에 매달아줘요. 어차피 아침부터 밥 구경이라곤 통 못 해봤을 녀석들이니까 엄청 좋아하겠죠. 란코는 멋지다고, 인기를 얻을 걸요."

"으음." 하품 뒤섞인 대답을 하긴 했어도 가난한 시인인 그에겐 빵을 살 만한 돈이 없었다. 방 안을 빙 둘러보니 란코가 받아 온 화환뿐이었다.

그런데 빵보다 꽃을 더 반기는 기풍이 불량소년들에게 아직도 사라지지 않고 남아 있을런가.

그들이 장난스럽게 킥킥 소리 죽여 웃으며 란코의 끈을 세게 잡아당기자, 뜻밖에 너무나 맥없이 신문지 꾸러미가 털썩 떨어졌다. 엉? 하고 올려다봐도 3층 방 유리창은 닫혀 있다. 신문지 꾸러미를 펼치자, 꽃·꽃·꽃이다. 란코의 남편이 화환에서 잡아 뜯은 조화다. 녀석들은 일제히 함성을 질렀다.

"정말 멋지군."

"솜씨가 제법이잖아. 다시 봐야겠는걸."

"내일 이 꽃을 란코의 무대 위에 던져주는 게 어때?"

그들은 가슴에 한 송이씩 꽃을 꽂고 소맷자락을 꽃으로 가득 부풀려 자리를 뜨면서도,

"그런데 말이야, 이건 란코가 꾸민 불꽃놀이가 아닐지도 몰라."

"그래, 그 여잔 아직 극장에 있을 텐데."

"남편의 마음 씀씀이겠지."

"그렇담 더 기분 좋은걸."

"그 녀석은 시인이라잖아."

아무튼 그들은 다음 날 밤 그 꽃들을 란코의 무대로 던졌다.

그런데 란코 역시 아사쿠사의 여자 연예인인 이상, 언제나 연습 때문에 귀가가 늦어지는 건 아니다. 분장실 사람들과 새벽 3시까지도 마실 수 있는 요시와라吉原의 어묵집에 가기도 하고, 손님에게 이끌려 새벽까지 영업하는 공원 근처 닭꼬치집에 가기도 한다. 불량소년들이 그걸 지켜본다. 그들은 꽃을 받은 이후로 란코의 남편 편이다.

"란코를 호되게 한 방 먹여주는 게 어때? 남편을 끌어내는 거야. 그리고 아무도 없을 때 방에 들어가 란코의 기모노와 화장품 같은 걸 보자기에 끌어 담아 끈을 매달고, 그걸 술 취해 돌아온 란코가 잡아당기면 보퉁이가 발치에 떨어지는 거야. 마누라, 꺼져버려! 하는 식으로."

그런 준비가 멋들어지게 갖추어진 날 밤, 손님과 함께 가는 란코 옆으로 그들 중 한 명이 뛰어나가,

"그렇게 바람을 피우고도 남편한테 쫓겨날 걱정은 안해?"

"신경 끄셔, 어차피 난 남편을 묶어놓고 있으니까."

무용 신

1

무희는 그녀 한 사람이었다. 악사는 열 명이 넘을 때도 있었지만 그녀의 인기에 의지하는 재즈밴드와 다름없었다. 따라서 그녀의 분장실로 밀어닥치는 남자들도 많았는데, 여행지에서의 일인 데다 그때뿐이라는 생각으로 응대했다.

여러 도시의 극장 분장실 경대 서랍에 그녀는 수많은 명함을 버리고 왔다.

그러나 다만 쓰지라는 남자가 무용 신을 주고 싶다고 하기에, 더구나 그가 직접 구두를 만드는 사람이라고 하기에 그녀는 그 명함을 화장 도구 상자에 넣어 도쿄까지 가지고 돌아왔다.

발 치수를 재는 대신 낡은 양말 한 켤레를 달라고, 그 남자가 말했다. 세탁한 것보다 신어서 더러워진 것이 발 모양을 더 잘 알 수 있다고 했다. 그녀는 무얼 생각할 여유도 없이 분주하게 의상을 갈아입고 있던 참이었기 때문에 옆에 있는 것을 휙 던져주었다. 남자는 그걸 황급히 주머니에 집어넣었다.

악사들은 색정광에게 속았다면서 그녀를 비웃었다.

두 달이 지나도 쓰지라는 남자한테선 아무 소식이 없었다.

역시나 여자 양말 수집가였어, 하고 그녀도 깨달았다.

입술 색깔이 여자처럼 선명한 게 아무래도 구두 만드는 사람으로는 보이지 않는 아름다운 청년이었다. 아름답다는 것 외에 얼굴형은 잊어버렸지만 그 입술 색깔과 여자 양말과는 뭔가 관련이 있는 걸까, 하고 그녀는 그 후에도 이따금 떠올렸다.

2

느닷없이 쓰지한테서 등기 소포가 도착했다. 꾸러미를 보아 구두가 아닌 건 알겠는데, 뜻밖에도 그녀의 양말 한 짝이었다.

정강이부터 아래가 너덜너덜해져 있었다.

그날 오후에 편지가 왔다.

얼마 전에 받은 양말은 개가 이렇게 물어뜯어버렸다. 여러모로 궁리해보았지만 발 모양을 알 수 없다. 미안하지만 한 켤레 더 보내주기 바란다. ── 이런 내용이었다.

그럴듯한 이야기였다.

하지만 개가 아니라 그 자신이 물어뜯었을지도 모른다고 그녀는 생각했다.

이상한 남자도 다 있네, 하고 웃으며 내버려 두었다.

그런데 어느 날 밤 아사쿠사 극장에서 그녀의 분장실로 강아지 한 마리가 몰래 들어왔다.

어머! 귀여워라, 하고 그녀가 손을 내밀려고 했을 때였다. 강아지는 그녀의 양말을 물더니, 쏜살같이 뛰어나가버렸다.

그녀는 어안이 벙벙했다.

그리고 오싹했다.

그녀는 양말 없이 돌아갔다.

3

그녀는 그 하얀 테리어가 쓰지의 개임에 틀림없다고 여겼다.

악사 한 사람도 말했다. ── 그런 것쯤 아주 쉬워. 전에 받은 그녀의 양말로 개에게 "가져와!"라는 연습을 충분히 시킨 다음, 분장실 입구에서 "가져와!"라고 명령하면 개는 그녀의 양말을 빼앗아 오지.

　다른 악사 한 사람이 말했다. ── 하루 빨리 다리에 요즘 유행하는 3만 엔 보험을 들어놓는 게 좋겠어. 홍보가 될 뿐만 아니라 정말로 개에게 다리를 물릴지도 몰라.

　춤보다도 보험금이 더 낫다고 그녀는 웃으며, 절름발이 부자의 생활을 공상했다.

　하지만 악사는 제법 여러 경우를 늘어놓았다. 쓰지라는 남자는 개에게 수많은 여자 양말을 훔치게 하고 물게 하면서 즐기고 있는지도 모른다. 그녀 한 사람의 양말을 몇 켤레씩이나 가지고 싶은 탓에 개를 이용했는지도 모른다. 좀 더 나아가, 그녀의 발에 대한 그의 사랑에선지 아니면 미움에선지, 그녀의 발을 개에게 물리게 하고 싶은 건지도 모른다. 다른 무희의 부탁으로 그녀의 발을 다치게 하려는 건지도 모른다. 양말을 빼앗는 것은 개가 그녀의 발을 물려고 덤벼드는 훈련의 시작이리라.

　그렇지만 어느 것도 맞히지 못했던 걸까.

　얼마 안 가 그녀는 금빛 무용 신을 받았기 때문이다. 물론 쓰지의 선물이었다.

4

그녀는 금빛 무용 신을 신고 춤을 추었다.

무대에서 관객석을 찾고 있는 자신을 깨닫고는, 찾고 있는 건 되레 쓰지라고 다시 깨달았다.

구두 소포를 발송한 우체국은 도쿄 시내였다. 쓰지는 개를 데리고 도쿄에 와 있는 게 틀림없다.

그가 구두 만드는 사람인지 아닌지는 의심스럽다. 하지만 구두를 주고 싶다고 처음에 말한 건 거짓말이 아니었다.

순진한 사랑 고백이라고 생각해봤다.

재치 있는 사랑의 농간이라고도 생각해봤다.

그리고 맨발로 신는 금빛 무용 신에 그녀 발의 진땀이 배어들었을 무렵이었다.

무대 뒤 계단을 내려가려는데 난데없이 강아지가 그녀의 구두에 달려들어 물었다. 이빨이 발등에까지 박혔다.

아악! 소리치며 쓰러져, 금빛 구두를 입에 물고 달아나는 하얀 개를 보면서 그녀는 정신이 아득해졌다.

춤추는 데 지장을 줄 정도의 상처는 아니었지만 그녀의 발에서는 기쁨이 사라졌다. 무희의 죽음이었다.

그녀는 갑자기 꿈에서 깨어난 듯 느꼈다.

눈을 뜬 동시에 자신이 죽어버린 듯 여겨지기도 했다.

되살아난 듯 여겨지기도 했다.

단지 관객의 갈채가 냉소처럼 들리기 시작했을 뿐인 일이었지만, 그것이 그녀에게는 삶과 죽음만큼의 놀라움이었다.

깨닫고 보니, 자신의 춤추는 법도 시시하다. 춤추는 것도 시시하다. 알몸을 보여주는, 따분한 직업이었다.

그녀는 매우 현명해졌다고도 생각했다.

하지만 그렇다고 해도 개에게 발을 물리기 전까지는 자신의 발에 분명히 생물체 하나가 깃들어 있었다. 그 생물체는 어디로 도망친 것일까.

지금 생각하면, 그건 분명히 자신과는 또 다른 하나의 생물체였다.

그러한 생물체를 자신 안에 깃들게 하는 인간만이 살아 있다. 그 생물체가 사라지면 현명해지긴 해도, 물이 멈춘 물레방아처럼 인간도 죽은 거나 다름없어지는 모양이다.

나의 발은 이제 생물체가 오래 깃들어 황폐해진, 완전히 썩어버린 옛 보금자리일까.

그녀 발의 생물체는 금빛 무용 신과 함께 하얀 악마 같은 개가 물어 가버렸다.

재즈는 텅 빈 소리로 그녀에게 들렸다.

6

쓰지한테서 사과 편지가 왔다.

그가 네다섯 살 무렵이었다.

그의 강아지가 여자 신발을 물어 왔다. 그가 그 신발을
이웃집으로 돌려주러 갔다.

이웃집 여학생이 어린 그를 무릎에 안아주었다. 그녀의
신발이었다.

개에게 신발을 물게 하는 것 말고는 아름다운 여자한테
사랑받는 길은 없다고, 어린 그는 오로지 그것만 골똘히 생
각했다.

그것은 지금의 그에게도 그리운 추억이다.

그는 마침내 개를 좋아하는 아이가 되었다. 개는 어떤
개든 신발을 가지고 놀고 싶어 한다.

무용은 그에게는 신발의 예술이다.

그녀의 춤을 보고 그는 어린 시절을 떠올렸다. 그녀에
게 아름다운 무용 신을 선물하고 싶어졌다.

따라서 그의 마음은 어린아이처럼 천진난만한 동경이

무용 신   119

었다. 어린 시절의 추억을 그리워한 나머지 벌인 짓이었다.

천진난만하다는 건 거짓말이라고, 편지를 읽으면서 그녀는 생각했다. 역시나 그는 한 사람의 색정광임에 틀림없다.

그런데 이번 편지에는 발송인의 거처가 분명히 쓰여 있었다.

7

그녀가 호텔 방으로 들어가 채 앉기도 전에 쓰지는 테이블 위 손수건을 집어 올렸다.

그녀의 금빛 무용 신이 거기서 나왔다.

그걸 보자, 그녀는 신기하게도 가슴이 두근거리는 걸 느꼈다.

문을 노크하는 소리를 들었을 때 허둥지둥 손수건을 덮었노라고 그는 말했다. 그리고 주뼛주뼛 사과의 말을 늘어놓았다.

개를 시켜 신발을 되찾지 않았는가, 하고 그녀가 물었다.

신발을 훔치라고 시킨 적은 한 번도 없지만 개가 여자 신발을 물고 올 때마다 자신이 무심코 그만 기쁜 표정을 보이는 모양이어서, 여자 신발만 보면 가지고 오는 습관이 생긴 거라고 그는 대답했다.

어찌 됐건 그녀가 돌려받고 싶은 것은 그녀의 발 안에 얼마 전까지 깃들어 있던 생물체였다. 그 생물체가 이곳으로 도망쳐 와 있다고 여겼기 때문에 방문한 것이었다.

그런데 그걸 어떻게 설명해야 좋을지 알 수 없었다. 단어를 찾고 있는 사이, 그녀는 이 남자를 한번 희롱해볼까 싶은 기분이 되었다.

제단에 바쳐진 듯한 자신의 무용 신을 바라보고 있자니, 무대 위에서 관객을 희롱할 때와 비슷한 기분이 그녀에게 되살아오는 것 같았다.

이런 남자가 가장 기뻐할 법한 일이라고 여겨, 노예가 여왕님에게 하듯 그 신발을 신겨달라고 명령했다.

그는 금빛 신발을 두 손으로 받들어 공손하게 이마까지 쳐들고, 그러고 나서 그녀의 발치에 무릎을 꿇었다.

그녀는 부르르 몸을 떨었다. 격렬한 환희였다.

웃기지 않을까 싶었지만 웃기기는커녕 엄숙한, 마치 신이 인간에게 생명을 내려주는 의식인 듯 진지한 그의 몸 떨림이 그녀에게도 전해져 왔다.

그녀의 발에 춤추며 다니는 생명체가 되돌아왔다.

신발이 발에 닿은 순간부터 그녀는 꿈의 여왕이 되었다.

멍청이! 하고 신발로 뺨을 냅다 차버릴까 생각하면서, 그러나 그가 신발을 끝까지 신겨주고 발에서부터 점점 ××××
××××*는 것을 그녀는 알면서도 ××××고 있었다. 그의 안에도 그하고는 또 다른 생명체가 지금 활발히 움직이고 있는 걸 그녀가 느꼈기 때문이리라.

* 원문 그대로임.

분장실의 유방

언제나 입술 언저리에 뭔가 묻어 있는 듯 보이는, 참으로 걸신들린 사람 같은 P코의 입매는 그나마 여름철에는 천진난만하게 여겨지기도 하지만 요즘은 가을이 깊은 탓일까, 어쩐지 그것이 P코의 마음에 입혀진 때처럼 느껴져,

"멋 좀 부려봐. 너무 아이 돌보미 같은 차림으로 밖을 돌아다니면, 모처럼 예쁜 무대 모습에 붙은 손님들이 다 도망가고 말겠어." A코는 P코를 빤히 들여다보며 말하는데,

"응." P코는 A코의 경대 위에 놓인 컵을 대뜸 입으로 가져가,

"우유? 마셔도 돼?"

하지만 낯을 찡그리고 할짝할짝 혀를 내밀며,

"이렇게 싱거운 우유가 있다니!"

"이거, 내 젖이야. 내 젖인 걸 알고 있잖아?"

"그래? 이게 사람의 젖?"

"시치미 떼기는!"

"난 사람의 젖을 먹은 적이 없어." P코는 남은 젖을 손

바닥에 흘려 잠시 바라보다가,

"젖으로 세수하면 좋다고 하잖아. 멋 좀 부려볼까?" 부스럼 같은 게 조금 난 얼굴에 끈적끈적 바르기 시작했다.

A코는 이루 말할 수 없이 감각적인 미움을 느꼈다.

"늘 아기를 돌봐주는 건 고맙지만 객석이나 바깥으로 안고 나가지는 말아줘. 레뷔의 무희가 분장실에서 젖먹이에게 젖을 먹인다고 알려지는 건 환멸이야. 연습이 없을 때라도 나는 공원에 사람의 통행이 뜸해지기까지 분장실에 남아 있잖아. 아이를 데리고 돌아가는 모습을 사람들한테 보이고 싶지 않으니까."

"그런가? 난 언니가 젖 물리는 모습을 보는 게 좋아. 이제부턴 매일 밤 내가 대신 아기를 업고 가줄게."

"아기는 어디?"

"남자 배우 방에서 놀고 있어. 데려올게."

온몸을 화장한 상태로 알몸인 A코는 유방 밴드를 벗어 젖은 가제로 유방의 화장 분을 닦아내며, 뛰어 들어오는 P코를 기다렸다. P코는 손으로 턱을 괸 채 눈도 깜작이지 않고 A코가 젖을 먹이는 걸 바라보았다. A코는 그곳만 화장기 없이 맨살이 드러난 유방을 P코의 시선으로부터 감추듯,

"추워졌지?"

"그런가?"

"무대에서 가끔 젖이 아플 때가 있어. 차가워져서." 그

러나 A코는 이렇게 말하면서도 남자들 합숙소가 되다시피
한 A코의 집에 돌아가서도,

"나, 알몸이 돼도 괜찮아?" 하고 곧장 분장실과 다름없
이 옷을 벗어버리는 P코를 문득 떠올리고는, 무대에서도 이
런 애송이한테 어쩐지 점점 밀리는 기분이 드는 자신에게
화가 나서,

"P코 같은 사람이 진짜 재즈 무희야. 가을도 겨울도 모
르는 아이야."

잠버릇

머리카락이 빠지는 것 같은 통증에 깜짝 놀라, 그녀는 세 번, 네 번씩 잠을 깼다. 그렇지만 검은 머리 타래가 애인의 목에 휘감겨 있는 걸 알고는,

"이렇게 머리가 길어졌어요. 그렇게 하고 잠들면, 정말로 머리카락이 잘 자라요"라는, 내일 아침의 인사말을 떠올리고 미소 지으며 조용히 눈을 감았다.

"잠자는 건 싫어. 어째서 우리까지 잠을 자야만 하지? 사랑하는 두 사람이 함께 있는데 잠을 자다니!" 그녀는 그와 헤어지지 않아도 되었을 무렵 신기하다는 듯 말했었다.

"잠을 자니까 인간은 사랑도 한다고 말할 수밖에 없어. 결코 잠자지 않는 사랑이라니, 생각만 해도 무섭군. 악마의 짓이야."

"거짓말. 우리도 처음엔 잠을 자지 않았잖아. 잠만큼 이기적인 건 없어."

그건 사실이었다. 그는 잠들면 곧바로 얼굴을 찡그리며 그녀의 목 언저리에서 팔을 뺐다. 그녀도 그의 어디를 끌어

안고 있어도, 문득 눈을 떠보면 팔 힘이 풀어져 있었다.

"그렇담, 머리카락을 탱탱하게 당신 팔에 감고 꽉 잡아요."

그리고 그녀는 팔에 그의 소맷자락을 탱탱하게 감고 꽉 잡았으나, 역시 잠은 손가락 힘을 빼앗고 말았다.

"좋아요. 옛사람들 말대로 여자의 머리카락 동아줄로 당신을 묶어버릴 테야." 그녀는 검은 머리카락 타래를 만들어 그걸 그의 목에 걸어놓았다.

하지만 그날 아침 인사에도 그는 비웃기만 했다.

"머리카락이 길어졌다라니. 엉망진창 뒤엉켜 빗살도 안 내려가는 주제에."

이러한 일들도 세월이 잊게 해주었다. 그녀는 그가 있다는 것도 잊고 잠들게 되었다. 그런데 문득 잠에서 깨어보면, 그녀의 팔은 어김없이 그에게 가 있었다. 그의 팔은 그녀에게 가 있었다. 그렇게 할 생각이 없어졌을 즈음, 그렇게 하는 것이 두 사람의 잠버릇이 되어 있었다.

우산

젖지는 않아도 어쩐지 피부가 촉촉해지는, 안개 같은 봄비였다. 밖으로 뛰어나온 소녀는 소년의 우산을 보고 그제야,

"어머, 비가 오네?"

소년은 비 때문이라기보다도 소녀가 앉아 있는 가게 앞을 지나는 쑥스러움을 감추기 위해 펼친 우산이었다.

하지만 소년은 잠자코 소녀의 몸에 우산을 씌워주었다. 소녀는 한쪽 어깨만을 우산 속에 넣었다. 소년은 젖으면서도 선뜻, 소녀에게 몸을 기울일 수가 없었다. 소녀는 자신도 한쪽 손으로 우산 손잡이를 함께 잡고 싶다고 생각하면서도, 우산 밖으로 마냥 꽁무니를 빼고 있었다.

두 사람은 사진관으로 들어갔다. 공무원인 소년의 아버지가 멀리 전근을 가게 되었다. 이별 사진이었다.

"자, 두 사람은 여기 나란히." 사진사는 긴 의자를 가리켰지만, 소년은 소녀와 나란히 앉을 수가 없었다. 소년은 소녀 뒤에 서서, 두 사람의 몸이 어딘가 한데 묶여 있다고 생

각하고 싶어, 의자를 잡은 손가락을 가볍게 소녀의 겉옷에 살짝 갖다 댔다. 소녀의 몸에 처음으로 닿았다. 그 손가락에 전해지는 어렴풋한 체온으로, 소년은 소녀를 알몸으로 껴안은 것 같은 따스함을 느꼈다.

평생 동안 이 사진을 볼 때마다 그녀의 체온을 떠올리겠지.

"한 장 더 어때요? 두 사람이 나란히 앉은 모습을, 상반신을 크게."

소년은 그저 끄덕이고,

"머리는?" 소녀에게 나직이 말했다. 소녀는 언뜻 소년을 쳐다보고 뺨을 붉히고는, 환한 기쁨에 눈을 반짝거리며 아이처럼 천진하게, 쪼르르 화장실로 달려갔다.

소녀는 가게 앞을 지나는 소년을 보자, 머리 손질할 짬도 없이 급히 뛰어나온 터였다. 수영 모자를 벗은 듯 헝클어진 머리카락이, 소녀는 연신 신경 쓰였다. 그러나 남자 앞에서는 부끄러워서, 귀밑머리를 걷어 올리는 화장 시늉도 하지 못하는 소녀였다. 소년은 또한 머리를 손질하라고 말하는 것은 소녀를 욕보이게 한다고 생각했다.

화장실에 가는 소녀의 명랑한 모습은 소년의 기분도 명랑하게 했다. 그 명랑한 기분 뒤에 두 사람은 당연한 일이라는 듯 몸을 붙이고 긴 의자에 앉았다.

사진관을 나오면서 소년은 우산을 찾았다. 문득 보니,

앞서 나온 소녀가 그 우산을 들고 밖에 서 있었다. 소년이 그걸 알아보자, 그제야 소녀는 자신이 소년의 우산을 들고 나온 걸 알아챘다. 그리고 소녀는 깜짝 놀랐다. 무심코 해버린 동작 속에 그녀가 그의 것이라고 느끼고 있음을 드러낸 게 아닌가.

소년은 우산을 들겠다고 말할 수 없었다. 소녀는 우산을 소년에게 건네줄 수가 없었다. 그렇지만 사진관에 오던 길과는 달리, 두 사람은 갑자기 어른이 되어 부부 같은 기분으로 돌아갔다. 우산에 얽힌 겨우 요만한 일로 ─ .

싸움

붉은 매화가 흐드러지게 핀 창문 저편, 푸른 바다에 아지랑이가 피어올랐다.

"도쿄에는 — " 하고 신부가 말했다. 그녀의 아버지는 술주정뱅이였다.

"시골에 있을 때 도쿄에는 술주정꾼이 한 사람도 없다고 그런 말을 자주 들었어요. 술주정꾼들이 거리에 못 나다니게 한대요. 어슬렁거리면 곧장 경찰이 와서 데려가버린대요. 이것만 봐도 도쿄는 얼마나 멋진 곳일까, 하고 어릴 적부터 생각했는데, 그런데 정작 와보니, 술주정꾼은 역시 — " 그녀는 재미난 듯 웃음을 터뜨렸다. 거리에서 본 야릇한 술주정꾼을 떠올린 건가. 아버지의 술주정에 괴롭힘을 당한 비참함도, 행복한 지금은 이제 웃으면서 떠올릴 수 있게 된 건가.

"그런데 도쿄에는 부부 싸움이라는 게 없나 봐요?"

"엉?" 남편은 깜짝 놀라 신부의 순진한 얼굴을 응시하며,

"전 세계에서 만약 부부 싸움이 없는 곳이 있다면, 그곳

은 결혼이 없는 나라일 테지."

"도쿄에 온 지 벌써 2년이 다 됐는데, 부부 싸움을 본 적이 없단 말이에요, 시골에서처럼. 도쿄 사람들은 역시나 영리하고, 조심성이 많아서."

"아아, 그런 뜻이었군. 그건 말이지, 도시 생활이 불행하다는 거야. 부부 싸움도 대놓고 보란 듯이 못 해. 시골 사람들이 이웃에 다 들릴 만한 큰 소리로 구경꾼들을 모아가며 맞붙어 치고 박는 싸움을 당당히 할 수 있다면, 그런 게 얼마나 행복한 일인가 말이야. 도쿄는 갑갑해."

의아해하는 신부의 얼굴을 보자 남편은 멈춰 서더니,

"논쟁보다 증거. 여기는 온천 여관 별채라서 볼 사람도 없으니, 신혼여행 기념으로 멋지게 한바탕 치러볼까?" 대뜸 신부의 멱살을 잡고 마구 질질 끌면서,

"이봐, 저항을 해, 저항을! 도쿄에 돌아가면 마음껏 할 수 없잖아."

신부는 남자의 첫 폭력에 새파랗게 질렸으나, 머리가 풀어 헤쳐질 정도로 몸이 멋대로 휘둘려지는 사이, 뭐가 뭔지 영문을 모른 채 울면서 남편을 팍팍팍 때렸다.

"어때, 조금 개운해졌나?"

신부가 울상으로 미소 짓는 게 창피해 시선을 돌리자, 푸른 바다의 아지랑이가 그녀의 몸에도 피어오르는 기쁨을 느꼈다.

얼굴

예닐곱 살부터 열네다섯 살까지 그녀는 무대에서 줄곧 울기만 했다. 그 무렵은 구경꾼들 역시 곧잘 울기도 했었다.

자신이 울면 구경꾼들 역시 울게 마련이라는 생각은, 그녀가 인생을 보는 최초의 눈이었다. 사람의 얼굴은 모두, 자신의 연극을 보면 틀림없이 울게 될 얼굴로 보였다. 그녀에게 이해하기 힘든 사람의 얼굴은 하나도 없었다. 그러므로 세상은 그녀에게 대단히 알기 쉬운 얼굴이었다.

극단 배우들 가운데 아리따운 아역을 맡은 그녀만큼 수많은 구경꾼을 울리는 배우는 없었다.

그런데 그녀는 열여섯에 아이를 낳았다.

"날 닮은 구석이라곤 한 군데도 없잖아. 내 아이가 아냐. 알 바 없어." 그 아이의 아버지가 말했다.

"닮은 구석이 전혀 없기는 나 역시 마찬가지예요." 그녀도 말했다.

"그래도 내 아이예요."

그 딸아이 얼굴이 그녀에게 이해하기 힘든 최초의 사람

의 얼굴이 되었다. 그리고 아이를 낳음과 동시에 그녀의 아
역으로서의 생명은 거의 끝났다고 할 만했다. 그러자 지금
껏 자신이 울고 구경꾼들을 울려왔던 신파극의 무대와 실제
세상 사이에는 커다란 웅덩이가 있음을 깨달았다. 그 웅덩
이는 들여다보면 캄캄했다. 제 아이의 얼굴처럼 이해할 수
없는 사람들의 수많은 얼굴이 그 어둠 속에서 모습을 드러
냈다.

객지를 떠도는 어딘가에서 그녀는 아이의 아버지와 헤
어지고 말았다.

그리고 세월이 흐름에 따라 그녀는 그 아이의 얼굴이
헤어진 남자의 얼굴을 닮았다고 생각하기 시작했다.

이윽고 그 아이의 아역이, 그녀가 어렸을 무렵처럼 구
경꾼들을 울리기 시작했다.

객지를 떠도는 어딘가에서, 그녀는 또다시 아이와도 헤
어지고 말았다.

헤어지고 나니 그 아이의 얼굴이 자신의 얼굴을 닮았다
고 여겨졌다.

시골 읍내의 극단 오두막에서 그녀는 10여 년 만에, 역
시나 떠돌이 배우인 아버지를 우연히 만났다. 그리고 어머
니가 있는 곳을 전해 들었다.

어머니를 만나러 간 그녀는 얼핏 보자마자,

"아아" 하고 매달려 울었다. 태어나 처음으로 어머니를 보고, 태어나 처음 진정으로 울었다.

왜냐하면 헤어진 딸아이의 얼굴이 어머니의 얼굴과 판박이였기 때문이다. 그녀가 그녀의 어머니와 닮지 않은 것처럼 그녀와 그녀의 아이는 서로 닮지 않았다. 하지만 할머니와 손녀는 판박이였다.

어머니 품에서 울고 있는 동안, 역시 아역으로서 그녀는 진정으로 울었던 거라고 생각하게 되었다.

지금은 성지순례를 하는 심정으로, 그녀의 아이와 그 아이의 아버지를 어딘가에서 우연히 만나 얼굴 이야기를 들려주기 위해 그녀는 다시 떠돌이 배우들 속으로 돌아갔다.

화장

　우리 집 화장실 창문은 야나카 장례식장의 화장실과 서로 마주 보고 있다.

　두 화장실 사이 공터는 장례식장의 쓰레기장이다. 장례식에 사용된 헌화나 화환이 버려진다.

　묘지나 장례식장에 가을 풀벌레 소리가 요란해졌다고는 해도 아직 9월 중순이었다. 아주 재미난 일이 있다는 듯, 나는 아내와 처제의 어깨에 손을 얹고 다소 차가운 복도를 걸어 데려갔다. 밤이었다. 복도의 막다른 끝, 화장실 문을 여는 동시에 짙은 국화꽃 향기가 코를 찔렀다. 어머나, 깜짝 놀라며 그녀들은 화장실 창문에 얼굴을 갖다 댔다. 창문 가득 하얀 국화꽃이 피어 있다. 스무 개 남짓한 하얀 국화꽃 화환이 그곳에 죽 늘어서 있었다. 오늘 장례식의 부산물이었다. 아내는 손을 뻗어 국화꽃을 꺾는 시늉을 하면서, 이렇게 많은 국화꽃을 한꺼번에 보는 게 몇 년 만일까, 라고 말했다. 나는 전등을 켰다. 화환을 둘러싼 은박지가 번쩍거리며 비쳤다. 일을 할 때면 자주 화장실을 들락거리는 나는, 그날 밤 몇 번이고 국화 향기를 맡으며 밤샘의 피로가 그 향기 속으로 사그라지는 걸 느꼈다. 이윽고 아침 햇살에 하얀 국화는 한층 새하얗고, 은박지는 반짝반짝 빛났다. 그리고 볼일을 보면서 나는, 하얀 국화꽃에 카나리아 한 마리가 가만히 앉아 있는 걸 발견했다. 어제 방조放鳥한 새가 지친 나머지 새 가게로 돌아가는 걸 잊어버렸나 보다.

이런 것쯤이야 그저 아름답다고 말할 수 있겠지만, 그런데 나는 또한 그 장례식 꽃들이 썩어가는 날들도 화장실 창문으로 지켜봐야만 한다. 바로 이 글을 쓰고 있는 3월 초순에 화환 하나에 핀 붉은 장미와 도라지꽃이 점차 시들어가면서 어떤 식으로 변색되는지를 대엿새 동안 낱낱이 볼 수 있었다.

그나마 식물의 꽃이라면 족하다. 장례식장 화장실 창문에서, 나는 또한 사람을 봐야만 한다. 젊은 여자가 많다. 왜냐하면 남자는 들어오는 일이 드물고, 노파는 장례식장 화장실에서까지 오랜 시간 서서 거울을 볼 정도로 이미 여자가 아닌 탓이리라. 하지만 젊은 여자들 대부분은 거기에 멈춰 서서 화장을 한다. 장례식장 화장실에서 화장하는 상복 입은 여자 — 짙은 립스틱을 바르는 모습을 볼 때면, 시신을 핥는 피 묻은 입술을 본 것처럼 내 몸은 오싹 움츠러든다. 그녀들은 다들 차분하기 그지없다. 아무도 보는 이 없다고 굳게 믿고서, 더욱이 몰래 나쁜 짓을 하고 있다는 죄책감을 온몸에 드러내고 있다.

　나는 그런 기괴한 화장을 보고 싶은 마음이 없다. 하지만 두 개의 창문은 1년 내내 서로 마주 보고 있는 까닭에, 이 께름칙한 우연의 일치도 결코 드물지 않다. 나는 허둥지둥 시선을 돌린다. 이러한 내가 거리에서 혹은 응접실에서 마주치는 여자들의 화장에서도 장례식장 화장실의 여자들을 떠올리게 된다면 그것은 분명 행복이리라. 야나카 장례식장에 조문하러 오는 일이 있더라도 화장실에는 들어가지 말라고, 나는 아끼는 여자들에게 편지를 보내줄까 하는 생각도 해보았다. 그녀들을 마녀의 대열에 넣고 싶지 않아서다.

　그런데 바로 어제.

　장례식장 화장실 창문에서 하얀 손수건으로 연신 눈물을 닦고 있는 열일고여덟 살 소녀를, 나는 보았다. 닦고 또 닦아도 눈물이 넘쳐흐르는 모양이다. 어깨를 떨면서 흐느껴 운다. 마침내 참다못한 슬픔을 가눌 수 없었는지, 그녀는 선 채로 화장실 벽에 쿵 하고 몸을 내맡겼다. 더 이상 볼을 닦을 힘도 없이 흐르는 눈물을 그대로 내버려 두었다.

　그녀만은 몰래 화장하러 온 게 아니리라. 몰래 울러 온 것이 틀림없다.

　그 창문이 내게 심어준 여자에 대한 악의가 그녀로 인해 말끔히 씻겨나가는 걸 느끼고 있는 그때, 전혀 뜬금없이 그녀는 작은 거울을 꺼내 거울에 생긋 웃음을 한 번 짓고는 하느작, 화장실을 나가버리고 말았다. 나는 물을 뒤집어쓴 듯 깜짝 놀라, 하마터면 크게 소리 지를 뻔했다.

　내게는 수수께끼 같은 웃음이다.

여동생의 기모노

요즘 언니는 동생의 기모노를 자주 입는다. 그리고 동생이 약혼자와 걸었던 공원의 밤길을 자주 걷는다.

봄부터 가을까지 해거름이면 수십 또는 수백 쌍의 연인이 손을 맞잡고 거니는, 어둑하고 나무 그늘 짙은 공원이었다.

그녀들의 집은 그 공원 뒤편에 있었다.

공원 앞 정류장까지 약혼자를 배웅해주라고 타이르며, 언니는 자주 동생을 바깥으로 내보내곤 했다.

그런데 지금 언니는 공원 앞 시내 의사에게 동생의 약을 받으러 가는 길이다.

요즘 언니가 입는 동생의 기모노는 죄다 언니가 장만해 준 것이었다.

"언니는 만날 나한테 언니보다 수수한 기모노만 사주네." 동생은 자주 심통을 부렸다.

"나처럼 미쳐버릴 만큼 화려하게 차려입는 생활을 너한테는 시키고 싶지 않아서, 내가 이렇게 고생하는 거잖아."

"그러니까 나도 놀지만 않고 일하겠다잖아."

"나들이옷과 평상복 구분이 따로 없는 생활이 어떤 건지 너도 나를 지켜본다면 잘 알 텐데."

"이렇게 그냥 놀고 있기보단 좋을 것 같아서 그래."

게이샤, 영화배우, 댄스홀 무희 등, 언니는 현기증 날 정도로 직업을 바꾸다가, 지금은 아사쿠사의 레뷔 극장에서 신무용을 선보이고 있었다. 그 극장의 젊은 고용주가 집을 얻어준 덕분에 마음이 내킬 때만 무대에 서도 되었다. 그녀가 시골의 여동생을 불러들인 것은 촬영소에 들어간 지 얼마 지나지 않아서였다. 이제 그녀의 일생에서 거의 불가능에 가까운 일, 따라서 이 세상에서 가장 큰 행복이라고 여겨지는 일, 즉 아름다운 결혼을 동생에게 시켜주고 싶었기 때문이다.

여동생의 남편도 언니가 골랐다. 동생의 혼례 준비도 언니가 마쳤다. 언니는 동생에게서 자신의 꿈을 보았다. 언니는 또 하나의 자신인 동생의 혼례만을 위해 2, 3년 동안 얼마나 즐겁게 일해왔던가.

"동생은 사람이라곤 저 한 사람밖에 만나본 적이 없을 정도로 세상 물정을 전혀 모르는 애송이예요." 언니는 동생의 약혼자에게 웃으며 말하다, 눈물이 날 뻔했다. 이토록 고맙기 그지없는 말을 자신의 입으로 하게 된 행복감에 취해 어쩔 줄 몰랐다.

언니가 사준 동생의 기모노 무늬처럼, 언니가 고른 동생의 남편 역시 평범한 남자였다.

평생 세상의 거친 바람을 맞은 적이 없는 동생은 언니의 마음 씀씀이를 진정 알지 못할 거라고 언니는 생각했다. 그리고 남자를 대하는 동생의 대담한 말투에 깜짝 놀랐다. 언니의 투박한 말보다도 동생의 얌전한 말이 훨씬 대담했다. 동생은 갈수록 입이 험해졌고, 그녀의 남자에게 화풀이를 해댔다.

동생은 결혼하자마자 평범한 남편의 부족한 점을 언니에게 자주 하소연했다.

"나한테, 이런 나한테, 그런 호강에 겨운 이야길 거침없이 할 수 있는 넌 행복한 거야." 언니는 고개를 숙인 채 입술을 깨물었다.

동생은 병에 걸리자 곧장 언니의 집으로 돌아왔다. 마치 병을 이혼의 구실로 삼아 즐기는 것 같았다. 하지만 그 척추병은 머잖은 죽음의 약속이었다. 동생은 그걸 알지 못했다. 그걸 알게 된 언니는 이번엔 동생이 제 아이인 양 여겨졌다.

"이젠 어쩔 수 없이 이 아인 나 혼자만의 것이야."

동생은 검도를 할 때 입는, 허리에서 가슴까지 떠받쳐주고 젖가슴 부분만 동그랗게 파낸 코르셋을 기모노 안에 걸치고 있어서 임신한 여자처럼 보였다. 가을이 깊어지면서 손이 차가워졌다. 쇠약해진 탓에 도리어 뺨이 발그레하고 커다란 눈이 촉촉해져서, 언니보다 더 진한 화장을 하면 어쩐지 아름다운 불결함이 느껴졌다.

이윽고 코르셋을 양지 한 귀퉁이에 내다 말린 채 여동생이 몸져눕는 때가 찾아왔고, 그리고 마침내 코르셋은 이제 마당 한쪽 구석에 버려지고, 여동생은 자리에서 일어날 수 없게 되었다. 눈이 내리면 마당의 코르셋도 하얘졌다. 젖가슴을 파낸 두 개의 창문, 그리고 여동생의 젖가슴이 내다보았던 작고 동그란 창문에 참새가 내려앉아 눈 온 날 아침답게 고개를 흔들고 있었다. 가슴 아픈 동화 같았다.

언니는 동생의 남편을 깨워 이 모습을 보여줄까 생각했다. 동생이 그렇듯 살아갈 힘이 서서히 사라져가는 여자의 죽음은, 생생한 슬픔이 아니지 않느냐고 말하고 싶었다.

여동생의 남편은 아내가 자리에서 일어날 수 없게 된 후로 언니의 집에서 묵으며 회사에 다녔다. 동생은 병상에서 어린아이로 돌아감과 동시에 오직 남편 한 사람만을 애타게 찾았다. 제멋대로인 동생의 변모는 언니의 눈에는 유치하게도 비쳤지만, 동생과 남편은 이미 사랑 때문에 죽음조차 잊은 듯했다.

동생은 백치 폭군처럼 남편을 침상 곁에서 절대 떼어놓지 않았다.

"목욕 가면 싫어."

"신문 읽으면 싫어."

그리고 한밤중에 홀로 깨어 있는 쓸쓸함을 도저히 견디지 못하는 동생은, 제 손과 남편 손을 빨간 허리띠로 묶고는 그걸 잡아당겨 옆 침상의 남편을 몇 번이고 깨웠다.

"정말이지 지극정성이 따로 없군요." 이렇게 말한 언니는 질투하는 건 아니라고 자신을 가다듬으며,

"가엾지만 조금만 더 참고 견뎌요."

동생의 남편은 회사에서 돌아왔을 때, 현관에 마중 나온 언니를 보고 흠칫 선 채 꼼짝 못 하는 일이 번번이 있었다. 그 모습을 보는 언니도 가슴이 철렁했다. 하지만 두 사람 모두 잠자코 있었다. 동생의 남편에게는 언니가 여동생으로 보였다.

여동생이 언니의 집으로 돌아와 몸져누운 이후로 언니는 여동생의 기모노를 입는 일이 많았다.

언니는 철마다 입을 나들이옷이 서너 벌밖에 없는 생활을 꾸려왔다. 2, 3년 전 동생의 혼례 준비로 사준 기모노는 지금 언니한테도 지나치게 수수할 정도였다. 동생과 연년생이라고 여길 만큼 많이 닮았고, 어려 보이는 언니였다. 병들어 야위어가는 동생은 이제 인간이라기보다 그 눈 덮인 코르셋 아니면 시들어 빠진 꽃이었다. 그리고 언니의 모습은 지금의 그녀 자신도, 병들기 전 여동생도 아니고 더욱이 그 둘 다이기도 했다. 언니는 거울 앞에서 여동생의 모습을

발견하기도 했다. 동생의 기모노를 입을 뿐 아니라 그녀는
자기도 모르게 건강했을 무렵의 동생과 똑같이 머리를 땋
았다.

　동생이 약혼자와 걸었던 밤 공원을 동생의 약을 받으러
자주 걷는 언니는, 그러한 언니였다. 이즈음 점점 더 자신이
여동생을 닮아가는 걸 어렴풋이 느끼면서 그녀는 그 길을
다녔다.

　공원에 연인들이 눈에 띄기 시작하면서 봄이 찾아온 어
느 날 밤, 복막염을 동시에 앓게 된 동생의 죽음이 몇 시간
후로 임박한 상황을 의사에게 알리기 위해 언니는 역시나
동생의 기모노를 입고 그 길을 서둘러 가고 있었다. 도서관
이 문 닫는 시간인 듯, 그 앞의 사람들 무리를 헤치고 나온
건 기억하지만 그녀를 쫓아오는 발소리는 알아채지 못했다.

　"고토코 씨!" 느닷없이 동생 이름을 부르기에 뒤돌아
보니,

　"아아, 역시 고토코 씨군요." 낯선 남자가 언니의 어깨
가까이 서 있었다.

　"잘못 보셨어요. 고토코는……"

　"자기 이름은 기억하는데, 저는 잊었다는 건가요?"

　"고토코는 지금 집에서 죽어가고 있어요."

　언니도 남자도 숨을 헐떡이고 있었다.

　"또 그러는군. 고토코는 죽었다고 생각해달라고, 당신

은 전에도 말했었지. 언니의 마음을 잘 알기에, 죽은 셈 치고 시집가는 거라고."

이 말을 듣고 깜짝 놀란 언니는 되레 차분해졌다. 동생한테도 애인이 있었던가. 언니는 어두운 밤 지척에 있는 남자의 얼굴이 궁금했다.

여동생의 죽음이 가까운 밤에 여동생의 애인에게 여동생으로 착각하게 만들다니, 이 얼마나 묘한 일인가.

"죽은 줄 알라고 말하고선, 이렇게……" 남자는 언니의 어깨를 와락 안으며,

"이렇게 살아 있잖아요" 하고 세차게 흔들었다. 언니는 비틀거리며,

"미안해요." 얼결에 중얼거린 것은 동생에게 사죄하는 마음에서였다. 동생은 애인이 있다는 사실을 언니에게 숨긴 채 언니가 골라준 남자와 결혼했던가. 언니의 인형이 되어 주었던가. 언니는 남자의 팔을 잊을 만큼 온몸의 힘이 빠져나갔다.

남자는 그의 가슴팍으로 쓰러질 것만 같은 여자를 안았다.

동생의 애인은 여전히 동생을 사랑하고 있다. 동생으로 변신해 남자의 마음을 알게 되자, 죽어가는 동생에게 이야기해줘야겠다고 언니는 문득 생각했다. 뜻밖에 눈물이 넘쳐 흘렀다.

"당신은 역시 날 사랑해. 이토록 사랑해." 남자는 언니를 나무 그늘로 안고 갔다.

언니는 남자의 품에 안긴 채, 이렇게 남편에게 안기어 죽어가는 동생을 똑똑히 떠올렸다. 그리고 남자가 이끄는 대로 내맡기면서, 동생이 죽으면 동생의 남편과 결혼할 거라는 꿈을 꾸었다. 참으로 생생한 피의 태풍이었다.

자신이 잃어버린 것을 동생에게서 찾으려고 했던 언니는, 동생의 죽음으로 그것을 제 것으로 되찾게 되었다.

데스마스크

그가 그녀의 몇 번째 애인인지는 알 수 없었다. 하지만 아무튼 마지막 애인이라는 것만은 분명했다. 왜냐하면 그녀에겐 이미 죽음이 가까웠으니까.

"이렇게 빨리 죽을 거면, 그때 죽임을 당하는 게 나았어." 그녀는 그의 품에 안겨서도, 많은 남자를 떠올리는 눈길로 환하게 미소 지으려고 했다.

목숨이 다하는 순간에도 그녀는 그녀의 아름다움을 잊을 수 없다. 수많은 사랑을 잊을 수가 없다. 이제 와서는 그게 오히려 그녀를 아프게 보여줄 뿐이라는 것도 모른 채.

"남자들은 모두 나를 죽이고 싶어 했어요. 이 말을 입 밖에 내진 않아도, 마음속으로."

그녀의 마음을 붙잡아두려면 그녀를 죽이는 것 외에 방도가 없다고 고민한 애인들에 비해 그녀 스스로 그의 품 안에서 죽으려고 하는 지금의 그는, 그녀를 잃게 될 불안감이 없는 만큼 어쩌면 행복한 애인인지도 모르겠지만 그는 이미 그녀를 안는 데에 다소 지쳐 있었다. 격렬한 사랑을 줄곧 뒤쫓던 그녀는, 환자가 되어서도 목이나 가슴에 남자의 손길을 느끼지 못하면 편안히 잠들지 못했다.

그러나 마침내 가망 없게 되자,

"발을 잡아줘요. 발이 쓸쓸해 견딜 수 없어."

죽음이 발에서부터 슬그머니 다가오는 양, 그녀는 연신 발이 쓸쓸하다고 했다. 그는 침대 귀퉁이에 앉아 그녀의 발을 단단히 잡아주었다. 발은 죽음처럼 차가웠다. 그런데 뜻밖에도 그의 손은 기이하게 떨렸다. 손바닥 안의 자그만 발에서 그는 생생하게 여자를 느꼈다. 그 작고 차가운 발이 그의 손바닥에 따뜻하게 땀이 밴 여자의 발바닥을 만지는 것과 똑같은 기쁨을 전했다. 그는 그녀 죽음의 신성神聖을 더럽히는 그의 감각이 부끄러웠다. 그렇지만 "발을 잡아줘요"라는 말은, 그녀에게 이 세상 마지막 사랑의 기교가 아니었을까. 그렇다고 한다면 그녀의 한심스럽기 그지없는 여자다움이 그는 두려워졌다.

"우리가 사랑하는 동안 당신에게 더 이상 질투라는 게 필요 없다는 사실을 당신은 못내 아쉬워했었죠. 하지만 내가 죽으면 당신이 질투할 상대가 나타날 거예요, 틀림없이 어디선가." 이렇게 말하며 그녀는 숨을 거두었다.

그 말 그대로였다.

밤샘 조문을 하러 온 신극 배우 한 사람이 죽은 그녀의 얼굴에 화장을 했다. 그 남자와 연애할 무렵 그녀의 싱싱한 아름다움을 한 번 더 되살려내려는 듯.

그다음에 미술가 한 사람이 그녀의 얼굴에 석고를 털썩 덮어씌울 때는, 그 남자가 배우를 질투한 나머지 그녀를 질식시켜 죽이려는 것처럼 보였을 정도로 배우의 화장은 죽은 그녀의 얼굴을 살려냈다. 이 미술가 또한 그녀의 데스마스크를 만들어, 그녀의 옛 모습을 그리워할 작정인 게지.

그녀를 둘러싼 사랑싸움은 그녀의 죽음과 함께 끝나지 않는다는 걸 알고 그녀를 자신의 품속에서 숨을 거두게 한 것도 참으로 허무한 승리에 불과했다고 깨닫자, 그는 미술가의 집에 그녀의 데스마스크를 빼앗으러 갔다.

그런데 그 데스마스크는 여자 같기도 하고 남자 같기도 했다. 어린 여자처럼 보이기도 하고 늙은 여자처럼 보이기도 했다. 그는 문득 가슴의 불이 꺼진 목소리로,

"이건 그녀지만 또한 그녀가 아닙니다. 우선, 남자인지 여자인지조차 알 수가 없어요."

"그렇습니다" 하고 미술가도 침울한 낯으로,

"일반적으로 데스마스크라는 건, 그게 누구 것인지 모르고 보면 성별을 구분할 수 없지요. 예컨대 베토벤처럼 우람한 얼굴의 데스마스크도 물끄러미 보노라면 여자의 얼굴로 보이기도 합니다. 하지만 그녀처럼 여자다운 여자는 없었던 터라 데스마스크도 참으로 여자다우려니 생각했습니다만, 역시 이처럼 죽음을 이길 순 없었습니다. 죽음과 함께

성 구분도 끝나는 거지요."

"그녀의 일생은 여자라는 데서 오는 기쁨의 비극이었습니다. 죽음 직전까지 더할 나위 없이 여자였어요. 그 비극에서 그녀가 이제야 완전히 벗어난 거라면" 하고 그는 악몽이 사라진 후련한 마음으로 손을 내밀며,

"우리가 서로 손을 맞잡아도 좋겠군요. 남자인지 여자인지 알 수 없는 이 데스마스크 앞에서."

무용회의 밤

양장 차림의 여자는 극장 1층과 2층에, 그가 동반한 타이피스트와 우울하게 일본화된 외국인 중년 여자, 두 사람뿐이었다. 외국 여자의 빨간 머리카락은 나이가 들면 이렇게 슬퍼진다는 걸 보여주는 견본 같다고 그가 느꼈을 만큼 주변에는 유흥가풍의 아름다운 일본 머리가 많았다. 빨간 머리 여자는 아마 가정교사이리라. 긴 소매 옷을 입은 열한두 살 남짓의 소녀가 폭신한 긴 의자에라도 기대듯 외국인의 어깨에 안기다시피 기대어, 마치 가부키에서 아역 배우가 하는 대사처럼 길게 늘어지는 달콤한 목소리로 춤 프로그램을 설명하고 있었다.

그 앞 빈자리에 역시나 여자아이를 동반한 여자가 들어와 외국인과 함께한 소녀의 어머니에게 장황한 인사를 하고,

"어머! 따님의 옷이 정말로 아름답네요! 요전에 말씀하신 자수 디자인이 이 허리띠인가요?"

"네."

"따님, 좀 보여주시겠어요?"

소녀는 겉옷을 벗고 일어서더니 의상 전람회의 모델처럼 새침하며 천천히 한 바퀴 몸을 돌아 보였다. 교토의 무희들 띠처럼 양 끝을 길게 늘어뜨려 묶은, 반 폭짜리 빨간색 허리띠였다.

"어머! 바탕색과 금실의 배합이며 자수 솜씨가 정말 놀랍군요!"

타이피스트는 이 여자들에게 주눅이 든 것 같은 나지막한 소리로,

"이런 게 입발림이라는 거겠죠?"

"그렇지."

"언제나 이런 식으로 옷을 서로 보여주는군요."

"그렇지."

다음 막에서 「국접동리기菊蝶東籬妓」가 시작되자 타이피스트는 다시,

"이 아이는 지금 저걸 배우고 있군요."

그의 앞 의자에서 허리띠를 보여준 소녀가 무대 위 셋째 가면인 아이 돌보미의 춤에 따라 어깨를 움직여가며 손짓을 하고 있었다. 그 가느다란 손가락이 나긋하게 꺾이는 앙증맞은 손을 보고 있자니, 타이피스트가 소녀에 대해 느끼고 있을 놀라움과 미움이 점점 그에게도 전해져 왔다.

아름다운 과자처럼 키워지고 있는 여자아이는 그 소녀

한 사람이 아니었다. 긴 소매 옷을 차려입고 낯가림을 하지 않는 소녀들이 복도를 돌아다니고 있었다.

타이피스트가 앞으로 아무리 자신의 몸을 팔아 아름답게 치장해본들, 가난한 성장기 추억의 얼룩은 그녀의 모습에서 결코 빠지지 않으리라. 게다가 오늘 극장에는 여자의 가정환경을 한눈에 알아보는 부인들이 넘쳐났다. 그녀들의 옷은 타이피스트가 사고 싶어 하는 백화점의 특매품 비단과는 무게부터 달랐다. 각 춤마다 주어지는 10분 휴식 시간에도 도시락을 먹으러 나간 것 외에 그녀는 한 번도 자리를 뜨려고 하지 않았다. 「류추제조전柳雛諸鳥囀」에서 해오라기 처녀가 화려한 의상을 세 번이나 갈아입는 걸 보고,

"의상만 해도 수백 엔, 더 많이 천 엔도 들겠어요" 하고는 이 말이 창피스러운 듯 혼잣말로,

"이런 걸 걱정하다간 춤을 출 수도 없겠지요."

"그런데 의상으로 눈을 속일 뿐이고, 어쩐지 밋밋한 춤이군." 이렇게 말하며 그는 뜻밖에도 영광스러운 무대에서 남동생의 옛 연인을 본 것에 뺨이 붉어질 정도로 가슴이 두근거렸다. 춤 유파의 이름을 성姓으로 삼고, 이름도 남자인지 여자인지 알 수 없는 예명으로 바뀌어 있는 탓에 프로그램을 봐서는 알아채지 못했지만 그녀는 사토에가 틀림없었다.

사토에는 기예를 잇는 종갓집에서 애지중지하는 제자

였다. 양녀가 되어 기예를 잇는다는 소문이 있었다. 그러던 열아홉 살 무렵 그녀는 동생과 사랑을 했다. 동생은 대학생이었다. 춤 선생도 게이샤도 다 한가지라고 생각하는 고지식한 아버지는 물론 결혼을 허락하지 않았다. 그럼에도 그는 동생을 위해 종갓집으로 사토에를 데리러 갔는데, 이젠 일찌감치 파문하여 생판 남이니까 멋대로 하라는 대답이었다. 동생과 사토에는 가정을 꾸렸다. 하지만 사토에는 학생의 촌스러움과 가난을 잠시도 견딜 수 없어 동생을 버리고 말았다. 그녀다운 영리함으로 그 종갓집의 유력한 후원자를 찾아갔다. 얼마 안 가 복귀가 이루어졌다. 그 후 어느 틈에 어떻게 해서 사토에가 일본 춤의 종가들만 나오는 춤 대회 무대에 설 수 있을 정도가 되었는지, 그는 아무것도 알지 못했다. 그녀와의 연애 때문에 대학도 중도에 포기하고 아마추어 극단 일을 하며 여전히 가난하게 살고 있는 동생을 떠올리자, 눈앞에 있는 사토에의 무대 모습은 너무나 화려했다. 그는 동생을 위해 그녀를 미워하기보다 그 눈부신 출세를 후련하게 느꼈다. 그녀는 5, 6년 전의 그토록 구차한 연애 따윈 까맣게 잊어버렸을 게 틀림없다. 관객도 필시 어느한 사람도 알지 못하리라. 알고 있는 사람이 다섯 혹은 열사람이 있다 한들, 또한 그가 배신자! 하고 큰 소리로 외친다 한들, 무대 위 그녀는 눈썹 하나 흔들림 없이 춤을 계속추고, 도리어 그 자신이 얼굴을 붉힐 수밖에 없으리라. 샤미센 음악은 마치 그녀 생활의 승전가처럼 들려왔다. 그 역시 타이피스트와 마찬가지로 어쩐지 남의 시선이 꺼려지는 거북함을 느꼈다.

"정말 기분 나쁜 남녀가 많군요." 타이피스트는 도망칠 길을 하나 발견한 듯 속삭였다.

"아까 제 뒤에서 여자 같은 말투를 쓰는 걸 봤는데 정말 느끼했어요."

"아마 가부키에서 여자 역을 맡은 남자 배우일 테지."

중년 게이샤의 속 띠 같은 색깔의 허리띠를 매고 노랑이나 연지색이 섞인 세로줄 무늬 비단옷을 흐르르하니 입은 남자, 소녀들이 매는 허리띠에다 소맷자락이 긴 옷을 입은 소년이 많았다. 게이샤 무리에게조차 열등감을 느끼는 타이피스트는 이들 남녀에게 마침내 경멸의 배출구를 찾아낸 모양이었다.

문예부 기자라고는 해도 데퉁스러운 신문사에 근무하는 그는, 극장을 나온 뒤에도 일본 전통의 아름다움에 잠긴 채 멍하니 걷고 있었다. 이따금 보는 서양무용과 일본무용 사이에는 신극 배우의 번역극과 가부키 연극만큼의 차이가 있었다. 늘 걷는 서양풍 긴자 거리가 신기하게 여겨졌다. 식료품 가게 유리문으로 커다란 짐을 그러안은 동생이 뛰어나올 때까지 그의 꿈은 깨지 않았다. 동생은 그와 부딪힐 뻔했다.

"아아, 형!"

"무슨 일이야? 뭘 그리 허둥거려?"

"아내가 조금 전 아이를 낳았어."

그는 사토에의 무대 모습을 떠올리며,

"축하한다."

"60일이나 빨라. 일찍 태어났어. 그래서" 하고 동생은 무섭도록 말이 빨랐다.

"그래? 괜찮겠지. 칠삭둥이도 잘 커."

"몸무게가 600그램밖에 안 돼."

"보통 얼마지?"

"좀 급하니까 이만 가볼게."

"뭐, 차라도 마시고."

"지금 시모다 박사를 모시러 가야 돼. 신뢰할 만한 의사 선생님한테 한번 진찰을 받지 않고선 안심할 수 없어." 동생은 가만히 서 있기도 힘든 듯 안절부절 손발을 움직이며,

"2, 3일 내로 또 만나. 안부 전해줘."

"아니, 나도 같이 갈게. 의사 선생님한테 들렀다가 그리고 네 집에 축하하러."

"그래." 동생은 다소 차분해져 그제야 그가 동반한 여자를 알아챈 듯,

"하지만."

"괜찮아" 하고 그는 타이피스트에게,

"그럼 안녕."

그리고 택시를 타고 말았다.

동생은 고마움이 가득 드러난 밝은 얼굴로 그를 보았는데 그의 차가운 시선과 부딪히자,

"실례 아니야?"

"그 여자?"

"응."

"회사 타이피스트야. 동반한 건 오늘 처음이고, 어쩌면 같이 어딘가로 가게 되었을지도 모르겠지만."

"그렇다면."

"아니, 괜찮아. 호텔이나 어딘가에서 그 여자가 불쑥 뒷골목 연립주택에서 허름한 이불을 덮고 자는 부모나 형제를 떠올리면 우울하니까."

"집이 어려운가 보네."

"그래. ── 어때? 넌 기쁘니?"

"응. 뭐, 이런 게 기쁘다는 걸까?"

그는 느닷없이 소리 내어 웃기 시작했다. 동생의 옛 연인은 큰 극장의 무대에서 화려하게 춤추고 있다. 이와 같은 시간, 동생의 아내는 가난한 집에서 아이를 낳고 있다. 동생도 사토에도 아내도 그걸 알지 못한다. 이 얼마나 웃기는 일인가. 그리고 이건 도대체 뭔가. 그 타이피스트와 사랑을 해봤자 결국은 헤어진다. 그리고 몇 년 후 똑같은 시간에 그도

무언가를 하고 그녀도 무언가를 하고, 그리고 서로 알지 못한다. 그건 당연한 일이지만 그때 또한 방금 자신이 웃었듯이 누군가가 웃을까. 그는 오늘 밤 사토에의 춤 이야기를 동생에게 말해주고 싶은 유혹에 근질근질해져 동생의 어깨를 툭 치며,

"야, 힘내!"

"응. 나도 그럴 생각이야. 아빠가 되었으니 힘내야지!"

눈썹

여자니까, 그리고 어차피 직업을 가질 바에는 그녀도 여자의 아름다움을 무기로 하는 직업을 선택하고 싶지 않은 건 아니었다. 그러나 아무도 그녀를 아름답다고 말해주지 않았다. 그녀는 화장이 금지되어 있는 직업을 얻었다.

그런데 어느 날 그녀를 가까이 부른 감독은,

"넌 눈썹을 그렸구나."

"아니에요." 그녀는 쭈뼛쭈뼛 손가락에 침을 묻혀 눈썹을 문질러 보였다.

"눈썹을 밀어 모양을 낸 거겠지."

"아니에요, 원래 제 눈썹 그대로예요" 하고 그만 울음을 터뜨리고 말았다.

"흐음. 아무튼 그 정도로 아름다운 눈썹이라면 이런 데서 일 안 해도 먹고살 수 있겠지."

감독은 해고할 핑계를 그녀의 눈썹에서 찾아냈다. 그녀는 제 눈썹의 아름다움을 처음으로 분명히 알았다. 그것은 직업을 잃은 슬픔을 잊게 할 정도로 큰 기쁨이었다. 자신에게도 아름다운 구석이 있다. 그녀는 결혼할 자신감이 생겼다.

남편은 눈썹이 아름답다는 말을 하지 않았다. 그녀의 젖가슴이 아름답다고 말했다. 등이, 그리고 무릎이, 아름답다고 했다. 그리고, 그리고. 그녀는 자신의 몸에 너무나 여러 군데 아름다움이 있다는 걸 알게 되자, 마냥 행복에 겨웠다.

하지만 남편이 그녀 몸의 아름다움을 샅샅이 죄다 찾아냈을 때 어떻게 될 건지를 생각하면, 자신에게 무엇 하나 아름다움이 없다고 체념하고 있었을 당시의 편안함이 어쩐지 점점 그리워지기 시작했다.

등꽃과 딸기

그들은 늦가을에 결혼했다. 그래서 겨울부터 봄까지 침실 창문은 밤이면 늘 굳게 닫힌 채 무거운 커튼으로 가려져 있기 일쑤였다.

그러다가 지금, 나풀나풀한 여름 커튼으로 바꿔 달고 보니, 장님 같은 신혼의 애정에 갑자기 환한 창문이 열린 듯 아내는 유리문을 닫는 게 아쉬워 막무가내로 법석을 떨며 소녀 같은 장난기가 오랜만에 돌아온 모습이었다. 신록을 살랑대며 불어오는 밤바람 탓이려나.

"젖 냄새가 나요. 초여름 공기, 냄새가 좋아요."

"젖 냄새가 나는 건 당신 자신일 테지. ── 어제도 그런 편지에 답장을 쓰는 걸 보면."

"근데, 이맘때의 푸르른 신록은 언니 같은 냄새도 나요. 그래서 그 애도 언니 생각이 난 거예요."

그 애란, 세상을 떠난 고향 학교 친구의 여동생을 말한다. 그 소녀가 어제 느닷없이 유치한 편지를 보내왔다. ── 언니의 유품을 정리하다 보니 당신의 편지도 있었는데, 언니한테 당신이라는 사람이 있었다는 걸 알았다. 그립다. 당신이 언니 같은 생각이 드는 걸 어쩔 수 없다. 이런 내용이 편지에 적혀 있었다.

그 여동생은 아마 여학교에 갓 들어간 나이리라. 까닭 없이 사람이 그립고, 동급생이나 학교 선배를 꿈처럼 동경하게 된다 ─ 죽은 언니의 친구라는 것만으로 벌써 그 사람이 진짜 언니 같은 느낌이 들겠지.

"글쎄, 그 나이 때 여자아이의 감정은, 상냥하게 위로해 줘야 한단 말이에요."

"당신 자신이 어리광 부리던 과거를 떠올렸을 테지."

"그래요. 한데 그 여동생을 분명히 본 적이 있을 텐데, 도무지 생각이 안 나요."

"그런 주제에 훌쩍거리며 편지 답장을 쓰고 있는 걸 보면, 여자란 알다가도 모르겠다니까."

창문에는 등꽃 송이가 흔들리고 있었다. 그 자줏빛은 투명한 달빛에 떠올라 한층 아련한 꿈같았다. 아내는 남편의 무시하는 말투가 자신의 촉촉한 심정에 걸맞지 않아 약간 토라진 듯,

"나라奈良 공원에도 등꽃이 피어 있었어요. 높다란 삼나무 가지의 그 꽃 색깔은 마치 우리, 어린 여자애들끼리의 우정 꽃처럼 보였어요. ─ 친구의 여동생은 생각이 안 나는데, 그 친구 오빠라면 난 잘 기억해요."

역시나 효과가 있었다. 남편의 눈 깊숙이 진지한 빛이 떠올랐다.

"그래서일 테지. 당신이 친구와 사이가 좋았던 건. 진짜 자매가 되자고 약속했을 테지. 그러니까 여동생한테 편지를 받고 여전히 슬퍼지기도 할 테지."

"그럴지도 모르죠. 그렇게 확실한 약속은 하지 않았지만. 글쎄, 여동생은 내가 언니의 친구였다는 것만으로, 벌써 내가 진짜 언니 같은 느낌이 든다고 말했잖아요. 그것과 마찬가지죠. 나 역시 친구의 오빠라는 것만으로, 벌써 진짜 내 오빠 같은 느낌이 들었는지도 몰라요."

"흥."

"어머, 글쎄 어린 여자애들의 그런 기분을 귀엽게 봐주지 않는군요, 당신이란 사람은?"

"신록 탓에 그런 일이 생각나는 거야. 자자고."

"근데 그 오빠는 당신처럼 무서운 말은 하지 않았어요. 언제까지나 당신을 사랑합니다, 결국 당신이 나를 사랑해줄 때까지라니. 당신 편지에 난 무서워서 두 손 들고 말았어요. 하지만 여자는 그렇게는 말하지 않아요. 언제까지나 당신을 사랑합니다, 결국 당신이 나를 사랑해주지 않게 될 때까지도. 남자하곤 다르죠. 여자는 시시해."

"이제 그만해, 내려가서 딸기를 가져다줄 테니까."

"그래요. 수정 송이송이, 등꽃 매화꽃에 눈 내리네. 곱고 아름다워라 젖먹이 딸기 먹는 모습. 『마쿠라노소시枕草子』*에 나오잖아요. 세이쇼나곤도 아기를 낳았을까. 아기가 딸기를 먹는 입술, 정말 귀엽겠죠?"

아내는 이미 나라 공원의 등꽃에 관한 추억을 잊고, 침실 창문의 등꽃 속에 자신이 낳게 될 아기 입술의 환영을 그리고 있었다.

* '베갯머리 책'이라는 뜻. 세이쇼나곤清少納言이 후궁 생활의 경험을 토대로 쓴 일본 고전 수필의 대표작.

가을바람의 아내

　그는 부인을 배웅했다. 호텔 복도와 입구의 널찍한 바닥이 엷은 가을 구름이 비치는 거울처럼 고요하기에 곧장 2층 방으로 올라가는 게 어쩐지 멋쩍어, 계단참의 책장에서 가장 오른쪽 책을 뽑아 들었다. 책과 함께 귀뚜라미라도 튀어나올 것 같았다. 그 책은 백과사전이었다. 펼친 페이지에 '가을바람의 아내'라는 단어가 있었다.

　"에도 시대 교카狂歌* 시인. 요시와라 유곽의 다이몬지야 후미로의 조카딸. 가보차 모토나리의 아내.「가을 문턱을 바람이 알리네 음력 7월의 봉함을 오동잎 한 장 떨어뜨려」라는 교카를 읊었기 때문에 이렇게 불린다. 또한 와카和歌** 도 지었다. ── 뭐야, 시시해."

　그는 이 교카의 의미를 잘 알지 못했다. 지루한 여행을 하다 보면 쓸데없는 것까지 주워 담게 되는 법이라며 2층

---

　*　일상의 잡다한 일을 소재로 해학과 익살, 풍자 등을 담은 비속한 단가.
　**　일본 고유의 정형시. 보통 단가를 이른다.

방으로 돌아갔다. 여자의 화장품 냄새가 났다. 화장대 옆 휴지통에는 작은 머리카락 다발이 여럿 버려져 있었다.

"호오, 이렇게나 빠졌군. 가엾게도!" 그는 그걸 집어 들었다. 부인도 아마 자신의 탈모에 깜짝 놀라 그걸 손가락에 감은 채 바라보고 있었던지, 머리카락은 작은 원 모양이었다.

그는 베란다로 나갔다. 한 줄기 하얀 도로를 부인의 자동차가 달리고 있었다. 그는 오른쪽 눈을 감은 채 머리카락 원을 왼쪽 눈에 대고, 그걸 안경인 듯 눈을 가늘게 뜨며 저 멀리 자동차를 좇았다. 그러자 부인의 차는 금속제 조화나 장난감처럼 느껴졌다. 그는 어쩐지 아이처럼 즐거웠다. 하지만 물론 머리카락은 냄새가 났고, 분명 오랫동안 머리를 감지도 않았으리라. 노고의 냄새였다. 그 머리를 끌어안으면 벌써 머리카락의 차가움에 깜짝 놀랄 계절인가 싶었다. 그는 부인에게 30분 정도 방을 빌려주었을 뿐인 사이였다. 그녀의 남편은 가슴에 병이 들어 이 호텔에 전지요양 중이다. 자신의 강한 정신력을 자랑하는 그는 신념으로 질병을 정복하겠다고 줄곧 말하고 있지만, 부인을 잠시도 곁에서 떼어놓지를 않는다. 그러나 이미 죽음은 2, 3일 앞으로 닥쳤고, 부인은 그 준비차 도쿄 집으로 갔다 와야만 한다. 아마 돈 문제거나 성가신 문제 때문이리라. 그래서 부인은 갈아 입을 옷을 살그머니 그의 방으로 옮겨다 놓고 그의 방에서 몸단장을 하고서 호텔을 빠져나간 것이다.

그런 이유에서 부인은 늘 하얀 작업복을 입고 근심 어린 낯으로 호텔 복도를 걸었다. 여름과 겨울은 서양인들로 북적이는 화려한 호텔에 그녀의 그런 가정적인 모습은 그의 가슴에 스며드는 아름다움이었다. 참으로 '가을바람의 아내'였다.

자동차는 곳에 숨었다.

"마미, 마미!" 해맑은 목소리로 부르며 네다섯 살 된 영국인 아이가 잔디밭으로 뛰어나갔다. 그 뒤를 엄마가 페키니즈 두 마리를 데리고 따라갔다. 그 아이의 해맑은 달콤함은 그에게 천사 그림이 그저 허풍이 아니라는 생각이 들게 했다. 마른 잔디밭 깊숙이에는 아직 초록이 남아 있었지만, 그것이 도리어 수녀가 죄다 나간 수도원 같은 고요함을 연상시켰다. 개와 아이는 솔숲 속으로 황급히 뛰어들었다. 그 솔숲 위로 한 가닥 감색 리본처럼 바다가 보이련만, 그가 얼마 전 온 뒤로 2년 남짓 사이에 소나무 우듬지가 길게 내뻗은 것일까. 그 보이지 않는 바다 쪽에서 하늘이 무시무시한 기세로 찌푸린 구름을 몰고 오기에 그가 방으로 들어가려는데, 무도곡이 들려왔다. 차 마시는 시간이었다.

하지만 차를 마시러 가는 손님은 한 사람도 없고, 입구에는 벌써 전등이 켜지고, 호텔 지배인과 여종업원으로 보이는 여자 한 쌍만 거기서 왈츠를 추고 있는 게 창문 너머로 보였다. 뚱뚱한 여자는 허리 언저리가 볼품없는 양장 차림이었다. 따분해 보이는 춤이었다.

그는 베란다를 떠나 침대 위에서 팔베개를 했다. 그대로 잠들었다. 눈을 뜨자 뒤뜰에서 낙엽 구르는 소리가 들리고 유리문이 덜컹거렸다. 가을 태풍의 전조였다.

"환자는 어떨까? 부인은 돌아왔을까?" 불안해져 카운터에 전화로 물어보려다가 무언가 가을 밑바닥에서 자신을 보고 있는 눈을 느끼자, 불쑥 반항적으로 다부진 애착을 부인에게 느꼈다.

애견 순산

복대는 예부터 술일戌日에 감는다. 그만큼 개는 출산이 가볍다. 나 자신 몇 번이나 개의 산파역을 맡은 적이 있다. 새 생명이 태어나는 건 좋은 일이다. 출산과 육아는 개를 키우는 사람의 큰 기쁨이다. 그런데 지난해엔 난산이 둘씩 겹쳐 호된 일을 겪었다.

와이어헤어 폭스테리어도 콜리*도 초산이었다. 와이어헤어 쪽은 세 마리째 아이가 산도에서 질식했고, 네 마리째는 수의사가 겸자鉗子로 꺼냈다. 그래도 어쨌건 첫아이 두 마리와 어미 개는 살았다. 골칫거리는 콜리였다. 예정일을 1주일, 열흘이 지나도록 나오지 않는다. 개한테는 아주 드문 일이다. 오늘 밤일까, 오늘 밤일까 싶어 나는 잠을 잘 수가 없다. 수의사 둘을 부르고 내 친구 산부인과 의사(사람을 돌보는)까지 오라고 해서 태아가 살았는지 죽었는지, 수술하는 게 좋을지 나쁠지 논의를 거듭해 마침내 제왕절개를 했

* 영국 스코틀랜드 원산의 양을 지키는 개.

는데, 어미 개는 경과가 좋은 듯 보였건만 그날 밤사이 죽었다. 일곱 마리 태아는 반쯤 부패해 있었다.

난산 둘의 손해는 돈으로 계산하면 얼추 1,000엔 이상이다. 그건 제쳐두고, 이 암컷 콜리는 몸놀림까지 엄청 응석받이 여자애를 닮아 밤새워 집필하는 곁을 떠나지 않은 채 내 무릎 가까이 얼굴을 갖다 대고 화장실에 갈 때마다 졸졸 따라오는 식이었으므로 죽고 나니 쓸쓸하여 나는 사쿠라기초의 집에서 이사하고 말았다. 이 일로 인간 산부인과의 두드러진 발전에 비해 동물 산과에는 어쩐지 미덥지 못함을 느꼈다. 소중한 개의 난산에는 인간 산부인과 의사도 입회하는 게 좋다.

그런데 이번 출산은 와이어헤어에게 두번째다. 한밤중 11시 무렵부터 출산 상자의 짚을 긁는 상태로 오늘 밤인 줄 안다. 달걀노른자와 오트밀을 어미 개에게 충분히 주고 탈지면, 작은 가위, 가느다란 샤미센 실, 알코올 등 조산 도구를 갖추었다. 출산 상자는 내 작업 책상 옆에 놓여 있다. 오늘 밤만은 아내도 내 뒤 고타쓰*에 발을 넣고, 옷을 입은 채 선잠을 잔다. 이 개는 늘 아내 꽁무니만 쫓아다니는 통에 그 모습이 보이지 않으면 금세 안절부절못하기 때문이다.

---

* 일본의 실내 난방 장치의 하나. 나무틀에 화로를 넣고 그 위에 이불이나 포대기 등을 씌운다.

과연 출산 상자를 어슬렁어슬렁 나와, 아내의 머리맡으로 갔다. 어깨 언저리의 고타쓰 이불 위에서 빙글빙글 돌았다. 거기서 출산을 하려는 모양이다. 아내는 알지 못한 채 깊이 잠들었다. 이윽고 개는 숨이 가빠지고 몸을 돌리며 신음하면서, 더구나 졸린데 어째서 배가 아픈 걸까 싶은 듯 이따금 하품을 하고는, 묘한 표정을 짓는다. 나는 니와 후미오丹羽文雄의 첫 작품집『은어』를 읽으며 기다렸다.

오후 3시가 지나 드디어 본격적인 진통, 나는 잠시 산도를 살펴보고 적당한 시기라 출산 상자로 옮겨준다. 하늘을 향해 배에 힘을 주는 사이 양수가 흘러나온 듯 출산 상자의 바닥을 핥고 있었는데, 마침내 언뜻 들여다보니 태어났다. 4시 정각이다.

"이봐, 태어났어. 태어났어. 일어나! 태어났다고!"

아내는 벌떡 일어났지만 피를 보고 손끝을 부들부들 떨며 허둥댄다. 불룩한 소시지나 고무풍선 같은 주머니 아기다. 나는 익숙하다. 가위로 포의胞衣를 찢어준다.

물론 어미 개도 연신 핥으며 물어 찢으려고 한다. 아이는 함빡 젖은 생쥐이면서 금세 입을 벌리고 꼬물거리기 시작한다. 가위로 탯줄을 자른다. 실로 묶은 다음 자를 생각이었지만 성가셔서 그대로 잘랐다. 다만 포의를 먼저 찢고 나중에 탯줄을 자른다. 이 순서를 그르치면 안 된다. 그리고 태반을 탈지면에 감싸 제거한다. 어미 개가 먹을 수도 있다.

먹이면 위장을 해친다는 설과 젖이 잘 나온다는 설이 있다. 태반은 몇 마리일지 아이에게 하나씩 있으니 그 가운데 한 두 개를 먹이는 게 좋겠지. 이리저리 핥아대는 어미 개의 혀에서 아기는 신비한 생명력을 흘려 받기라도 하듯 순식간에 기운을 차리고 벌써 기어 다니기 시작한다. 젖가슴을 찾는다. 어미 개는 더러운 것까지 핥느라 분주하다. 나도 탈지면으로 강아지 몸과 어미 개의 더러움을 닦아준다.

"아무튼 이 한 마리는 살아 있으니까. 털 무늬가 좋군. 하지만 어쩐지 작은걸." 나는 안심하고 손의 피를 닦는데 아내도 출산 상자를 내려다보고,

"작은 편이 나아요. 지난번처럼 큰 것보다 출산이 수월해요. 많이 들어 있지 않을까요? 어쩐지 무서워서 손을 댈 수 없어. 이 아이, 전혀 젖을 못 빠는데요?"

손바닥에 올려 배를 보니, 이 아이는 여자였다.

두번째 아이는 조금 간격을 두고 4시 40분. 살짝 산도에 막혔지만 첫번째보다 큰 남자아이로 튼튼하고, 몸통과 달리 하야스름한 머리가 밉살스레 보였다. 아내는 젖은 아이를 품에 넣어 덥히고 탈지면으로 닦아주며,

"이제 두 마리 살았으니까 됐지? 지난번하고 같아." 어미 개를 위로하는 사이 채 10분도 지나지 않아 세번째가 쭈르르 나왔다. 얼굴만 거무스름한 이것도 암컷이다. 이 태반은 어미 개에게 먹인다. 강아지는 모처럼 말려놓아도 산도

쪽으로 기어가 달라붙기 때문에 다시 젖거나 머리가 피투성이가 되기도 한다. 그걸 아내가 순서대로 품에서 덥히고 이젠 처음의 무서움도 잊고,

"어머! 가슴에 마구 달라붙네! 아프잖아."

또한 어미 개는 아내를 절대적으로 신용하고 있긴 해도 그 품에서 아이가 우는 게 자못 이상하다는 듯 오른쪽, 왼쪽으로 고개를 갸웃하며 쳐다본다. 그러자 옆에서,

"후우, 휴우, 휴우……" 연신 부르는 이가 있다. 수리부엉이다. 이 새는 출산 모습이며 강아지 울음소리가 참으로 신기해 죽겠다는 듯이 발돋움한 채, 고개를 갸웃하기는커녕 빙글빙글 돌리며 출산 상자를 지켜보고 있다.

"오오! 너도 있었구나? 까맣게 잊고 있었어." 나는 일어나서 도롱이벌레를 주었다.

역시나 암컷인 네번째는 5시 20분에 태어났다. 아내는 아직 있다고 했지만 6시에 내가 어미 개를 일으켜 세워 살피니 이미 배는 홀쭉했다. 싱거우리만큼 순산이었다. 어미 개는 달걀노른자와 오트밀을 게걸스레 먹었다. 물을 마셨다. 강아지의 자그만 손바닥과 입은 순결한 혈색으로 앳되고 튼튼하다. 벌써 콧등이 거뭇한 녀석도 있다. 역할을 다한 나는 끈적거리는 손을 닦고 조간신문을 읽고서 여행을 생각하고 있었는데, 아내는 여전히,

"다행이야. 아아, 다행이야! 아가들이 정말 잘도 자네."

어미 개의 옆구리를 쓰다듬으며 이시하마 긴사쿠, 스즈키 히코지로, 스가 다다오, 오자키 시로, 다케다 린타로 등, 나의 옛 벗들의 이름을 헤아려 그녀가 아직 못 본 그들의 아기를 앞으로 하나씩 보러 다니겠노라고 했다. 짚을 바꿔 깔아주려고 덧문을 열자, 따스한 아침 햇살이 방 한가득 비쳐 들었다. 1월 18일.

석류

하룻밤 늦가을 찬바람에 석류잎은 죄다 떨어졌다.

그 잎은 석류나무 아래 흙을 둥글게 남기고 그 주변에 떨어져 있었다.

덧문을 연 기미코는 석류나무가 나목이 된 것에도 놀랐지만 잎이 예쁜 원을 그리며 떨어져 있는 것도 신기했다. 바람에 어지러이 흩어질 법도 했다.

우듬지에 탐스러운 열매가 있었다.

"어머니! 석류 열매!"

기미코는 엄마를 불렀다.

"정말로…… 잊고 있었네."

엄마는 잠깐 봤을 뿐, 다시 부엌으로 되돌아갔다.

잊고 있었다는 말에서, 기미코는 자신들의 쓸쓸함을 떠올렸다. 마루 끝에 달린 석류 열매도 잊은 채 지내고 있었다.

보름 남짓 전의 일 — 사촌의 아이가 놀러 와서는 단박에 석류에 관심을 보였다. 일곱 살짜리 남자아이가 죽을 둥

살 둥 나무를 오르는 데에 기미코는 생기발랄함을 느끼고,

"더 높이 큼직한 게 있어!"

마루에서 말했다.

"응. 그런데 딴 후에 난 내려갈 수 없어!"

정말이지 두 손에 석류를 들고선 나무에서 내려올 수 없었다. 기미코는 웃음을 터뜨렸다. 아이가 너무나 귀여웠다.

아이가 올 때까지 이 집에서는 석류 열매를 잊고 있었다. 그 후 다시 오늘 아침까지 석류 열매를 잊고 있었다.

아이가 왔을 때는 아직 잎 사이에 숨어 있었는데, 오늘 아침엔 석류 열매가 하늘에 드러나 있었다.

이 석류 열매도, 낙엽에 둥글게 에워싸인 마당 흙도 늠름하니 강했고, 기미코는 마당에 나가 대나무 장대로 석류 열매를 땄다.

무르익었다. 부풀어 오르는 열매의 힘으로 터뜨려지듯 갈라져 있었다. 마루에 놓으니 알알이 햇살에 반짝이고 햇빛은 알갱이들을 비추었다.

기미코는 석류에게 미안한 생각이 들었다.

2층으로 올라가 재빨리 바느질을 하고 있는데, 10시쯤 게키치의 목소리가 들렸다. 나무 문이 열려 있었는지 대뜸 마당 쪽으로 돌아 나온 듯, 기운차고 빠른 말투였다.

"기미코, 기미코! 게짱이 왔어!"

엄마가 큰 소리로 불렀다.

허둥지둥 실이 빠진 바늘을 기미코는 바늘겨레에 꽂았다.

"기미코도 게짱이 출정하기 전에 한 번 만나고 싶다고 늘 말했지만 이쪽에서 선뜻 가기도 어렵고, 게짱도 좀처럼 와주지 않으니 말이야. 하여간 오늘은……"

엄마가 말한다. 점심이라도, 하며 붙잡지만 게키치는 서두르는 모양이다.

"어떡하나. ……이거 우리 집 석류. 드시게."

그러고는 다시 기미코를 불렀다.

기미코가 내려가자 게키치는 눈으로 마중하듯, 그 눈은 더 이상 못 기다리겠다는 듯, 기미코를 바라보고 있어 기미코는 다리가 얼어붙었다.

게키치의 눈에 문득 따듯한 것이 번졌을 때,

"앗!"

게키치는 석류를 떨어뜨렸다.

두 사람은 얼굴을 마주 보며 미소 지었다.

서로 미소 지었다는 걸 깨닫고 기미코는 뺨이 뜨거워졌다. 게키치도 갑자기 툇마루에서 일어서며,

"기미짱도 몸조심하길."

"게키치 씨야말로……"

기미코가 말했을 때 이미 게키치는 기미코에게 몸을 돌

려 엄마에게 인사하고 있었다.

　게키치가 나가고 나서도 기미코가 잠시 마당의 나무 문 쪽을 배웅하고 있는데,

　"게짱도 덜렁이잖아. 아까워라. 이렇게 맛있는 석류를……"

　엄마가 말했다. 툇마루에 가슴을 대고 손을 내뻗어 석류를 주웠다.

　아까 게키치는 눈빛이 따듯해졌을 때, 자기도 모르게 손을 움직여 석류를 둘로 쪼개려고 하다가 그만 떨어뜨리고 말았으리라. 쪼개지지 않은 채 열매 쪽이 땅바닥에 엎디어 떨어져 있었다.

　엄마는 그 석류를 부엌에서 씻어 와,

　"기미코."

　내밀었다.

　"싫어요. 더러워."

　낯을 찡그리고 몸을 뺐지만 뺨이 화끈 달아오르자 기미코는 허둥거리며 고분고분 받아 들었다.

　위쪽 알갱이를 게키치가 조금 베어 문 것 같았다.

　엄마가 거기 있는 터라 기미코는 먹지 않으면 더욱 이상했다. 아무렇지 않은 듯 한입 물었다. 석류의 신맛이 치아에 스몄다. 그것이 배 속 깊숙이 스며드는 듯한 슬픈 기쁨을, 기미코는 느꼈다.

그런 기미코를 엄마는 전혀 아랑곳하지 않고 벌써 일어섰다.

경대 앞을 지나며,

"어이쿠, 머리가 엉망이네. 이런 머리로 게짱을 배웅해서 미안한걸."

말하고 거기에 앉았다.

기미코는 가만히 빗질 소리를 듣고 있었다.

"아버지가 돌아가셨을 때는 말이야."

엄마가 천천히 말했다.

"머리를 빗는 게 무서워서…… 머리를 빗고 있으면 그만 멍해지고 말았어. 문득 역시나 아빠가 빗질이 끝나길 기다리고 계시는 듯한, 그런 느낌이 들어서 화들짝 놀라기도 했어."

엄마가 자주 아빠가 남긴 음식을 먹고 있던 모습을, 기미코는 떠올렸다.

기미코는 안타까운 마음이 치밀었다. 울고 싶어지는 행복이었다.

엄마는 그저 아깝다는 생각만으로, 지금도 그저 그 이유만으로 석류를 기미코에게 주었으리라. 엄마는 그런 생활을 해왔기 때문에 그만 습관이 나온 것이리라.

기미코는 비밀스러운 기쁨을 맛본 자신이 엄마에게 부끄러웠다.

하지만 게키치가 알지 못한 채 마음 가득 작별을 했다고 여기고, 또한 언제까지나 게키치를 기다릴 수 있겠다고 생각했다.

슬쩍 엄마 쪽을 보니, 경대를 사이에 둔 장지문에도 햇살이 비치고 있었다.

무릎에 놓인 석류를 베어 무는 것이 이미 기미코에게는 두려웠다.

열일곱 살

　은행이 떨어져 있다는 여동생의 말에 이끌려 언니도 절 마당으로 가보니, 은행나무 밑 지장보살 당집에 '이곳에서 놀면 안 됩니다'라고 적힌 종이가 붙어 있는 게 눈에 띄었는데, 자세히 보니 그 붓글씨 옆에 연하게 연필로,

　'싫어요'라는 어린아이 글씨가 있었다. 그걸 쓴 사람이 여동생임을 알고 언니는 부랴부랴 데리고 돌아왔다. 집에서 꾸중을 듣고 나서는 여동생도 겁먹고, 이젠 절 마당으로 놀러 가지 못했다.

　하지만 그 일 이후 '싫어요'가 여동생의 애칭이나 다름없이 되었다. 뭔가 거북한 상황에서 여동생이 대답을 머무적거리고 있으면 언니가 옆에서,

　"싫어요"라고 했다. 여동생이 화를 내니까 엄마까지 비슷한 상황에서,

　"싫어요" 하고 놀리기도 했다. 말투에 호흡을 주어, 가볍게 천진스레 말했다. 여동생에게 심부름을 시킬 때는 그런 발음으로,

"싫어요 씨!" 하고 부르게 되고 말았다.

대략 10년 전의 이 일을 떠올리고 여동생은 병원에서 언니에게 보내는 편지에 '싫어요로부터'라고 서명해야겠다는 생각이 떠올랐다. 즐거워져서 연필을 깎았다. 뚝 부러진 연필심을 후우 불어 날려버리고 다시 깎는데, 눈 속이 어른거리는 것 같아 깜작거렸다. 눈 속이 아니었다. 하얀 시트 위를 까만 쌀알만 한 무엇이 꼬물대며 간다.

"아이, 징그러워!"

부러진 연필심이었다. 그 심보다 훨씬 작은 개미가 옮기고 있었다. 단박에 시트를 두드렸다. 개미는 연필심과 함께 뛰어올랐다. 심을 끌어안은 채 떨어졌다. 재미있어서 다시 두드렸다. 아까보다 더 높이 뛰어올랐는데도 개미는 여전히 심을 끌어안고 있었다. 퍼뜩 놀라 개미를 응시했다. 몸 색깔이 연한 개미였다.

연필심이라는 걸 깨닫고 어디에 버리는 걸까 싶어 지켜봐도, 개미는 진지하게 옮겨 갔다. 자잘한 발을 눈에 잘 보이지도 않는 속도로 움직이고 있었다. 이따금 문득 멈춰 서는 순간에 태엽이라도 감고 움직이는 것 같았다. 응시하는 사이, 자신이 자그마한 개미 몸이 된 듯 시트가 드넓게 느껴지기 시작했다. 하얀 천이 눈밭이나 얼음 벌판처럼 여겨졌다. 왠지 슬퍼졌다.

아프고 나서 사소한 일에도 툭 하면 눈물짓는데, 그 감상이 유치할 뿐만 아니라 감상에 이끌려 어린 시절을 떠올리기 십상이었다. 그리고 그걸 깨달을 때마다 자신의 나이를 알 수 없게 되고 만 듯한, 나이의 기댈 곳을 잃어버린 것 같은 불안을 느꼈다. 열일곱 살 올해까지 자신의 나이를 진지하게 생각해본 적은 없었지만, 처음 생각해보니 자신이 더 이상 자라지 못하고 있는 건 아닐까 두려웠다.

더구나 한밤중이면 저 혼자 시간 바깥에 내버려진 것 같아, 언젠가 엄마가 병문안 왔을 때 무심코 이야기한,

"어젯밤 마당에 나갔더니 벌써 매실장아찌에 밤이슬이 내렸더구나"라는 말이 묘하게 가슴에 와닿기도 했다.

"어머! 벌써 매실장아찌에 밤이슬이 내렸네" 하고 엄마가 마당에서 중얼거리는데, 어디어디 하며 아래 여동생이 황급히 일어서는 순간, 모기향을 냅다 걷어찼다. 아래 여동생은 그 자리에 웅크리고 앉아, 손으로 집으면 바스러지고 마는 재를 열심히 주웠다.

아래 여동생도 그런 행동을 하게 되었다는 엄마의 말씀이었지만, 나중에 생각해보니 어린 여동생이 재를 줍는 모습뿐만 아니라 밤이슬이 내린 매실장아찌까지도 사랑스럽게 눈앞에 떠올랐다. 사람들이 잠든 고요한 동네가 느껴졌다.

"이제 모두 잠들었어. 모두 사랑해줄 테야."

두 손을 벌려 살포시 끌어안는 시늉을 했다.

"그럼 쉴게요." 말하자 눈물이 났다. 전쟁 중이건만 이렇듯 환자가 되어 쉴 수 있으니 정말 고마운 일이었다. 아무것도 할 수 없는 몸이지만 그저 앞으로 착한 사람이 되어야겠다고 진심으로 생각했다.

방금도 개미와 노는 식의 유치함 뒤에 괜스레 슬퍼지면 나이의 계단 같은 걸 삐끗 헛디딘 듯싶어 눈을 감고 드러누웠다. 연필심 따위나 옮기고 다니다니, 하며 개미에게 말을 걸려고 해도 자신이 먼저 쓸쓸했다.

그러던 참에 언니가 병문안을 와주었다. 여동생은 안심하고 환하게 일어나 앉아,

"방금 언니한테 편지를 쓴 참이야."

"그래? 보여줘." 언니는 손을 내밀었지만 여동생은 고개를 저으며 베개 아래 감추었다.

"어린애잖아. 아프다고 어리광 부리면 안 돼" 하고 언니는 여동생을 응시했다. 멈춘 눈길에 임신의 피로가 묻어 나왔지만 한순간이었다. 곧바로 손에 든 봉지를 여동생의 침대 위에 펼쳐 보이며,

"형부 사진. '마누라의 편지가 왔다'라는 사진이야."

중국 가옥의 벽 앞에 언니의 남편이 우두커니 서 있는 어설픈 사진인데, 그 아래쪽에,

'마누라의 편지가 왔다'라고 쓰여 있었다.

언니는 여동생에게 건넨 사진에 얼굴을 가까이 가져가,

"'마누라'란 나를 말하는 거야. '마누라'라고 하면 뭔가 듬직하니 자리 잡은 사람 같고 묘한 기분이 들지만 병사들은 그렇게 부르나 봐." 말을 하면서 눈을 떼지 않았다. 여동생에게 언니의 어깨가 닿았다. 하도 오랜만의 일이라 여동생은 가슴이 두근거렸다. 거침없이 언니가 밀려 들어와서, 어떻게 되려나 싶었다.

하지만 언니는 대뜸 발돋움을 하고는 조금 떨어진 의자에 앉아, 뭔가 볼일이 끝났다는 듯한 표정으로 여동생 쪽을 바라보았다. 고개를 숙인 게 괴로워서 잠시 쉬는 건가, 하고 여동생은 알아차렸다. 여동생이 얼굴을 들기를 기다렸다가 언니는 큼직한 보따리를 무릎에 올려놓고,

"뭔지 맞혀봐. 이제 출산까지 집에 돌아갈 수 없을 것 같아서 엄마에게 그렇게 말하고 받아 왔어. 나 주렴." 이렇게 말하며 천천히 매듭을 풀었다.

"이거, 기억하지?"

"어머!"

네 살에 죽은 큰언니의 나들이옷이었다.

"시집갈 때 받아 갈 생각이었는데, 막상 입이 떨어지질 않더구나. 이번엔 아이를 위해서니까 말하기 수월했어. 예전과는 기분도 다르니까 말이야."

붉고 흰 여러 마리 학이 어지러운 소맷부리, 붉은 바탕에 금빛 국화가 도드라진 민소매 겉옷, 자줏빛에 하얀 모란

을 발염한 코트, 오글오글한 주홍빛 비단 속옷. 여동생은 한 눈에 알았다.

큰언니가 있었다는 걸 언니도 여동생도 어릴 적에는 알지 못했다. 무시보시* 같은 때, 이런 어린애 나들이옷을 보면 언니는 입은 적이 없어도 자신이 입었을 거라고 생각하며 아무런 의심도 하지 않았다. 큰언니 이야기를 들은 건 큰어머니한테서였다. 이미 언니는 부모님의 슬픈 비밀을 모른 척하며 그런 만큼 더욱 부모님께 잘해드려야겠다고 생각하는 나이가 되어 있었다. 이야기를 들은 걸 후회하고 아무한테도 말하지 않겠노라고 맹세하면서도 여동생에게 살짝 말해 감상을 나눌 상대를 만들었다.

물론 어느 사이엔가 큰언니의 죽음은 집안에서 더 이상 비밀이 아니었지만 딸들의 입장에서는 그 이야기를 하기 힘든 분위기가 남았다. 큰언니의 어린애 나들이옷은 언니에게도 여동생에게도 어쩐지 중요한 물건이었다.

"근데, 남자아이인지 여자아이인지 모르잖아?" 여동생이 말했다.

"여자아이 같아." 언니는 선선히 받아넘겼다.

"내 모습을 보기에도 여자아이일 거라고 엄마도 말했

* 삼복 무렵 곰팡이나 좀을 막기 위해 옷이나 책 등을 꺼내 햇볕을 쪼이고 바람을 쐰다.

어. 우리 집은 여자아이가 잘 태어나잖아."

"그런 죽은 사람 옷을 입혀도 돼?"

"상관없어. 요즘 같은 때 그런 말을 할 수는 없지. 남의 옷이라면 께름칙하겠지만."

"요즘 같은 때 그렇게 좋은 옷은 눈에 띄어." 여동생은 말하다 말고, 옷을 아까워하는 듯한, 언니를 질투하는 듯한 자신에게 깜짝 놀랐다.

"언니, 출산하러 안 갈 거야?"

"응. 안 돌아갈 거야. '마누라'의 남편이 부재중이니까 안 돌아가는 게 좋을 것 같아." 언니는 웃었지만 무언가 생각났다는 듯,

"우리, 죽은 언니의 이름을 아직 들은 적 없지? 나한테 여자아이가 태어나면 시치미 떼고 언니의 이름을 지어볼까? 아빠 엄마를 깜짝 놀라게 해드리자, 뭐 그런 이야길 언젠가 너한테 한 적이 있지? 기억해? 하지만 이름을 듣지 않아 다행이야. 아이 이름은 그렇게 소녀의 감상으로 지을 수 있는 게 아니거든. 전쟁터에서 짓는 게 좋겠어. 여자인 내 기분으로 아이 이름을 망칠 수는 없지."

여동생은 끄덕였다.

"요담엔 아기에게 이 옷을 입혀 올지도 모르겠네. 건강하게 잘 지내. '네가 이 옷을 손녀에게 입혀준다면 산뜻하게, 그 아이도 튼튼해질 거야'라고 엄마가 말했어. 엄마란 정말

대단한 생각을 하는 사람이다 싶었는데, 너무 감사해."

여동생은 눈물이 솟구쳐 두 손으로 얼굴을 감쌌다. 언니가 허둥대며 위로했다. 몸이 아픈 걸 탓하며 혼내는 것을, 여동생은 뜻밖에 차분한 마음으로 그저 애무라고 느꼈다. 후련할 뿐이었다.

그러나 마음이 개운해짐에 따라 더욱 안타깝고 슬픈 것은, 자신이 아무것도 알지 못한다는 사실이었다. 엄마나 언니조차 전혀 알 수 없다는 애정의 몸부림이었다. 엄마나 언니의 삶을 끌어안으려고 해도 손이 가닿지 않아 털썩 쓰러지고, 오히려 어린애처럼 품에 안겨 있는 자신을 볼 뿐이다. 어린 언니조차 알 수 없다.

하지만 이토록 넘쳐나는 마음은 하늘에까지 닿을 듯, 형부도 태어날 아기도 모두 꼭 지켜주겠다며 먼 곳으로 두 손을 모으는 심정이 되자 기운이 나고 고마웠다.

미역

밤이 이른 병원은 9시 반이면 고요하다. 약 냄새까지도 봄이 된 것을 밤에 잘 알 수 있었다. 오늘은 야근이라 낮에 외출했다. 전차 안에서의 일이 떠올라 절로 미소 짓게 되지만, 혼자서는 나른하다.

중학교 납품이라고 적힌 모자가 든 종이봉투를 무릎에 올려놓은 사람도 있고, 엄마와 아이가 함께 탔는데 엄마는 안으로 들어가 앉고 새 교모를 쓴 남자아이는 쑥스러운 듯 출입문 옆에 서 있기도 하는 전차였다.

명주실 부스러기를 푸느라 여념이 없는 여자가 있었다. 빨간색 실과 연한 물빛이나 잿빛으로도 보이는 실이 한데 엉킨 주먹만 한 실 부스러기 뭉치인데, 양쪽 손가락으로 가볍게 풀면서 실 끝을 찾아내 잡아당기고는 왼쪽 새끼손가락에 낡은 엽서를 감은 걸 실패 삼아 계속 감는다. 빨간색 실은 새끼손가락 뿌리 쪽에, 물빛은 손끝 쪽에 감으며 풀었다 감고, 감았다 푸는 게 상당히 손에 익은 듯 능숙하고 엉킨 부분도 신기하리만큼 술술 풀리니까 지켜보고 있어도 갑갑하게 느껴지지 않는다. 잘 풀리면 실뭉치는 무릎까지 내려와 춤춘다. 감고 있는 실이 짧아 뭉치가 떨어지기도 한다. 하지만 여자는 그저 여념 없이 계속해나가기 때문에 실과 손끝이 하나인 듯 살아 있다.

편하게 앞으로 몸을 숙이기 위해 여자는 두 발을 자연스레 내뻗었는데, 이쪽도 어느새 그런 자세로 차분히 바라보았다.

지금은 실도 넉넉하지 않은 탓에 실 부스러기를 꺼내온 것일까. 예전 같으면 털실 뭉치를 무릎에 놓고 뜨개질을 하고 있었을까. 아니, 이 여자는 전쟁 전부터 이런 사람이었을 게 틀림없다. 내리뜬 눈꼬리가 다소 올라가 팽팽한 용모로 보였지만 내릴 때 허둥지둥 실 부스러기를 뭉쳐 소맷부리에 넣고 살짝 피로를 내비치며 자리에서 일어나는데, 마흔을 훌쩍 넘긴 평범한 여자였다.

병원의 야근 시간에 떠올리니, 자못 여자의 행복을 들여다본 것 같은 그때의 설레는 마음은 무슨 까닭이었는지 이상하면서도 역시 즐거웠다. 천천히 시골에 편지를 쓰기 시작했다.

"죄송합니다. 식도에 이물질 환자. 뢴트겐실을 비워주세요. 기사님은 이미 불렀으니까" 하고 이비인후과의 간호사가 들어와 얼핏 당돌하게 말했다.

"네."

"부탁합니다." 이번엔 목소리를 낮춰 한 걸음 다가오더니 슬그머니 옆에 잠깐 서 있었다.

열쇠를 들고 내려갔다. 복도의 전등이 정말 어둑하다.

뢴트겐실의 묵직한 문을 열자, 어둑한 가운데 기계가 괴상하게 떠오른다. 손을 더듬어 전등을 켠다. 금세 발소리가 들리고 뢴트겐 기사, 의사, 세 살쯤 된 사내아이를 품에 안은 간호사. 환자는 이 아이인 듯하다. 사내아이의 부모도 따라온다.

"투시와 사진을 부탁합니다." 의사가 기사에게 말했다.

기사의 뒤를 따라 방으로 들어가서 기사 옆을 빠져나가, 검은 장막을 치고 준비를 갖춘다.

기사는 미터를 맞추며,

"무얼 삼켰습니까?"

"바둑돌이랍니다." 의사가 대답했다.

"바둑돌?"

기사는 잠깐 고개를 돌려 사내아이의 나이를 확인하듯 보고 중얼거렸다.

"과자라고 생각했나?"

아무도 웃지 않는 통에 어머니는 한층 허둥거리며,

"아니에요. 그건 그렇지 않아요. 바둑돌은 이미 매일, 아이가, 아이가 곁에 있는 걸 어째서 알지 못한 거예요? 네? 여보."

아버지는 언짢은 표정으로 아무 말이 없다.

사내아이도 천연스러웠는데 간호사가 옷을 벗기려고 하자,

"안 먹어! 안 먹어! 안 먹는다고!" 두 손을 내뻗어 엄마 쪽으로 허우적대는 걸 간신히 알몸 상태로 투시대에 올려놓았다.

"네!" 하는 신호로 방 안이 깜깜해진다. 지지지 소리가 나고 형광판에 귀여운 뼈가 비쳤다.

차가운 판에 몸을 짓눌려 울며 발버둥 치는 사내아이를 간호사가 양쪽에서 붙잡고 있다. 의사는 조리개를 조절하면서 형광판을 들여다보고 있었는데,

"오호!" 소리를 질렀다. 이끌려 간호사들도 들여다보았다.

식도에 바둑돌이 걸려 있다.

그 자리에서 뢴트겐 사진을 한 장 찍고 곧장 수술실로 들어갔다. 에테르 마취를 걸자, 강한 조명으로 인해 하얀 병실에 사내아이의 알몸이 볼록하니 하나 있어 손이 닿으면 달라붙을 듯 귀엽다.

액대경額帶鏡을 쓴 의사 손에 들린 가느다란 기구를 보고,

"작은 입" 하고 중얼거리며 사내아이의 입을 벌린다.

의사가 기구를 목구멍 깊숙이 넣어 더듬고 있지만 바둑

돌은 좀처럼 잡히지 않는다. 두 번, 세 번, 그 손놀림을 응시하며 간호사들도 조마조마해한다.

"어려운데." 의사는 기구를 고쳐 잡고 해보지만 역시나 잡히지 않는다.

"아무래도 의무실의 바둑돌 하나를 가져와서 네, 여기 있어요, 하고 건네는 편이 빠르겠군. 속임수라도 쓸까?" 농담을 던지면서도 젊은 당직 의사는 솔직하게 한숨을 쉬었다.

"밥을 넘기는 속임수는 어떡하시려고요?" 나이 많은 간호사가 화난 목소리로 말한다.

"그때는 다른 선생님한테 맡기면 돼요." 시원스러운 대답에 간호사는 서로 엷은 웃음을 띤다. 초조하다.

의사가 다시 기구를 고쳐 잡고,

"거참, 어려운 돌이군." 그 말에 간호사들도 열중한 나머지 다들 모르는 사이에 입을 벌리고 있다. 그 눈앞에 톡, 바둑돌이 나왔다.

"이거군."

기구를 내던진 의사가 거즈로 집어 들었다. 간호사들도 사내아이한테서 손을 놓아버리고, 미끈미끈 지저분한 바둑돌을 감탄스럽게 들여다보았다.

"어머나!"

"이거!"

"아이가 깨어났어." 의사가 말했다.

"네, 네!" 이비인후과 간호사가 기분이 들떠,

"으차차." 품에 안으려고 하는데,

"내가 안을게." 옆에서 손을 내밀자 이비인후과 간호사는,

"어머, 깍쟁이. 기분이 좋아지셨어."

사내아이는 어리둥절하여 멀거니 있다가 품에 안기자 울상이 되었다.

"그래그래, 이제 다 끝났어" 하고 어르며 걸음을 옮기는데, 소식을 들은 엄마가 뛰어 들어와, 순식간에 아이는 엄마의 손에 건네졌다.

"고맙습니다. 별일 없었군요. 정말 다행이구나. 아팠어? 아프지 않지?"

"이거예요." 의사가 바둑돌을 보여주자 아버지는,

"호오!" 손가락을 내밀었지만 의사가 건네주는 걸 잊어버린 것 같기에 아버지는 그저 바라보면서,

"과연 춘소일석천금春宵一石千金*이군요."

"이거 씻어드리세요." 의사가 간호사에게 시키는데,

"아니, 괜찮습니다. 그대로. 흐음, 검은 돌이었군요. 그

---

* 春宵一刻直千金을 비틀어 한 말. '춘소일각치천금'은 꽃이 향기롭고 달이 어슴푸레 비치는 봄밤의 정취는 천금과도 바꿀 수 없다는 뜻이다.

런데 뭐랄까, 흑이라서 잘된 건지도 모르겠군요. 흰 돌은 미끌미끌 집어내기 어렵겠지요."

의사는 비위에 거슬린 듯,

"그렇다면 아버님 쪽이 흑이었겠군요?"

"오진, 오진입니다! '하마'예요. 따낸돌입니다."

"아, 그래요." 의사는 쓴웃음을 지었다.

아버지는 바둑돌을 아이에게 보여주며,

"아가, 위험하니까 이제 이런 거에 손대면 안 돼." 자못 진지하게 말했다.

손님과 바둑에 정신이 팔려 있다가 아이가 돌을 삼키는 줄도 모른 아버님 쪽이 훨씬 더 위험하다 싶어, 풍채가 훤한 아버지가 재미있어졌다.

돌아오는 복도에서 간호사들도 어쩐지 들떠 있었다.

당직실 의자에 다시 앉아, 쓰다 만 편지를 계속하려고 잠시 눈을 감은 채 기분을 가라앉힌다.

"바닷가*예요. 밀물입니다." 아이의 아버지가 그렇게 말한 것처럼 들려, 고향 바닷가가 눈에 선하다. 미역을 말리는 철이 가깝다.

뒤뜰의 고구마밭을 지나 높다란 대울타리를 열어젖히면, 단숨에 펼쳐지는 짙은 쪽빛 바다. 새벽녘 크림 빛깔 모

---

* 바닷가는 일본어로 '하마浜.' 따낸돌이라는 뜻의 '하마'와 겹친다.

래사장.

울타리를 나서면 발이 푹 빠지는 모래언덕. 갯메꽃을 밟지 않으려고 조심조심, 머리에 수건을 쓰고 오두막으로 가서 멍석을 꺼내 빙그르르 펼친다.

대바늘까지 준비하고 제각기 다른 장소에 앉아 바닷가 사람들과 이야기 나누며, 제일 먼저 미역을 벤 배가 돌아오기를 기다린다.

배가 물가에 닿으면 저마다 소쿠리를 들고 자리에서 일어나 간다.

오늘도 갈색에 반들반들 두툼한 미역이 소쿠리에 넘친다. 한 줄기씩 꺼내 엄지손톱으로 뿌리를 뚝 잘라 가지런히 펼친다.

미역 말리는 철에 올해는 가봐야지. 하지만 그 전에 야전병원으로 출발하게 될까.

햇미역 위문품이 향토 부대에서 인기가 많았다고 지역 신문에 났었다.

전장에 가면 집에서 부쳐주는 미역을 시골풍으로 맛있게 요리해, 일본 해안의 봄 이야기를 하고 부상병들이 먹을 수 있게 해야지. 오늘도 좋은 날이었다.

자투리

열서너 살 무렵 입었던 속옷을 이 나이에 다시 수선하
게 되리라고는 생각지 못했다.

요전에 겨울옷을 정리할 때 옛날 옷장 깊숙이에서 찾아
낸 것으로, 옷깃 폭이 좁아 쓸 만해 보이지도 않는데 미야코
는 선선히 그 자리에서 뜯어 빨아두었다.

그걸 어제 인두질을 하고 자로 재어보니 앞길은 얼추
적당하고, 소매를 손보면 그럭저럭 입을 수 있겠는데 소매
폭이 좀 모자랐다.

소매는 붙임에서 3분의 1 정도 잇대어 있었다. 소맷부
리를 뜯어내다,

"어머, 딴 천을 대어놨네." 미야코는 중얼거리며, 바로
이 속옷을 입던 나이 무렵에 가족이 도쿄로 옮겨 온 일을 떠
올렸다.

소맷부리의 안감을 조금 꺼내 깁는 것이 대개 간사이關西
풍이고, 두 천의 가장자리를 맞춰 깁거나 반대로 겉을 꺼내
는 것이 간토關東풍이라고 엄마가 가르쳐준 건 한참 뒤였다.

간사이풍이 경제적이지만 미야코는 딴 곳으로 나갈 젊은 사람이니까, 하고 엄마가 말했다.

그 후 미야코는 엄마의 생활 방식에서 군데군데 간사이풍이라고 느껴지는 것을 본다. 옛날 여자다움에다 어쩐지 부드럽고 꼼꼼한 습관이 몸에 배어 있다.

소맷부리의 빨간색 안감은 꽤 빛깔이 바래도, 그리운 모슬린 색이었다. 겉도 오글오글 잔주름이 귀여운 모슬린이었다. 옷 길은 붉은 주홍빛과 노란색 격자무늬로, 플란넬 치고는 아주 평범한 무늬인 데다 물을 머금어 털이 엉겨 있지만 바탕은 제법 튼튼했다. 모슬린도 플란넬도 지금 보니 진기하고 포근한 느낌이 든다. 소매도 원래 천을 쓰고 싶다.

소맷부리 쪽이면 겉도 안감도 잇대어야 하니까 차라리 붙임 쪽의 플란넬을 잇댈까 생각하면서, 미야코는 자투리가 든 상자를 꺼냈다. 남성복 가게의 상자인데, 알록달록 색종이가 붙어 있다. 여학생 시절의 미야코는 그렇게 하면 제 물건이 된 느낌이었다. 그 상자에서 무릎이 뒤덮일 만큼 천 조각을 꺼내 펼쳤다. 일본 옷보다 양복을 재단하고 남은 게 많아, 플란넬 소매에 잇댈 만한 건 눈에 띄지 않는다.

그러나 눈에 띄지 않는 게 전혀 걱정도 안 되고 그리 서둘러 찾아내려고 하지도 않은 채, 미야코는 생각에 잠겨 고개를 숙인 모습으로 한가로이 오래 앉아 있었다.

물론 자투리 하나하나에 아가씨다운 추억은 있었다. 하

지만 그 추억을 꼽아 떠올릴 정도는 아니고 어쩐지 평온한 시간이었다. 하나하나의 자투리가 생생하여 그것이 미야코를 밝게 비추는 것 같았다.

미야코는 간사이 친구 하나를 떠올렸다. 그 소녀는 태어날 때부터 입은 모든 기모노의 자투리를 사진첩처럼 붙인 걸 지녔다. 기모노를 지은 순서에 따라 일일이 '몇 살 몇 월'이라고 써놓았다. 그걸 보여주었을 때 미야코는 놀라면서 부러웠다. 그 아름다운 소녀가 화려하고 눈부셔졌다고 생각했다. 그런 걸 하는 어머니라서 기모노 취미로, 고대의 직물 조각까지 수집한다고 했다. 미야코가 집으로 돌아와 이야기하자 엄마는 완전히 감동해서, 여자아이에겐 사진보다 더 좋은 기념일지도 몰라, 성인이 돼서 본다면 얼마나 즐거울까, 하셨다.

"그런 생각을 다 하다니. 생각하더라도 할 수 있는 게 아니야. 미야코 것도 남겨두었더라면 좋았을 텐데."

"미야코도 해주세요. 지금부터라도 좋아요. 예전 것도 있잖아요."

곁에서 듣고 있던 아버지가,

"별난 짓이야. 평민이 할 게 못 돼." 내뱉듯이 말했다. 깜짝 놀라 아버지를 보고 엄마는 입을 다물었다. 아버지는 다시,

"뭐냐고. 그런 아이는 잘 크지 못해."

미야코는 아버지가 무엇 때문에 화가 났는지 알 수 없었지만, 지금은 조금 알 것만 같다. 추억에 기대어선 안 된다. 지나가는 것에 걸쳐 있거나 붙잡으려고 해선 안 된다. 더욱 중요한 건, 미야코의 자투리에는 어두운 그림자가 하나도 드리워 있지 않다. 평범하지만 청결하고 행복한 추억뿐이다. 그 친구의 아름다운 자투리에는 그 아이나 엄마의 오욕과 불행이 묻어 있었을지도 모른다. 슬픔을 소중히 하고 있지는 않았을까?

"어머, 어머!" 엄마가 들여다보며 서 있었다. 미야코는 좀 빨개졌다.

"그 속옷을 수선하려고? 큰일이 되겠구나. 소매가 좀 그렇지? 뭔가 있을 텐데. 내 거 말이야, 옛 고리짝을 가져오렴."

미야코가 그러안고 와서 엄마 무릎 앞에 탁 내려놓으니, 엄마는 고리짝 뚜껑을 열자마자 가지런히 쌓인 자투리를 지폐라도 세듯 재빨리 넘겨가며,

"자, 소맷부리. 자, 이건 안감." 소국 무늬 모슬린과 빨간 무명을 뽑았다. 미야코는 넋을 잃고 바라보다 웃고 말았다.

"뭐가 우습니?"

"아니, 아무것도 아녜요. 어머니가 찾으시는 걸 보고 있으면 그 고리짝에서 뭐든지 나올 것만 같아요."

"솜씨가 숙달되었으니까."

자투리에 차이를 대는 딸을 엄마는 잠시 지켜보았는데, 아무렇지 않은 듯 말했다.

"미야코는 지금도 다야마 씨에게 편지를 보내니?"

"그럼요, 한 달에 한 번쯤 보내요." 3분의 1 정도 줄여서 대답했다.

"오래됐구나."

"네, 4년 됐어요."

미야코는 가슴이 두근거려 엄마에게 무얼 여쭤보려고 했지만 고개를 숙이고 있었다.

"그 속옷을 미야코가 입을 수 없게 된 무렵부터 전쟁이 죽 계속되는구나."

"그러네요."

"미야코는 전쟁 중에 어엿한 아가씨가 되었어."

"그렇긴 한데 겁쟁이예요."

"우리 젊은 시절에는 생각지도 못한 일들이 여럿 있단다"라는 말을 남기고 엄마는 방을 나갔다.

전쟁 중에 아가씨가 되었다. 정말 그렇다고 생각하니, 미야코는 마음의 시위가 팽팽해졌다. 눈꼬리를 올려 하늘을 보았다. 지금 결혼 적령기가 된 아가씨들의 활활 타오르는 운명을 생각했다.

하지만 다시 바늘을 잡았다. 속옷의 헌 옷감에 다시 신선한 애정을 느꼈다. 전쟁의 세월을 옷장 깊숙이에서 가만히 미야코를 기다리고 있었던 것 같은 신기한 느낌이 들었다.

한쪽 소매를 달려는 참에 큰어머니가 오셨다. 남자의 힘찬 구두 소리와 함께여서 미야코는 일어서지 못하고 있는데, 엄마가 현관으로 나갔다.

손님을 안내해 미야코의 방 옆을 지날 때 엄마가 아무 말도 건네지 않아 이상하다 여기고 있자니, 곧 미야코 방의 맹장지 문을 조금 열고,

"난처하구나. 시마무라島村의 큰어머니께도." 혼잣말처럼 말했다.

"차는 내가 낼 테니까 준비해두렴." 엄마는 진정이 안 되는 듯 응접실로 돌아갔다.

혼담인가 싶어 미야코는 불안해졌다. 차 준비를 하고 미야코는 아무 생각 없이 현관으로 나갔다. 벗어놓은 장교의 장화가 있었다. 모자가 현관 마루에 놓여 있었다. 미야코는 손을 내밀었다가 문득 머뭇거렸지만, 살짝 들어 위에 걸었다. 방으로 돌아와 바늘을 잡자, 손목이 굳어 조금 떨렸다.

"미야코, 큰어머니께 인사드려야지." 엄마가 복도에서 불렀다.

큰어머니는 오사와 중위를 미야코에게 소개하고는 미야코를 힐끔힐끔 보면서 혼자 이야기하다가,

"저기, 미야코, 오사와 씨는 이제 돌아가시니까, 미야코 미안하지만 역까지 안내해드려." 위압적인 말투였다.

"네."

미야코는 화들짝 놀라는 바람에 몸을 일으켰다가 다시 무릎을 대고 앉았다. 엄마가 눈짓으로 부르며 먼저 복도로 나갔다.

"다야마 씨에 대해선 이야기해두었단다. 미야코, 실례 되지 않게 배웅해드리렴." 엄마가 속삭였다. 미야코는 순간 눈시울이 뜨거워지면서 순수한 무엇이 지나갔다.

문을 나와 일고여덟 걸음쯤에서 오사와 중위가 멈춰 섰다.

"이만 됐습니다. 실례했습니다."

"아니에요. 거기까지." 미야코는 처음으로 오사와 중위 의 얼굴을 보았다. 중위는 뭔가 생각하는 듯하다가,

"그래요? 그럼 배웅을 받겠습니다." 산뜻하게 말했다.

공무를 띠고 2주일 남짓 본토에 왔는데, 다시 전장으로 돌아가게 되었다고 걸으면서 이야기했다. 결혼한다면 꼭, 하고 시마무라의 큰어머니에게,

"막무가내로 끌려 나왔어요. 뜻하지 않게 실례를 하 고 말았습니다. 용서하세요. 당신이 굉장히 좋은 사람이라 고 큰어머니께 하도 많이 들어서. 그런데 정말 맞는 말씀입 니다."

미야코는 아무 말도 할 수 없었다. 깨끗한 슬픔 비슷한, 환한 편안함도 있었다. 다야마의 모습이 떠올랐다.

"배웅해주셔서 감사합니다."

개찰구 앞에서 오사와 중위는 씩씩하게 거수경례를 했다.

"잘 가요."

아, 나를 보잖아. 미야코는 그만 빨려 들어갈 것 같아서, 어떡하면 좋아, 눈물이 났다. 다야마와 똑같은 눈이었다. 떠나는 남자는 모두 똑같은 눈을 가진 걸까.

다야마와는 아무런 약속도 없었건만 그 눈은 미야코의 가슴속에 살아, 미야코를 4년간 무럭무럭 키워왔다. 그걸로 이미 가득 찼으니까, 미야코는 오사와 중위의 눈을 마음에서 지우고 싶고 또한 잊지 않고 기도해주고 싶다고 생각했다.

친정 나들이

기누코는 자신이 고향 집에 돌아와 보고서야, 예전에 올케가 친정에 가던 때의 일이 생각났다.

올케가 태어난 산골에서는 '경단 먹기'라고 하여 1월 31일 밤, 타지로 시집간 처녀들을 불러 모아 팥죽에 경단을 넣어 먹는 풍습이 있다. 옛날 팥죽의 흔적이리라.

"이런 큰 눈에도 갈 작정이냐?" 엄마는 말하며 올케가 아이를 들쳐 업고 나가는 걸 다소 언짢게 배웅했다.

"저렇게나 기뻐하다니. 아이 엄마가 돼서도 어린애처럼…… 며늘애도 어서 이 집에 눌러앉아야 할 텐데."

"하지만 나도 시집가면 언제나 이 집이 그리울 테고, 다녀갈 날을 간절히 기다리지 않는다면 엄마는 서운하겠죠." 기누코가 말했다.

전쟁 때문에 남자 일손이 부족한 마을에서 올케는 여자 마경대馬耕隊에 참가했을 만큼 대단한 일꾼이었다. 읍내로 시집와 몸은 편할지 몰라도 여러모로 쪼들리는 살림이, 기누코는 딱하게 여겨졌다. 지금, 눈이 내리퍼붓는 산길을 정신없이 걸어 옛집을 향해 서두르는 올케의 모습을 떠올리자, "힘내요!" 하고 응원해주고 싶어졌다.

그리고 4년 후 기누코는 친정집에 와서 그 올케가 부엌일을 하는 소리에 잠을 깼다. 이웃집 하얀 벽에 산이 바싹 다가서고, 추억이 되살아난다. 불단의 돌아가신 아버지께 "전 행복해요"라고 말하는데, 소리 없이 눈물이 고인다. 남편을 깨우러 가니,

"아아, 당신 집이로군" 하고 남편은 누운 채 낡은 방 안을 둘러보았다.

아침 식사 전부터 엄마는 사과며 배 등 과일을 막무가내로 깎아대고 이제 배부르다는 사위에게,

"자, 추억이 될 만큼 실컷 먹게나" 하고 억지로 들이밀며 그걸 먼저 먹으려 드는 손자들을 나무랐다. 그 어린 조카와 조카딸 셋에 둘러싸여 있는 삼촌이 된 남편이, 또 그 따스한 분위기가 기누코는 모처럼 즐겁다.

엄마는 어느새 기누코의 아기를 안고 밖으로 나가,

"기누코의 아기가 이렇게 통통해졌어요. 여기 한번 보세요" 이웃 사람들에게 자랑하고 있다.

전쟁터에서 보내온 오빠의 편지를 보여주겠다며 자리에서 일어난 올케의 뒷모습에, 기누코는 문득 올케의 나이, 그러나 완전히 이 집 사람이 되어버린 듬직한 무게를 느끼고 화들짝 놀랐다.

물

　본토에서 시집을 오자마자 남편은 만주 흥안령의 기상
관측소로 전임되었다. 석유통 가득 7전에 물을 사는 것에,
아내는 가장 놀랐다. 탁하고 지저분한 물이다. 이걸로 입을
가시고 쌀도 씻는 건가 싶어, 속이 메슥거렸다. 그 후 반년
동안 하얀 시트도 속옷도 누레지고 말았다. 더구나 그해엔
12월에 접어들자 우물 바닥까지 얼어붙은 모양이다. 쿨리*
가 어디에선가 얼음덩어리를 날라 온다. 오랜 시간을 들여
그 얼음덩어리로 목욕물을 가끔 데운다. 지금이야 사치를
부릴 바는 못 되고 추위에 곱은 몸의 뼈를 덥히는 게 고맙지
만, 새하얀 수건을 들고 어깨까지 잠기는 탕 속에서 손발이
아름답게 보이던 고향의 목욕탕이 먼 꿈처럼 떠오른다.

　"저어, 죄송한데 댁에 물 남은 게 있으면 여기에다 좀
……" 이웃 아주머니가 작은 오지 주전자를 들고 왔다.

　"오랜만에 냄비를 닦느라 그만 다 써버린 걸요."

* 하층 노동자.

물은 남은 게 없지만 차 끓인 걸 나눠주었다.

"어서 봄이 되어 실컷 첨벙첨벙 빨래를 해보고 싶네요. 이 물을 좍좍 흘려보내면 얼마나 기분이 좋을까!" 이웃 아주머니가 말한다. 물이 풍족하고 깨끗한 모국에서 온 여자의 소망이다. 눈 녹은 물이 몹시 기다려진다. 대야의 물을 흘려보내면 기분 좋게 땅속으로 스며들겠지. 그 땅에서 먼저 민들레가 싹을 틔우겠지.

이웃 아주머니에게 목욕탕을 쓰게 하는데, 북쪽 국경으로 향하는 기차가 골짜기를 올라왔다. 뉴스 시간이다. 남방의 전황을 듣는다.

"넓군요." 탕 안에서 이웃 아주머니가 따스하게 말했다. 정말로 남편의 일인 흥안령의 기상관측도 남양의 하늘까지 연결되어 있고, 이것이 지금의 일본이다.

관사 바깥으로 나와보니, 낙엽송 잔가지에서 무빙霧氷*이 하늘하늘 떨어져 벚꽃 낙화 같다. 새파란 하늘이 모국의 바다를 떠올리게 해, 아내는 젊은 눈길로 올려다보았다.

---

* 영하의 온도에서 안개가 나뭇가지 등에 붙어 생기는 얼음.

50전 은화

1

    월초에 받는 용돈 2엔은 엄마가 늘 손수 요시코의 동전 지갑에 50전짜리 은화로 넣어주었다.

    50전 은화는 그 무렵 점점 줄어들었다. 가벼운 듯 무게감이 있는 이 은화는 요시코에게 빨간색 작은 가죽 지갑을 가득 채우며 당당하고 위엄이 넘치는 것처럼 보였다. 50전 은화는 용돈을 쓰지 않게 하는 조심성이 담겨 있어, 월말까지 손가방 속 동전 지갑에 고스란히 남아 있는 경우가 많았다.

    요시코는 직장 친구들끼리 영화를 보러 가거나 찻집에 들어가기도 하는 아가씨다운 향락을 배척할 마음은 없었지만, 자신의 생활 밖의 일이라고 여겨 그냥 지나쳤다. 경험이 없으니 유혹을 느끼지 않았다.

    1주일에 한 번 회사 퇴근길에 백화점에 들러 가장 좋아하는 10전짜리 소금 맛 막대기 빵을 사는 것 말고는, 딱히 직접 돈을 쓸 일이 없는 요시코였다.

그러던 어느 날 미쓰코시 백화점 문방구에서 유리로 만든 문진이 눈에 띄었다. 육각형에다 개가 돋을새김되어 있다. 그 개가 귀여워서 선뜻 손에 들어보니 서늘한 차가움과 묵직함, 기분 좋은 감촉에 이처럼 정교한 세공품을 좋아하는 요시코는 자기도 모르게 이끌렸다. 요시코는 잠시 그걸 손바닥에 얹어 이리저리 살피고는, 아쉬운 듯 살며시 원래 상자 안에 내려놓았다. 40전이었다.

다음 날에도 왔다. 마찬가지로 그 문진을 바라보았다. 그다음 날에도 다시 와서 보았다. 이렇게 열흘 남짓 매일 거듭하다 겨우 결심이 섰다.

"이거 주세요"라고 말할 때는 가슴이 두근두근했다.

집에 돌아오니 엄마와 언니는,

"이런 장난감 같은 걸 사다니!" 웃었지만 손에 들고 바라보다가,

"그래, 상당히 예쁘게 잘 만들었네."

"솜씨가 훌륭한걸"이라고 했다. 전등에 비춰보기도 했다.

반들반들 연마한 유리면과 젖빛 유리처럼 희뿌연 돋을새김이 미묘하게 조화를 이루고, 육각형 절개에도 정교한 격조가 있어서 요시코에겐 아름다운 예술품이었다.

이레, 여드레나 걸려 자신의 소유물로 삼을 만한 가치가 있음을 확인한 요시코로서는 누가 뭐라 하건 상관없었지

만, 엄마나 언니에게 인정받고 나니 역시 흡족했다.

　고작 40전짜리 물건을 사는 데에 열흘 가까이 걸리다니 야단스럽다고 남들이 놀리건 말건, 요시코는 이렇게 해야 마음이 놓인다. 대뜸 좋다 싶어 기분 내키는 대로 샀다가 후회하는 일은 없었다. 이거라면 하고 확신을 굳히기까지 며칠이고 바라보고 생각할 정도의 사려 분별이 열일곱 살 요시코에게 있었던 건 아니다. 하지만 소중한 것이라고 뇌리에 박혀 있는 돈을 허투루 쓰는 게 어쩐지 두려웠다.

　3년쯤 지나 문진 이야기가 나와서 다들 크게 웃었을 때,

　"그 무렵엔 정말 귀엽다고 생각했어." 엄마가 절실히 말했다.

　요시코의 물건 하나하나에는 이렇듯 흐뭇한 삽화가 함께했다.

2

　위에서 아래로 차례차례 내려오면서 쇼핑하는 게 편하다고 하기에, 우선 엘리베이터로 5층으로 올라갔다. 일요일, 요시코는 드물게 엄마의 쇼핑에 따라나서 미쓰코시에 왔다.

　그날 쇼핑이 끝나 1층까지 내려왔는데, 엄마는 당연한 일인 듯 지하 특별 매장으로 들어간다.

"너무 붐벼서 싫어요, 엄마." 요시코가 중얼거렸지만 엄마에겐 들리지 않고, 서로 앞을 다투는 특별 매장의 공기가 엄마에게 전염되는 모양이다.

특별 매장은 원래 돈을 낭비하게 만들려고 생긴 곳인데 우리 엄마는 어떨까, 하며 요시코는 좀 지켜본다는 느낌으로 떨어져서 뒤따라갔다. 냉방이 되어 있어 그다지 덥지는 않다.

우선 엄마는 세 묶음에 25전짜리 편지지를 사고 요시코를 돌아보았는데, 두 사람은 방긋 웃었다. 요즘 엄마가 요시코의 편지지를 찔끔찔끔 사용해 잔소리를 듣고 있던 참이라, 이젠 안심했지? 하며 서로 얼굴을 마주 본 것이다.

주방 도구 매장이나 속옷 매장처럼 유난히 사람이 몰려 있는 곳으로 엄마는 빨려 들어갔다. 그러나 사람들을 헤치고 나갈 용기는 없고, 발돋움을 한 채 들여다보거나 앞사람의 소매 틈새로 손을 내밀거나 했다. 그런데 하나도 안 사고 뭔가 석연치 않은 듯, 미련을 떨치지 못한 듯 출구로 발길을 옮겼다. 그 출구 근처에서,

"응? 이게 95전이라고? 어머나……" 엄마는 박쥐우산 하나를 집어 들었다. 거기 겹겹이 쌓인 박쥐우산을 이리저리 헤집다가 어느 것에나 95전 가격표가 붙어 있는 데에 엄마는 자못 놀라,

"엄청 싸네. 요시코, 정말 싸지?" 말하면서 갑자기 생기

가 돌았다. 자욱하게 갈피를 못 잡던 미련이 배출구를 찾아
낸 것 같았다.

"정말 싸지 않아?"

"그러게." 요시코도 하나를 손에 들어보았다. 그러자 엄
마는 직접 거들어 우산을 펼치고,

"우산살만 해도 아주 싸. 천은 인견이지만 말이야, 제법
튼튼하잖아?"

이렇게 괜찮은 물건을 어째서 이런 가격에 파는 걸까?
요시코는 문득 이런 생각이 들어, 오히려 뭔가 흠이 있는 물
건을 억지로 떠안게 되는 묘한 반감도 솟았다. 엄마가 자기
나이에 걸맞은 물건을 찾느라 정신없이 뒤적거리고 펼쳐보
는 모습을 한참 기다렸다가,

"엄마, 평소에 쓰는 우산이 집에 있잖아요."

"응, 근데 그건 말이야……" 잠깐 요시코를 봤을 뿐,

"10년, 아니 좀더, 15년이 되려나. 너무 오래 써서 낡았
고 구식이야. 그리고 요시코, 이건 누군가에게 그냥 줘도 기
뻐할 거야."

"그래요. 누군가에게 주면 좋겠네요."

"누구인들, 모두 기뻐할 거야."

요시코는 웃었지만 엄마는 그 누구를 생각하며 우산을
고르는 걸까. 주변에 그런 사람은 없다. 있다면 '누군가에게'
라고 말하진 않으리라.

"요시코, 이거 어때?"

"글쎄."

요시코는 여전히 내키지 않는 응답을 하고 말았지만, 엄마 곁으로 다가가 아무거나 엄마에게 어울리는 우산을 찾아보았다.

얇은 인견 옷을 입은 여자들이 싸다, 싸다 하고 잇달아 드나들며 거침없이 사 간다.

요시코는 조금 굳은 표정으로 상기된 엄마가 안쓰럽고, 머뭇거리는 자신에게 화가 났다.

'아무거나 빨리, 하나 사라고요!' 이렇게 말할 작정으로 요시코가 어깨를 돌리자,

"요시코, 관두자."

"네?"

엄마는 입가에 희미한 미소를 띠며 무언가 뿌리치듯 요시코의 어깨에 손을 얹고 그곳을 벗어났다. 그래도, 하고 이번엔 도리어 요시코가 어쩐지 미련이 남았지만 대여섯 걸음 걷는 사이 개운해졌다.

어깨에 올린 엄마의 손을 꽉 힘주어 잡아 크게 한 번 흔들고, 어깨가 겹쳐지듯 몸을 바싹 붙인 채 출구로 서둘렀다.

지금부터 7년 전, 1939년의 일이다.

3

함석지붕 판잣집에 비가 내리거나 하면 그때 박쥐우산을 사둘 걸 그랬다고 회상하며, 요시코는 자칫 친정 엄마에게 '지금은 100엔이나 200엔일 걸요'라고 재미나게 이야기하고 싶지만 그 엄마는 간다神田에서 불에 타 죽었다.

그 우산을 사두었다 한들 불에 탔으리라.

그 유리 문진은 우연히 남았다. 요코하마에 있는 시댁이 불탈 때 주변에 있는 물건들을 정신없이 비상 주머니에 집어넣었는데, 그 안에 문진이 들어 있어 처녀 시절의 유일한 기념이 되었다.

해 질 녘부터는 뒷골목에 이웃 아가씨의 기묘한 목소리가 나고, 하룻밤에 1,000엔을 번다는 소문이었다. 그 아가씨들 나이 즈음에 이레, 여드레씩 고민하고 망설인 끝에 산 40전짜리 문진을, 요시코는 문득 손에 들고 귀여운 개 조각을 바라보다가, 근처 불타버린 동네에는 개 한 마리도 없다는 걸 깨닫고 오싹해지기도 했다.

산다화

전쟁이 끝난 지 1년쯤 지난 올가을에는, 열 가구 남짓한 내 이웃에서도 출산이 잇따라 네 집에서 있었다.

임산부 네 명 중 최고참이자 최고 다산을 한 부인은 쌍둥이를 낳았다. 둘 다 여자아이였는데, 한 아이는 보름 만에 죽었다. 젖이 남을 만큼 잘 나와서 이웃집 아기한테도 나눠준다. 이웃집은 위로 아들이 둘 있고, 이번에 첫딸을 얻었다. 이 아기 이름을 부탁받은 나는 가즈코和子라고 지었다. 和라는 글자를 사람 이름인 경우에 '가즈'라고 읽는 습관은 난해한 부류에 들진 않겠지만, 이러한 한자의 번거로운 사용을 나도 전부터 피했으면 싶었고, 이 아이가 다 자랐을 즈음에는 되레 거추장스러울지도 모른다고 생각되지만, 평화의 의미를 담아 지은 것이다.

쌍둥이가 모두 딸이었을 뿐 아니라 이웃에서 태어난 다섯 아이 중 네 명이나 딸이었다. 신헌법의 산물이려니 하는 우스갯소리에도 평화로운 느낌이 있었다.

다섯 중 네 명이나 딸이라는 건 물론 내 이웃의 우연일 테고, 열 집 중 다섯의 출산이라는 것도 너무 많은 예일 테지만, 올가을은 전국적으로 출산이 엄청나다는 사실을 내 이웃에서도 증명해 보이고 있음에 틀림없었다. 두말할 것도 없이 평화의 선물이다. 전쟁 중에 떨어졌던 출산율이 단숨에 상승했다. 무수한 젊은 남자가 아내에게 돌아갔으니 당연하다. 하지만 출산은 귀환 병사의 가정에만 많은 게 아니다. 남편이 나가지 않은 가정에도 많다. 중년층에는 예기치 않은 아이도 생겼다. 전쟁이 끝난 안도감이 임신을 부추긴 것이다.

평화를 이토록 현실에 나타내 보인 것은 없으리라. 일본의 패전도 오늘의 생활고도 장래의 인구난 따위도 개의치 않는, 좀더 개인적이고 좀더 본능적인 움직임이다. 꽉 막혀 있던 샘이 터져 나온 것 같다. 시들시들하던 풀이 싹을 틔운 것 같다. 이것을 삶의 부활이나 삶의 해방으로 삼아 평화를 축복할 수 있다면 다행이다. 동물적인 일일지도 모르겠으나, 인간을 측은히 여기는 마음을 알 테지.

또한 태어난 아이는 부모에게 전쟁 중에 겪은 고생을 잊게 해주리라.

하지만 쉰 살인 나에게는 전쟁이 끝나도 아이가 생기는 일은 이미 일어나지 않았다. 나이 먹은 부부는 전쟁 동안에 마침내 담백한 사이가 되고 말아, 평화가 돌아와도 그 습관은 고쳐지지 않았다.

전쟁에서 깨어나자 삶의 해거름이 내려와 있었다. 그럴 리 없을 텐데 싶으면서도, 패전의 슬픔은 심신의 쇠약을 동반했다. 우리가 살았던 나라와 시대가 망해버린 것 같았다. 적막한 고독감에 내몰린 나는 이웃의 출산이 저세상에서 바라보는 삶의 불빛 같은 느낌이었다.

그 다섯 갓난아기 중에 단 한 명인 아들을 낳은 사람은 임산부 네 명 가운데 가장 어렸다. 뚱뚱해 보이는데, 뜻밖에 골반이 좁아 출산이 지연되었다고 한다. 산통으로 도저히 소변이 나오지 않아 둘째 날에는 서서 일을 봤다는 소문도 재빨리 이웃에 퍼졌다. 초산인데 전에 한 번 유산한 적이 있다.

우리 집에서는 열여섯 살짜리 딸이 이웃 아기에게 흥미를 갖고, 스스럼없는 집에는 직접 보러 갔다 와서 화제로 삼기도 했다. 방에서 뭔가 하다가 불쑥 밖으로 뛰어나갔다 싶으면, 아기를 보러 갔다 오곤 했다. 갑자기 보고 싶어지는 건지도 모른다.

어느 날 딸이 "아빠, 아빠, 시마무라 씨 집 말예요, 지난번 아기가 돌아왔다는데 — 진짜예요?" 방으로 들어오면서 말하고 내 앞에 앉았다.

"그럴 리가 있나." 즉각 나는 반박했다.

"그래요?"

딸은 시무룩한 표정을 지었다. 실망한 것 같지는 않다.

황급히 돌아오느라 가쁜 숨을 고르는 모양이다. 하지만 나는 좀 망설였다. 단박에 부정하고 말았는데, 그래도 괜찮을까.

"또 시마무라 씨네 아기를 보러 간 거니?" 나는 부드럽게 말했다. 딸은 끄덕였다.

"아기가 그렇게 귀엽니?"

"귀여운지 어떤지 아직 잘 몰라요, 이제 막 태어난 걸요."

"그래?"

"내가 아기를 보고 있는데 아주머니가 들어오셔서, 요시코, 이 아기는 지난번 아기가 돌아온 거야, 하시더라고요. ─ 그 아주머니, 전에 아기를 가졌었잖아요. 그 아기를 말하는 거죠?"

"글쎄" 하고 이번엔 흐지부지 대답했으나, 역시 부정적으로 기울었다. "아주머니는 그런 기분이 드실 테지. 하지만 그런 걸 어떻게 안담? 지난번 아기가 아들인지 딸인지도 모르잖아, 태어나지 않았으니까."

"그러네요." 깔끔하게 수긍했다. 나는 뭔가 마음에 남았지만 딸은 그다지 마음에 두지 않는 모양이어서, 이 이야기는 이쯤에서 끝났다. 여섯 달 남짓한 유산이었으니까 어쩌면 아들인지 딸인지 알 수 있었을지도 모른다고 나는 깨달았지만, 이쯤에서 이 이야기를 그만두었다.

그런데 시마무라 씨네 부부 모두 지난번 아기가 돌아왔

다고 말한다는 사실이, 이윽고 이웃의 화젯거리로서 내 귀에 들어왔다.

건강한 내용은 아닌 듯싶어 나는 딸에게 그 이야기를 부정하긴 했으나, 생각해보면 그리 건강하지 않을 것도 없다. 예전에는 병적인 감정이 아니었고 통용되었다. 현대에도 완전히 사라졌다고는 말하기 힘들다. 지난번 아기가 환생했다는 사실에 시마무라 부부는 남이 느끼지 못하는 실감과 확신을 가졌는지도 모른다. 감상에 불과하다고 해도 시마무라 부부의 경우에는 상당한 위로가 되고 기쁨이 되고 있음이 분명했다.

지난번 아기는 출정 중이던 시마무라의 부대가 이동하면서 돌아온 사흘간의 휴가 때 임신했다. 남편이 곁에 없을 때 유산했다. 그리고 귀환 후 1년이 지나 이번에 아기가 태어난 것이다. 지난번 아기를 잃어버린 데에는 그러한 부모의 슬픔도, 안타까움도 있었다.

지난번 아기에 대해 내 딸도 '그 아기'라고 마치 실제 인물처럼 말했지만, 세상에선 물론 하나의 인간으로 인정하지 않는다. 그 아기가 있었던 것처럼 두고두고 이야기를 하는 것도 시마무라 부부뿐이리라. 그 아기가 삶을 가진 사람이었는지, 나는 뭐라고 말할 수 없다. 그 아기는 모태 안에 있었을 뿐이다. 이 세상의 빛에 닿지 않았다. 마음이라는 것을 갖지 않았을지도 모른다. 그러나 우리와 50보, 100보일 테고, 어쩌면 가장 순수하고 가장 행복한 삶이었다고 말할 수 있을지도 모른다. 적어도 살려고 애쓰는 무언가가 그 안에 깃들어 있었다.

지난번 아기와 이번 아기가 똑같은 난자인지는 물론 인정할 수 없다. 그러나 지난번 유산과 그 이후 임신의 생리적 또는 심리적 관계조차 우리는 정확히 알지 못한다. 하물며 언제 어디서 무엇이 와서 수태가 되는지, 살려고 애쓰는 그것을 전혀 파악할 수 없다. 지난번 아기의 삶과 나중 아기의 삶은 제각기 독립된 별개의 것인지, 모든 것을 포함한 하나의 삶인지 알 수 없다고 말할 수도 있겠다. 지난번 아기, 즉 죽은 사람이 환생해 온다는 말은 비과학적이라고 지식으로 추측하는 데에 불과하다. 환생이라는 근거는 없을 테지만, 환생이 아니라는 증거도 찾기 어려울지 모른다.

나는 얼마간 시마무라 부부에게 동정을 느끼면서, 이제껏 거의 무관심했던 유산한 아기에게도 어쩐지 동정심이 솟구쳤다. 살아 있었던 사람처럼 여겨지기 시작했다.

시마무라의 아내는 산통을 꺼려 출산 이틀째 날에 자리를 털고 일어나는 식이어서 깔끔한 걸 챙기는 구석도 있고, 내 딸은 뜨개질이나 학교에서 배우는 수예를 도와달라고 이따금 찾아가곤 했다. 도쿄의 친척이 전쟁 때 집을 잃고 찾아오기 전까지는 친정어머니와 둘만 지내고 있어 딸도 다니기 수월한 모양이었다. 구역의 방화단장이었던 나도 출정 가족의 임산부와 노모 단둘이 사는 집은 주의를 기울였다.

내 이웃은 다들 일터에 나가고, 낮에 집을 지키는 이는 나 한 사람이라기에 방화단장을 억지로 떠맡게 된 거였다. 겁쟁이라서 남한테 무리한 부탁을 못 하는 처지이다 보니 오히려 적임자인지도 모른다. 새벽녘까지 책을 읽거나 글을 쓰니까 야간 불침번으로 안성맞춤인데, 가능한 한 이웃의 곤한 잠을 깨뜨리지 않는다는 방침으로 일관했다. 불빛을 살펴볼 뿐 깨우지 않으려고 했다. 가마쿠라鎌倉는 다행히 그것만으로도 괜찮았다.

매화꽃이 핀 어느 날 밤, 시마무라 씨네 부엌에서 불빛이 새어 나오는 것 같기에 내가 나무 쪽문을 붙잡고 한쪽 발을 걸치려고 하다가 지팡이를 울타리 안쪽에 떨어뜨린 적이 있었다. 다음 날 주우러 갈 작정이었으나 여자들만 사는 집 뒷문에 한밤중에 지팡이를 떨어뜨리고 온 것은 약간 묘한 느낌이었다. 다음 날 오후 그쪽에서 돌려주러 왔다. 부인은 문 입구에서 내 딸을 불러내어,

"어젯밤 아버님이 둘러보러 오셨다가 떨어뜨린 거야."

"어머, 어디에 떨어져 있었어요?"

"부엌 쪽 뒷문 안."

"어쩐 일일까. 아빠도 멍청하시긴."

"어두웠잖아, 그러니까……" 하면서 두 사람이 말하는 걸 나는 들었다.

우리 구역은 가마쿠라에서도 산이 가까운 작은 골짜기
인데, 공습 때면 나는 재빨리 대피하는 편이었다. 뒷산 동
굴 입구까지 올라가면 대체로 구역 전체를 내려다볼 수 있
었다.

그날은 이른 아침부터 전투기가 공습을 해와 머리 위에
폭음과 총성이 요란할 때도 있었다.

"시마무라 씨, 위험해요, 빨리빨리……" 하고 부르면서
나는 동굴 입구에서 대여섯 걸음 내려갔는데,

"앗, 아기 새 — 아기 새가 저렇게 겁먹고 있어요."

아기 새 두세 마리가 큰 매화나무 속에 있었다. 나뭇가
지들 사이를 날고 있는데, 날개만 파닥거릴 뿐 전혀 나아가
지 못한다. 푸른 잎사귀 속 좁은 공간에 떠서 경련하는 듯한
날갯짓이다. 간신히 나뭇가지에 다가가도 나뭇가지를 꼭 붙
잡지 못하고 발을 앞으로 쑥 내밀어 뒤로 나동그라져 떨어
질 것 같은 자세로 파닥거린다.

시마무라의 아내도 동굴 입구에 들어와 아기 새가 부들
부들 떠는 것을 보고 있었다. 발돋움으로 웅크리고 앉은 무
릎 위에 단단히 팔짱을 낀 채 고개를 들고 있었다.

옆의 대숲 가지에 뭔가 파편 하나가 부딪혀 날카로운
소리를 냈다.

시마무라네 아기의 환생 이야기에 동정심을 느끼자, 나
는 부들부들 떨고 있던 아기 새를 떠올렸다. 유산한 아기는

그때 태내에 있었다.

그리고 이번 아기는 아무튼 무사히 태어났다.

전쟁 중에 예상치 못한 유산이 상당히 있었다. 회임도
적었다. 여자의 생리에도 이상 현상이 많았다. 그러다 올가
을에는 이웃 열 가구 중 네 곳에서 출산이 있었다.

딸을 데리고 시마무라 씨 집 옆을 지나는데 산울타리에
산다화가 피기 시작했다. 내가 좋아하는 꽃이다. 꽃피는 계
절 탓인지도 모른다.

나는 전쟁 때문에 세상 빛을 보지 못하고 떠난 아기들
을 문득 떠올리고 불쌍히 여기는 한편, 전쟁 동안에도 흘러
가버린 나의 삶을 또한 슬퍼하면서 나의 그것이 무언가로
환생하게 될까 생각했다.

홍매紅梅

홍매 고목에 두세 송이 꽃핀 걸 고타쓰에 마주 앉아 바라보며, 아버지와 엄마가 다투고 있다.

저 홍매는 몇십 년이나 똑같이 밑가지에서부터 꽃이 피기 시작하는군. 저 고목은 당신이 시집왔을 때부터 하나도 안 변했어. 아버지가 말한다. 그런 건 전혀 기억 못 해요. 엄마가 말한다. 아버지의 감회에 엄마가 따라오지 않는 게 아버지는 못마땅하다. 시집온 후로 매화 구경을 하고 있을 여유가 없었다, 라고 엄마는 말한다. 당신은 건성건성 세월을 살아온 거야. 아버지가 말한다. 늙은 매화의 수명에 비해 인간 생명의 짧음을 생각하는 아버지의 감회는 이렇게 무릎을 꿇은 듯하다.

이야기는 어느새 설날 과자 이야기로 넘어갔다. 아버지는 1월 2일에 후게쓰도風月堂에서 과자를 사 왔다고 하건만, 엄마는 그런 적이 없다고 우겨댄다.

"거 말이야, 메이지 제과에서 자동차를 기다리라 하고 그 차로 후게쓰에 들러, 분명히 양쪽에서 샀잖아."

"메이지 제과에서는 사셨지만…… 내가 이 집에 온 후로 당신이 후게쓰에서 무얼 사신 걸 본 적이 없어요."

"과장이 심하군."

"글쎄, 먹은 적이 없는 걸요."

"시치미 떼지 마. 정초에 당신도 먹지 않았어? 틀림없이 사 왔다고."

"어머! 말도 안 돼. 그런 꿈같은 말씀을 하시다니…… 속이 불편하진 않으세요?"

"어……?"

딸은 부엌에서 점심 준비를 하면서 듣고 있었다. 딸은 진상을 알고 있다. 하지만 참견할 생각은 없었다. 미소 지으며 불 옆에 서 있었다.

"틀림없이 집으로 갖고 오신 거예요?"

엄마는 아버지가 후게쓰도에서 물건을 샀다는 것만은 아무래도 인정하려는 모양이지만,

"전 못 봤어요."

"갖고 왔는데…… 그렇잖으면 차 안에 두고 내렸나?"

아버지의 기억도 어쩐지 흔들리기 시작한 모양이다.

"어머, 그런…… 차에 두고 내리셨다면 운전사가 갖다 주었을 테죠. 말없이 갖고 가다니, 그러진 않아요. 회사 차인 걸요."

"그렇군."

딸은 조금 불안한 느낌이 들었다.

엄마가 까맣게 잊어버린 것도 이상하고, 엄마가 우겨대는 말에 아버지가 자신감을 잃어가는 것도 이상하다.

아버지는 1월 2일에 차로 산책 나갔다가, 후게쓰도의 과자를 많이 사 왔다. 엄마도 그걸 먹었다.

잠시 침묵이 이어졌는데, 엄마는 퍼뜩 생각난 모양이다. 그리고 너무나 선선히 말했다.

"아아, 아! 그 과자 ― 과자를 사 오신 적은 있어요."

"그래."

"휘파람새 떡에다 도라야키. 떡이 잔뜩 있는 참에, 어찌나 난감했는지."

"그래, 사 왔어."

"그런데 그런 막과자 같은 걸 후게쓰에서 사신 거예요? 그런 걸?"

"그래."

"아아, 그래그래. 그건 분명 누군가에게 줬어요. 종이에 싸서 내가 줬어요. ― 음, 누구였더라?"

"그렇지, 줬다고."

아버지는 어깨의 긴장이 풀린 듯한 목소리였다. 그리고 곧장 말했다.

"후사에 아니었어?"

"아아, 그래요. 후사에였나? 그러네요. 아이한테 보여선

228

안 된다며 살짝 포장해줬어요."

"그렇지, 후사에."

"어머, 정말 그러네요. 후사에였어요."

아버지와 엄마의 이야기는 일단락 지어졌다. 아버지도 엄마도 이야기의 일치를 느끼고 제각기 흡족해하는 듯하다.

그러나 이것도 사실과는 달랐다. 과자를 준 건 전에 일하던 하녀 후사에가 아니라 이웃집 남자아이다.

딸은 다시 엄마가 아까처럼 이걸 떠올리지 않을까 기다렸다. 하지만 거실은 고즈넉하고 쇠주전자 소리가 들릴 뿐이었다.

딸은 점심 차린 걸 들고 가서, 고타쓰 탁자 위에 늘어놓았다.

"요시코, 방금 이야기를 들었니?" 아버지가 말했다.

"네."

"네 엄마도 이젠 늙어버려 큰일이구나. 게다가 점점 황소고집을 부리니까 말이야. 요시코, 엄마의 기억 도우미가 되어다오."

"그야 모르죠, 당신도…… 오늘 후게쓰 건으로는 내가 졌지만." 엄마가 말했다.

딸은 후사에 이야기를 하려다 입 밖에는 내지 않았다.

아버지가 죽기 2년 전의 일이다. 아버지는 가벼운 뇌출혈을 일으킨 후였고, 회사에도 거의 나가지 않았다.

고목인 홍매는 그 후에도 으레 밑가지부터 꽃핀다. 딸은 부모님의 후게쓰도에 대한 이야기를 자주 떠올린다. 하지만 엄마에게 말한 적은 없다. 엄마가 잊어버렸을 것 같아서……

버선

언니는 너무나 상냥한 사람이었는데 어째서 그토록 처참하게 죽어야 했는지, 나는 이해할 수 없었다.

해거름에 의식불명이 된 언니는 몸을 뒤로 젖히고, 앞으로 쭉 뻗어 꽉 쥔 손을 부들부들 떨었다. 그것이 멈추자 머리를 베개 왼쪽으로 떨어뜨릴 뻔했다. 그때, 반쯤 벌린 입에서 희멀건 회충이 스멀스멀 기어 나왔다.

이 벌레의 묘하게 희멀건 빛깔이, 그 후로도 내게 이따금 선명하게 떠오를 때가 있다. 그럴 때 나는 하얀 버선을 생각하기로 한다.

언니의 관에 여러 물건을 넣고 있을 때,

"엄마, 버선은? 버선도 넣어요." 나는 말했다.

"그렇지, 버선을 깜빡했구나. 이 아인 발이 예뻤지."

"9문 버선이에요. 엄마 거나 내 것과 뒤바뀌면 안 돼요." 나는 다짐을 두었다.

버선이라고 내가 말한 건 언니의 발이 자그맣고 아름답기 때문이기도 했지만, 또한 버선의 추억이 있기 때문이기도 했다.

내가 열두 살 때 12월의 일이다. 근처 읍내에 이사미 버선 선전 영화 대회라는 게 있었다. 시내를 순례하는 악대가 빨간 깃대를 치켜세우고 우리 마을에도 들어왔다. 악대가 뿌리는 전단 속에 입장권도 섞여 있다는 말에, 우리 마을 아이들은 악대를 따라다니며 전단을 주웠다. 사실은 버선에 붙어 있는 상표가 입장권이 되게 해놓았다. 그 당시 마을에서는 축제나 추석 때 외에는 영화를 볼 기회가 거의 없었다. 버선은 잘 팔렸다.

나도 에도시대풍 그림이 그려진 전단을 주웠다. 저물녘 일찌감치 연극이 열리는 읍내 오두막으로 가서 줄을 섰다. 어쩌면 퇴짜를 맞을지도 모른다는 불안감에 조마조마했다.

"뭐야! 전단이잖아." 문 앞에서 웃음거리가 되었다. 풀이 죽어 집에 돌아와서는 어째선지 나는 안으로 들어가지 않고 우물가에 멀거니 서 있었다. 쓸쓸함이 차올랐다. 물통을 들고 나온 언니가 무슨 일이냐고 어깨에 손을 얹었을 때, 나는 손바닥으로 얼굴을 가렸다. 언니는 물통을 거기 내려놓고 돈을 가지고 나왔다.

"어서 가."

길모퉁이에서 뒤돌아보니, 언니가 서서 배웅해주었다. 나는 쏜살같이 내달렸다. 읍내 버선 가게에서,

"몇 문인가요?" 하고 물었을 때 나는 우물쭈물했다.

"그거, 신고 있는 걸 벗어보렴."

버선 매듭에 9문이라고 쓰여 있었다.

돌아와서 그 버선을 언니에게 건넸다. 언니도 9문이었다.

그 후 2년 남짓 지나, 우리 가족은 조선으로 건너가 경성에서 살았다. 여학교 3학년 때, 나는 미쓰하시 선생님과 너무 가깝게 지낸다고 하여 식구들의 경계를 받은 터라 선생님을 찾아가는 것은 금지되어 있었다. 선생님의 감기가 더치는 바람에 기말시험도 없었다.

크리스마스 전 시내에 엄마와 같이 나간 나는 선생님께 드릴 선물로, 새빨간 공단의 실크해트를 샀다. 모자 리본에는 짙은 초록빛 호랑가시나무 잎이 붉은 열매를 달고 꽂혀 있었다. 은박지로 감싼 초콜릿이 들어 있었다.

그 길거리 서점에 들어가 언니를 만났다. 나는 실크 해트 꾸러미를 보이며,

"이게 뭔지 맞혀봐. 미쓰하시 선생님께 선물할 거야."

"글쎄, 그것만은 관둬." 언니는 나직한 목소리로 나무라듯,

"그렇게 학교에서도 이런저런 말들이 많잖니."

나의 행복은 사라졌다. 언니와 내가 확실히 딴 사람이라는 걸 이때 비로소 느낀 것 같았다.

빨간 실크해트는 내 책상 위에 놓인 채 크리스마스도

지나갔다. 그런데 연말 30일에 그 실크해트가 없어졌다. 나는 또다시 행복의 그림자마저 사라진 느낌이었다. 그럼에도 어떻게 된 거냐고 언니에게 말할 수도 없었다.

다음 날인 그믐날 밤, 언니는 나를 산책길에 불러내어,

"그 초콜릿, 미쓰하시 선생님 영전에 올려놓았어. 하얀 꽃들 사이에 붉은 구슬을 놓은 듯 너무 예뻤어. 관 속에 넣어달라고 부탁해두었지."

미쓰하시 선생님이 돌아가신 걸 나는 모르고 있었다. 빨간 실크해트를 책상 위에 올려둔 채, 나는 외출도 하지 않았다. 가족은 선생님의 죽음을 내게 숨기고 있었나 보다.

내가 관 속에 물건을 넣어준 것은 이 빨간 실크해트와 하얀 버선, 여태껏 두 번뿐이다. 미쓰하시 선생님도 싸구려 하숙집의 얄팍한 이불 위에서 목구멍을 크렁크렁 울리면서 눈알이 튀어나올 만큼 괴로워하다 죽었다고 한다.

빨간 실크해트와 하얀 버선은 무엇이었을까? 살아 있는 나는 생각한다.

언치새

새벽녘부터 언치새가 요란스레 울어댄다.

덧문을 열자, 눈앞 소나무 밑가지에서 날아올랐다가 다시 돌아온 모양으로, 아침 식사 때는 날갯짓 소리가 들리기도 했다.

"시끄러운 새네." 남동생이 일어서려고 했다.

"놔둬, 놔둬." 할머니가 남동생을 말렸다.

"새끼를 찾고 있단다. 어제 아기 새를 둥지에서 떨어뜨린 모양이야. 어제도 해 질 녘 어둑해질 때까지 이리저리 날아다녔는데, 모르겠니? 그래도 참 신통하지, 오늘 아침에도 어김없이 찾으러 오는 걸 보면."

"할머니, 잘 아시네요." 요시코가 말했다.

할머니는 눈이 좋지 않다. 10년 전쯤 신장염 말고는 거의 병치레를 한 적이 없지만, 젊을 때부터 앓아온 백내장 때문에 지금은 왼쪽 눈만 희미하게 보일까 말까 한 정도였다. 밥그릇도 젓가락도 직접 건네줘야 한다. 얼추 파악하는 집 안은 손을 더듬어 걸어 다니지만, 마당에 혼자 나가지는 않는다.

가끔 유리문 앞에 서 있거나 앉아 있기도 하고, 손바닥을 펼친 채 유리창 너머 햇살에 다섯 손가락을 비추고 이리저리 살핀다. 있는 힘껏 생명을 그 시력에 집중시키고 있다. 그럴 때의 할머니가 요시코는 무서웠다. 뒤에서 불러볼까 싶은 생각도 하지만, 슬쩍 먼발치로 가 숨어버리곤 했다.

이렇듯 눈이 나쁜 할머니가 단지 언치새의 울음소리만 듣고 직접 눈으로 본 듯 말했기 때문에 요시코는 감동하고 말았다.

요시코가 아침 식사 설거지를 하러 부엌에 들어서자, 언치새는 이웃집 지붕에서 울고 있었다.

뒤뜰에는 밤나무 한 그루와 감나무 두세 그루가 있다. 그 나무를 보니 보슬비가 내리고 있다는 걸 알 수 있었다. 우거진 잎사귀들이 배경에 없다면 보이지 않을 비다.

언치새는 밤나무로 자리를 옮기고 나서 낮게 땅바닥을 스치며 날아올랐나 싶었는데, 다시 나뭇가지로 돌아왔다. 연신 울어댄다.

어미 새가 자리를 못 뜨고 있으니, 아기 새는 이 언저리에 있는 걸까.

요시코는 염려하면서 방으로 들어갔다. 오전 중으로 몸치장을 해두어야 한다.

정오 무렵 아버지와 어머니가 요시코의 장래 시어머니

될 사람을 데리고 오기로 되어 있다.

요시코는 경대 앞에 앉아서 손톱의 하얀 별을 얼핏 보았다. 손톱에 별이 생기는 건 무엇인가 받게 될 표시라고 하던데, 비타민C 부족이라는 내용이 신문에 나 있던 걸 떠올렸다. 화장은 비교적 기분 좋게 잘됐다. 자신의 눈썹도 입술도 모두 참을 수 없이 귀엽게 보였다. 기모노도 수월하게 입었다.

어머니가 기모노 옷단장을 도우러 와주길 기다리는 마음도 있었으나, 혼자서 입길 잘했다고 생각했다.

부모님과 따로 살고 있다. 두번째 어머니다.

아버지가 요시코의 어머니와 이혼한 것은 요시코가 네 살, 남동생이 두 살 때였다. 어머니는 야단스럽게 밖으로 나돌고 돈 씀씀이도 헤폈던 모양인데, 단지 그것뿐만 아니라 이혼의 원인은 훨씬 심각한 것이었음을 요시코도 어렴풋이 짐작했다.

남동생이 어렸을 적에 어머니 사진을 찾아내어 아버지한테 보이자, 아버지는 아무 말도 없이 무서운 얼굴로 다짜고짜 그 사진을 찢어버리고 말았다.

요시코가 열세 살 때 집에 새어머니를 맞이했다. 나중에 요시코는 용케 10년이나 아버지가 홀로 있어주었다고 여기게 되었다. 두번째 어머니는 좋은 사람이었고, 화목한 생활이 이어졌다.

남동생이 고등학교에 들어가 기숙사에서 지내게 되자, 새어머니에 대한 태도가 눈에 띄게 달라졌다.

"누나, 엄마를 만나고 왔어. 결혼해서 아자부麻布에 있어. 얼마나 예쁘다고. 내 얼굴을 보고 반겨주셨어."

남동생한테 돌연 소식을 듣고 요시코는 말도 안 나왔다. 안색을 잃고 부들부들 몸이 떨릴 지경이었다.

건넛방에서 어머니가 와 앉았다.

"괜찮아, 괜찮아. 자기를 낳아준 친어머니를 만나는 거잖아, 나쁠 거 없어, 당연해. 이런 때가 오게 되리라는 건 엄마도 전부터 알고 있었는걸. 아무렇지도 않아."

어머니는 몸의 힘이 다 빠져나간 듯, 요시코에게는 깡마른 어머니가 가엾을 만큼 작게 보였다.

남동생은 휙 일어나서 나갔다. 요시코는 흠씬 패주고 싶었다.

"요시코, 저 애한테 아무 말 하지 말아요. 말할수록 저 애를 못되게 만드니까." 어머니는 나직이 말했다.

요시코는 눈물이 났다.

아버지는 남동생을 기숙사에서 집으로 불러들였다. 요시코는 이걸로 끝날 거라고 생각했으나, 아버지는 어머니를 데리고 따로 나가 살았다.

요시코는 두려웠다. 뭐랄까, 남자의 분노나 원한 같은 힘에 짓눌리는 느낌이었다. 친어머니와 연결되는 자신들까지도 아버지가 미워하는지 의심스러웠다. 휑하니 자리를 떠나가버린 남동생도 남자인 아버지의 매서움을 이어받고 있는 듯 여겨졌다.

하지만 또한 전처와 헤어지고 나서 후처를 맞이하기까지 10년간 아버지의 슬픔과 괴로움도, 요시코는 지금에 와서 이해할 수 있을 것도 같았다.

그래서 따로 살고 있는 아버지가 혼담을 가지고 왔을 때, 요시코는 뜻밖이었다.

"네겐 고생을 시켜 미안했다. 이러이러한 딸이니까 며느리라기보다도 즐겁게 딸 노릇을 하게끔 보살펴달라고 그쪽 어머니께 잘 말씀드렸다." 아버지에게 이런 말씀을 듣고 요시코는 울었다.

요시코가 결혼하면 할머니와 남동생을 돌볼 여자 손이 없어지니까, 아버지는 할머니와 다시 함께 살 작정이었다. 그것이 우선 요시코의 마음을 움직였다. 아버지로 인해 결혼을 두렵게만 생각했으나, 실제 이야기와 맞닥뜨리자 그리 두려운 것 같지 않았다.

몸치장이 끝나고 요시코는 할머니 방으로 갔다.

"할머니, 이 기모노의 빨간색이 보여요?"

"흐릿하니 불그스름한 건 알 수 있어. 어디 보자." 할머니는 요시코를 가까이 끌어당겨 기모노와 허리띠에 눈을 갖다 대면서,

"벌써 요시코 얼굴은 잊어버렸어. 어떤 모습인지 보고 싶구나."

요시코는 낯간지러운 걸 꾹 참았다. 할머니 머리에 살포시 한쪽 손을 얹었다.

아버지가 오실까 요 앞까지 마중 나가고 싶은 생각에 요시코는 멍하니 앉아 있을 수 없어 마당으로 나갔다. 손바닥을 펴보았지만 젖을 정도의 비는 아니다. 옷자락을 걷어올리고 어린 나무 사이며 얼룩조릿대 속을 꼼꼼히 살펴보니, 싸리나무 아래 풀 속에 아기 새가 있었다.

요시코는 가슴을 두근거리며 다가갔으나, 아기 새는 가만히 목을 움츠리고만 있었다. 어렵잖게 잡았다. 힘이 빠진 모양이었다. 언저리를 둘러보았지만 어미 새는 없다.

요시코는 집으로 달려 들어와,

"할머니, 아기 새가 있어요, 잡았어요. 힘이 없어요."

"아이쿠, 그러니. 물을 먹여보렴."

할머니는 차분했다.

밥그릇에 물을 담아 주둥이에 넣어주자, 자그만 목을 부풀리며 앙증맞게 마셨다. 이걸로 원기를 회복했는지,

"키키키, 키키키……" 하고 울었다.

어미 새가 알아들었는지 날아와 전깃줄에 앉아 울었다. 아기 새는 요시코의 손안에서 몸을 버둥거리며,

"키키키……" 하고 불렀다.

"아아, 잘됐구나. 어서 엄마한테 돌려보내주렴." 할머니가 말했다.

요시코는 마당으로 나갔다. 어미 새는 전깃줄에서 날아올랐지만, 건너편 벚나무 가지에서 물끄러미 요시코 쪽을 보고 있었다.

요시코는 손바닥 안의 아기 새를 보이면서 한쪽 손을 올렸다가 살짝 땅에 내려놓았다.

유리문 뒤에서 모습을 지켜보고 있자니, 하늘을 쳐다보고 구슬프게 우는 아기 새 소리를 찾아 어미 새가 서서히 다가왔다. 바로 옆 소나무 밑가지까지 어미 새가 내려왔을 때, 아기 새는 날아오를 듯 날갯짓하며 그 기세로 비틀비틀 앞으로 걸어 나가다, 고꾸라질 것처럼 넘어지면서 마구 울어댔다.

그런데도 어미 새는 주의 깊게 좀처럼 땅바닥에 내려앉지 않는다.

그러나 잠시 후 곧장 일직선으로 아기 새 곁으로 왔다. 아기 새는 기뻐 어쩔 줄 모른다. 목을 이리저리 흔들고 펼친 날개를 떨어, 어리광 부리는 것 같다. 어미 새는 먹이를 주는 모양이다.

요시코는 아버지와 새어머니 두 분이 빨리 와준다면, 이 모습을 보여주고 싶다고 생각했다.

여름과 겨울

1

우란분재*가 끝나는 오늘은 마침 일요일이었다.

남편은 아침부터 중학교 운동장에 시민야구 대회를 보러 갔다가, 점심때 잠깐 들어오고는 다시 나갔다.

슬슬 저녁 찬거리를 마련해야지 생각하면서 가요코는 묘한 사실을 떠올렸다. 오늘 입고 있는 유카타는 집 근처 가게 쇼윈도의 인형이 입고 있던 것이기 때문이다.

직장에 다니느라 집에서 전차 정류장까지 오가는 길에 매일 보는 쇼윈도인데, 그 유리 속에 인형이 하나 서 있었다.

철마다 다양한 옷을 몸에 걸치는 변화는 있으나, 늘 똑같은 자세 그대로였다. 변두리 가게다운 느낌이다. 늘 똑같은 자세로 서 있어야만 하는 인형을, 가요코는 쓸쓸히 여

* 음력 7월 보름경에 조상의 영혼을 제사 지내는 불교 행사.

겠다.

그런데 매일 바라보는 사이, 인형의 얼굴 표정이 매일 바뀌는 듯 여겨졌다. 얼마 후 인형의 얼굴 표정은 그날그날 가요코 자신의 마음 표정임을 알아챘다. 급기야 가요코는 거꾸로 인형의 표정에서 그날 자신의 기분을 판단하게 되었다. 아침저녁으로 점치듯 인형의 얼굴을 보며 다녔다.

가요코의 결혼이 정해졌을 때 그 인형이 입고 있던 유카타를 샀다. 기념 옷인 셈이다.

그 무렵에 오히려 나날의 마음에 명암이 있었다고, 가요코는 떠올렸다.

저녁 해가 내리쬐는 가운데 남편은 유카타 옷자락을 걷어 올린 채 밀짚모자 아래 빨개진 얼굴로 돌아왔다.

"아아, 덥다. 머리가 어질어질해."

"이 땀 좀 봐요, 어서 목욕 다녀오세요."

"그럴까."

남편은 내키지 않는 기색이었으나 가요코가 타월과 비누를 떠안기는 바람에 목욕탕에 갔다.

아직 석쇠 위에 가지를 굽고 있는 참이었기에 가요코는 다행이다 싶었다. 여느 때라면 냄비 뚜껑을 열거나 파리약을 놓고는, 곁에 와서 가지 굽는 솜씨가 이렇네 저렇네 연설을 늘어놓을 참이다. 가요코가 싫어하는 줄 눈치채지 못하는 모양이다.

남편은 탕에서 돌아오자 비누와 타월을 내던지고 마루에 쓰러지듯 드러누웠다. 얼굴이 아까보다 빨갛고 호흡이 가쁘다. 가요코는 베개를 받쳐주면서 비로소 남편의 상태를 짐작했다.

"머리를 식힐까요?"

"음."

타월을 짜서 이마에 얹고 장지문을 한쪽으로 열어젖혀 통풍이 잘되게 한 다음, 큼직한 부엌용 부채로 훨훨 바람을 일으켰다.

"됐어, 그만. 그리 조바심 나게 부치지 마."

남편은 두 손을 가슴에 얹은 채 미간을 찡그리고 있다.

가요코는 가만히 부채를 내려놓고 얼음을 사러 내달렸다. 얼음베개를 만들었다.

"얼음인가. 너무 차잖아."

하지만 물리치지는 않고, 그대로 놔두었다.

잠시 후 남편은 툇마루에 나와 토했다. 하얀 거품 같은 액체였다. 가요코가 소금물을 담은 컵을 가져와도 거들떠보지 않고 다시 힘없이 드러누웠다.

"당신, 밥을 먹지 그래. 시장할 텐데."

남편 얼굴의 홍조는 사라지고 파리해졌다.

"방금 토한 건 물통의 물로 씻어내야 해." 남편은 일을 시키고는 나직이 숨 쉬며 잠들었다.

가요코는 잠시 남편의 잠든 얼굴을 지켜보았다. 혼자 기운 없이 식사를 시작했다. 함석지붕에 똑똑 빗소리가 나더니 이윽고 쏴아 소나기로 변했다.

"이봐, 뒤뜰에 빨래를 널었잖아."

빗소리에 남편은 잠이 깨어 말했다. 가요코는 허둥지둥 젓가락을 놓았다. 빨래를 걷어 돌아오자,

"먹다 남은 술병에는 마개를 해두었겠지."

그것도 하지 않았다. 남편은 언짢은 낯으로 한숨을 한 번 쉬고는 다시 눈을 감았다.

안 좋은 날은 안 좋은 법이라, 모기장 안에 모기가 들어온 듯 가요코는 가려워 잠이 깼다. 전등을 켜고 이부자리 위에 앉아 모기가 다가오길 기다렸지만 모기는 좀체 모습을 보이지 않는다. 부채를 가져와 구석구석 부쳐봐도 눈에 띄지 않는다. 어둡게 하는 편이 나으려나 싶어 전등을 끄자, 잠시 후 모기가 이마에 내려앉기에 때려잡았다. 남편의 잠을 방해하지 않도록 무진 애를 쓰면서.

잠이 다 달아나고 말아, 가요코는 일어나 툇마루에 나가 살짝 유리문을 조금 열었다.

달밤이어야 하는데 잔뜩 흐려 어둑하다.

"이봐, 안 잘 거야? 아침에 일어나기 힘들어."

남편이 잠자리에서 소리 질렀다.

가요코가 모기장에 들어오자,

"울었군."

"울긴요."

"흐음, 울면 되잖아."

"왜 울어요?"

남편은 뒤척이며 돌아누워버렸다.

2

어젯밤 먹은 굴이 상했는지 가요코는 배탈이 났는데, 이부자리는 펴지 않고 화로 앞에 몸을 누인 채 남편과 마주했다.

미치코 이야기를 거듭 남편 입으로 듣고 싶어, 다소 끈덕지게 물었다. 남편의 말투는 느긋하고 차분했다.

"미치코가 날 좋아하나 보다 여긴 건, 언젠가 내가 미치 짱도 이제 나이가 찰 만큼 찼으니 어디 마땅한 곳을 알아봐야겠는걸, 어떤 남자가 좋은지 말해보렴, 하고 물어본즉 그 아인 아마 나를 위해 오므라이스를 만드는 중이었던 것 같은데, 대답을 안 하더군. 입을 꾹 다물고만 있으면 알 턱이 없지, 그랬더니 얼굴을 저쪽으로 향한 채, 오빠 같은 이가 좋아요, 하고 재빨리 말하더군. 나 같은 이가 좋다니 난 술을 마시잖아 했더니, 오빠만큼 마신다면 괜찮아요, 이렇게 말하고는 냅다 2층으로 올라가버렸어……"

가요코는 전에도 이 이야기를 들었지만, 좋아한다. 미치코는 남편의 사촌이다.

방금도 이 이야기로 복통이 얼마간 누그러져서,

"그래서 당신은 미치코 씨를 어떻게 생각했어요?"

"어떻게 생각하긴. 사촌인걸."

"그토록 예쁜 분한테 그런 말까지 듣고서 마음이 흔들리지 않았다니, 당신도 차갑군요."

"몸이 좀 허약했었지. 데려올 생각이 없었어. 결혼할 생각이 없는 여자한테 마음이 흔들려봤자 무슨 소용 있나."

"미치코 씨가 만들고 있던 오므라이스는 어떻게 됐어요?"

"오므라이스? 별걸 다 묻는군. 먹어 치웠겠지."

미치코의 곁에도 달라붙어 오므라이스 만드는 법에 대해 연설을 늘어놓고 있었을지도 모를 일이고, 미치코가 2층으로 올라간 후에 남편이 요리를 끝냈을 거라고 생각하니 가요코는 우스워졌다.

"그보다도 무얼 살 게 있으면 어서 다녀와. 벌써 4시야." 남편이 말했다.

가요코는 찬바람 소리가 갑자기 귀에 울렸다. 배가 아파왔다.

몸이 안 좋은 걸 알면서도 이 쌀쌀한 날씨에 심부름을

보내는 남편이 너무하다고 생각했다. 남편의 이야기에 웃는 얼굴을 보이는 것과 장 보러 갈 기력이 모자라는 것이 구분되지 않는 걸까.

가요코는 장을 보러 가는 도중에 몸이 덜덜 떨려, 좁은 골목길에 한참 웅크리고 있었다.

이렇게 냉혹한 사람이니까 미치코의 애정을 단숨에 물리칠 수 있었을 거라고 생각했다. 이런 사람에게는 단 한 번 소박하고 어설프게 애정을 표현했을 뿐인 미치코가 훨씬 행복하다고 여겨졌다. 언젠가 남편 또한 자신을 사랑해준 이는 미치코뿐이었다고 여길 때가 올지도 모른다. 남편의 성격상 그렇게 될지도 모른다.

집에 돌아오니 남편은 목욕탕에 가고 없었다.

가요코는 부엌에 들어서자 찬물을 끼얹은 듯 오한이 등줄기를 훑으면서 배가 아팠다. 저녁 준비를 팽개치고 이불 속으로 파고들었다.

탕에서 돌아온 남편은,

"어디 아파?" 하고 말을 걸었다.

"보온 팩은 넣었어?"

가요코는 고개를 저었다. 남편은 따뜻한 보온 팩을 가져다주었다. 가요코가 저녁 식사를 걱정하자,

"난 괜찮아." 남편은 맹장지 문을 닫고 나갔다.

옆방에서 차즈케* 소리가 들렸다. 재료는 다 꺼내놓았

고 요리 훈수를 두는 남편이건만, 성가신 모양이다. 더없이
사무적인 차즈케 소리다.

사진첩으로 보는 미치코에 비해 쓸 만한 구석이라곤 없
어 보이는 나는 몸이 튼튼하다는 이유만으로 아내가 된 모
양이니, 내일은 털고 일어날 수 있겠지 하고 가요코는 생각
했다. 그러나 어쩐지 이 불안한 마음에 비해, 와작와작 단무
지를 씹는 소리에는 안정감이 없지도 않았다.

남편의 성가신 잔소리는 여름 무렵보다 다소 줄어들
었다.

* 밥에 더운 차를 부어 말아 먹는 것.

댓잎 배

아키코는 양동이를 제비꽃 옆에 내려놓고, 매화나무 아래 어린 댓잎을 뜯어 댓잎 배를 여러 개 만들고는 양동이 물에 띄웠다.

"이 배 좀 봐. 재밌겠지?"

어린아이는 양동이 앞에 쪼그리고 앉아 댓잎 배를 들여다보았다. 그리고 아키코를 쳐다보며 방긋 웃었다.

"멋진 배로구나. 착하고 똑똑한 아이라서 배를 주신 거야. 누나랑 잘 놀아라"라는 말을 남기고, 어머니는 다시 손님방으로 돌아갔다.

아키코와 약혼한 이의 어머니다. 아키코의 아버지에게 할 이야기가 있는 것 같기에 아키코는 자리를 떴지만, 어린애가 칭얼대는 통에 마당으로 데리고 나왔다. 아이는 약혼자의 막내 남동생이다.

아이는 앙증맞은 손을 양동이에 집어넣고 이리저리 휘저으며,

"누나, 배가 전쟁해요!" 갈팡질팡하는 댓잎 배들을 보며

아주 신이 났다.

아키코는 그곳에서 물러나 빨래하다 만 유카타를 꼭 짜서 장대에 널었다.

전쟁은 이미 끝났다. 하지만 약혼자는 돌아오지 않는다.

"전쟁, 더 해! 전쟁, 더 해!" 아이는 점점 난폭하게 마구 휘저었다. 얼굴에 물보라가 튀었다.

"어머! 그럼 안 돼. 얼굴이 온통 물투성이잖아." 아키코가 말리는데도 아이는,

"싫어! 배가 안 달려."

정말로 배가 달리지 않는다. 물 위에 떠 있을 뿐이다.

"그래그래, 개울에 나가보자꾸나. 배가 잘 달릴 거야."

댓잎 배는 아이가 들었다. 아키코는 물을 제비꽃 밑둥치에 뿌리고 양동이는 부엌에 가져다놓았다.

개울의 징검돌에 올라가 한 척씩 흘려보내자, 아이는 손뼉을 치며 기뻐했다.

"내 배가 1등이야. 이것 봐, 이것 봐!"

제일 앞장선 배를 놓치지 않으려고 아이는 개울 하류로 달려 나갔다.

아키코는 서둘러 나머지 댓잎 배를 모두 흘려보내고 아이 뒤를 쫓았다.

문득 깨닫고는, 왼발이 땅에 닿도록 애쓰며 걸었다.

아키코는 소아마비로 왼발 뒤꿈치가 땅에 닿지 않게 되

어, 그 발은 작고 부드러웠다. 왼쪽 발등이 툭 불거졌다. 줄넘기나 소풍은 불가능했다. 평생 혼자 조용히 지낼 생각이었다. 그런데 뜻밖에 약혼을 했다. 몸의 부자유를 마음으로 메운다는 자신감을 지니고 그 어느 때보다 진지하게 왼발 뒤꿈치를 땅에 대고 걷는 연습을 했다. 왼쪽 발만 금세 게다 끈에 부르텄지만, 아키코는 고행을 계속했다. 그러나 전쟁에 패하고 나서는 그 연습을 그만두고 말았다. 게다 끈에 부르튼 상처가 심한 동상 상처처럼 남았다.

아이는 약혼자의 남동생이라서, 아키코는 왼발 뒤꿈치를 대고 걸으려고 애썼다. 오랜만이었다.

개울 폭이 좁고 잡초가 물에 잠겨 있어 댓잎 배가 서너 개 걸려 있었다.

아이는 20미터 남짓 앞에 멈춰 서서 아키코가 다가오는 것도 알아채지 못한 듯, 댓잎 배가 떠내려가는 걸 배웅하고 있었다. 아키코의 걸음걸이는 보지도 않았다.

목덜미에 깊이 팬 곳이 약혼자와 아주 닮은 것 같아서 아키코는 아이를 꼭 안아보고 싶어졌다.

아이의 어머니가 나왔다. 아키코에게 고맙다는 인사를 하고 아이에게도 재촉하자,

"안녕." 아이는 선선히 말했다.

전사戰死 아니면 파혼이려니, 아키코는 생각했다. 절름 발이와 결혼해주겠다고 한 것도 전쟁 중의 감상이었으리라.

아키코는 집으로 들어가지 않고 신축된 이웃집을 보러
갔다. 이 근처에 보기 드문 큰 집으로, 지나가는 사람들 누
구나 구경했다. 전쟁 중에는 공사가 중단되어 목재 더미 주
변에 잡초가 무성히 자라 있었는데, 근래 갑자기 일이 진척
되었다. 신경질적인 소나무도 두 그루, 문 앞에 심어놓았다.

아키코는 이 집의 모양새가 다정함이 없고 고집스럽다
고 생각했다. 그러나 무턱대고 창문이 많은 집으로, 응접실
은 사방이 창문이었다.

어떤 사람이 이사해 올지, 이웃들 간에 소문이 돌았으
나 자세히 알지는 못했다.

알

　남편도 아내도 감기에 걸려, 베개를 나란히 하고 누웠다.

　아내는 매일 밤 잠자리에 큰손자를 맡아 돌보았고, 남편은 아이 때문에 일찍 잠 깨는 걸 싫어하니까 베개를 나란히 하는 일은 드물다.

　남편이 감기에 걸린 이유는 우스꽝스럽다.

　하코네箱根의 도노사와에 오래된 단골 온천 여관이 있어 겨울에 가는데, 올해도 2월 초에 갔다. 사흘째, 오후 1시 반이라 생각하고는 허둥지둥 일어나서 탕에 들어갔다 방으로 돌아오자, 여종업원이 잠에서 덜 깬 부스스한 얼굴로 화로에 숯을 넣고 있었다.

　"오늘 아침은 어쩐 일이세요? 엄청 일찍 일어나셔서 깜짝 놀랐습니다."

　"어? 놀리지 마."

　"겨우 7시 조금 지난 걸요. 잠에서 깨신 게 7시 5분경……"

"어?" 기가 막혀,

"하하하! 알겠어. 시계의 긴 바늘과 짧은 바늘을 잘못 본 거야. 이거 대실수. ─ 노안 탓이야."

"어젯밤 방에 도둑이 든 게 아니냐고 카운터에서도 걱정했습니다."

그러고 보니, 여종업원은 잠옷 위에 겹옷을 걸치고 있었다. 잠을 자는데 깨워, 옷 갈아입을 틈이 없었던 모양이다. 일어난 신호로 전화를 걸어도 한동안 응답이 없었던 건, 카운터 담당자도 아직 자고 있어서였으리라.

"너무 일찍 깨워서 미안하군."

"아니에요, 이제 일어날 시간이니까요. 그런데 좀더 주무시겠어요? 이부자리를 펼까요?"

"어쩐다?" 엉거주춤한 자세로 화로에 손을 쬐고 있었다.

말을 듣고 보니 졸렸다. 하지만 추위에 잠이 올 것 같지도 않았다.

그대로 아침 추위 속에 여관을 나와 돌아왔다.

그리고 감기에 걸렸다.

아내가 감기에 걸린 이유는 그다지 분명하지 않다. 감기가 유행하고 있으니 옮은 것이리라.

남편이 돌아왔을 때, 이미 아내는 몸져누워 있었다.

남편이 시곗바늘을 잘못 봐서 일어난 이야기를 하자, 온 집안의 큰 웃음거리가 되었다.

알

그 회중시계를 가족이 차례로 손에서 손으로 건네고 보았다.

큰직한 회중시계인데 장침도 단침도 끝 쪽에 원이 달린 똑같은 모양의 바늘이니까, 베갯머리의 희미한 불빛에다 잠에서 덜 깬 노안으로는 잘못 볼 수도 있겠다는 결론에 도달했다. 7시 5분이 1시 35분으로 잘못 보이는 것도, 바늘을 움직여보고 실험했다.

"아빠한테는 야광 바늘이 좋아요." 막내딸이 말했다.

나른하고 열이 난 남편은 감기에 걸린 아내와 한곳에서 잠을 자기로 하고,

"함께 있어주지"라고 했다.

"그 의사의 약을 먹어도 될 거야. 어차피 똑같아."

다음 날 아침, 눈을 뜨자 아내가 물었다.

"하코네는 어땠어요?"

"응, 추웠어." 남편은 받아넘기고,

"어젯밤 말이야, 당신이 하도 요란하게 기침을 하는 통에 내가 잠에서 깼는데, 정작 내가 기침을 하면 펄쩍 뛰어오를 듯이 흠칫 겁먹더군. 내가 깜짝 놀랐다니까."

"그래요? 전혀 몰랐네요."

"곤히 잘 자더군."

"손자하고 자면 단박에 잠을 깨는데."

"무얼 그렇게 흠칫 놀라나? 그 나이에."

"그렇게 흠칫 놀랐어요?"

"음."

"이 나이가 돼서도 여자의 본능인지도 몰라요. 이물체가 옆에 있는 걸, 자느라 잊어버리고……"

"이물체? 이물체가 되고 말았군." 남편은 쓴웃음을 짓고,

"아 참, 그제 밤 하코네에서 말이지, 토요일이라 단체 손님이 들어왔거든. 연회 후에 헤어진 손님 한 팀이 옆방으로 자러 왔는데, 게이샤도 곤드레만드레 취해 혀가 돌아가질 않아. 그러곤 다른 방으로 헤어진 친구 게이샤와 실내 전화로 한바탕 횡설수설하더니 새된 소리로 고함을 치는 거야. 혀가 돌아가지 않아 무슨 말을 하는지 알 수 없었지만, 알을 낳을래요, 이젠 알을 낳을래요. 몇 번이고 혀 꼬부라진 소리로 말했어. 알을 낳겠다는 외침이 흥미롭던걸."

"어머, 가엾어라……"

"가엾기는커녕 고래고래 소리치던걸."

"그래서 당신이 잠이 덜 깬 채 7시에 일어난 거 아녜요?"

"멍청하긴." 남편은 쓴웃음을 지었다.

발소리가 들리고,

"엄마." 막내딸이 맹장지 문 뒤에서 불렀다.

"일어나셨어요?"

"응."

알

"아버지도 일어나셨어요?"

"일어나셨어."

"아키코, 들어가도 돼요?"

"그래."

열다섯 살 딸은 진지한 얼굴로 엄마의 머리맡에 앉았다.

"아키코는 무서운 꿈을 꾸었어요."

"어떤 꿈?"

"아키코는 죽어 있었어요. 죽은 사람이에요. 그걸 제가 알아요."

"어머, 끔찍한 꿈이네."

"그렇죠? 하야스름한 가벼운 옷을 입었어요. 쭉 뻗은 외길을 가요. 길 양쪽은 안개처럼 자욱해요. 길도 두둥실 떠 있는 것 같아요. 아키코도 두둥실 걷고 있어요. 이상한 할머니가 아키코를 뒤따라와요. 계속계속 뒤따라와요. 발소리도 안 나고 아키코는 무서워서 뒤돌아볼 수도 없지만, 할머니가 오는 걸 잘 알아요. 도망칠 수 없어요. ─ 엄마, 죽음의 신이 아닐까요?"

"그렇진 않아." 아내는 말하며 남편과 얼굴을 마주 보았다.

"그리고 어떻게 됐니?"

"응. 그리고 좀더 길을 가는데, 길 양쪽에 띄엄띄엄 집들이 보였어요. 오두막처럼 작고 나지막한 집뿐인 데다 모두 비슷비슷한 잿빛 집이고, 그 집 모양도 흐릿하니 부드러워요. 그중 한 집으로 아키코는 쑥 도망쳐 들어갔어요. 할머니는 다른 집으로 잘못 들어갔어요. 아아, 다행이다 싶은데, 그 집엔 마루도 아무것도 없이 알만 잔뜩 쌓여 있었어요."

"알?" 말하고 나서 아내는 풋, 웃음을 터뜨렸다.

"알. 알이었던 것 같아요."

"그래? 그리고 어떻게 됐니?"

"어떻게 됐는지 잘 모르겠지만 알이 있던 집에서 아키코는 두둥실 승천했어요. 어머! 아키코가 승천하네! 생각하는데 잠에서 깼어요."

딸은 아버지 쪽도 보면서,

"아버지, 아키코가 죽는 거 아니에요?"

"그렇진 않아."

아버지는 뜻밖에 허를 찔려, 엄마와 똑같은 말을 했다. 열다섯 살 딸이 이런 죽음의 꿈을 꾸는가 싶어 골똘히 생각에 잠긴 바로 그때, 알이 나오는 바람에 이크! 놀란 참이었다.

"아아, 무서웠어! 아직도 무서워요!" 딸이 말했다.

"그건 말이야, 아키코. 어제 엄마 목이 아파서 달걀을 먹으면 좋아질지도 모르겠다고 아키코가 달걀을 사러 갔으니까 알 꿈을 꾼 거야."

"그럴까요? 엄마에게 달걀을 갖다드릴까요? 드실래요?"

딸은 일어나 갔다.

"당신이 변변찮은 병아리 게이샤 따위를 생각하고 있으니까, 딸애 꿈에 알이 나타난 거잖아요. 가여워라……" 아내가 말했다.

"흐음." 남편은 천장을 보았다.

"아키코는 죽음의 꿈을 자주 꾸나?"

"모르겠어요. 처음일 테죠."

"무슨 일 있었나?"

"네?"

"그런데, 알로 승천했잖아?"

딸이 달걀을 가져와 깨뜨려주고는,

"드세요" 하고 나갔다.

아내는 달걀을 곁눈질로 노려보며,

"전 어쩐지 속이 메스꺼워 못 먹겠어요. 당신이나 드세요."

남편도 멍하니 달걀을 곁눈질하고 있었다.

폭포

형은 둘 다 특이한 결혼이었다. 큰형은 화엄 폭포에서 간호사와 동반 자살하려던 참에 뒤쫓아온 사람에게 붙잡혔고, 그 간호사와의 결혼을 허락받았다. 작은형은 마누라가 무서워, 마누라가 무서워, 라고 얼떨결에 내뱉고는 하녀와 가출했다. 한때는 정신병원에도 내맡겼는데, 마침내 그 하녀와의 결혼으로 결말이 났다.

동생 나오지는 두 형과 나이 차가 꽤 난다. 둘째 형이 하녀와 함께하게 되었을 무렵, 나오지는 대학생이었다.

나오지는 큰형의 동반 자살도 희극, 작은형도 가짜 미치광이라고 생각해, 반감을 가졌다.

나는 나오지의 집안과 먼 친척뻘로, 나오지에겐 약간 문학 취미가 있었기 때문에 도쿄의 학교에 들어간 후로 나를 자주 찾아왔다.

큰형이 도쿄로 유학한 탓에 폐가 나빠지고, 말하자면 실패했기 때문에 작은형은 중학교(구제旧制)로만 그만둬야 했고 지주인 아버지를 돕게 되었다. 대학을 나온 건 나오지

뿐이었다.

나오지는 내게 물들었는지 소설을 써서 내게 보여주곤
했다.

나는 친척의 작가 지망은 성가신 데다 위험을 느끼기도
하므로 여기에 얽히고 싶지 않았다.

나오지의 소설은 예외 없이 나오지 자신의 연애를 쓴
것이지만, 두 형의 결혼 이야기도 함께 쓰여 있었다. 나는
우선 그 점부터 트집을 잡았다.

"형 두 사람 모두 희극이었다고, 자네는 처음부터 작정
하고 달려들었어. 그게 이 소설의 치명상이고, 다시 말해 자
네가 작가로서도 전망이 없다는 증거지."

"네?"

나오지는 물론 납득이 안 되는 모양이었다.

"하지만 제겐 희극으로밖에 여겨지지 않아요. 큰형은
화엄 폭포가 얼어 있었으니까 뛰어들지 않았다고 했어요.
그런 일이 있기나 해요?"

"있을 거야."

혹한에 화엄 폭포가 얼어 있는 모습을 나는 본 적이 없
지만, 젊은 남녀가 죽으러 갔다가 폭포가 얼어 있는 걸 보고
얼마나 놀랐을지는 상상이 갔다.

"폭포가 얼 만치 추운 때 닛코日光 깊숙한 곳 따위로 가
는 것도, 저는 이상하다고 생각해요." 나오지는 말했다.

"동반 자살하는 사람은 경치가 좋은 데서 죽고 싶어 하 듯, 그 지역의 좋은 계절을 선택하고 싶은 법이죠. 한겨울에 화엄 폭포로 죽으러 가는 사람은 없어요."

"그건 그럴지도 모르겠지만⋯⋯"

"작은형만 해도 수상한 구석이 많아요. 미친 사람이 하 녀를 데리고 집을 나갈까요?"

"데리고 나갈 수도 있고, 하녀 쪽에서 따라나설 수도 있 겠지."

"그러니까, 하녀와 미리 짜고 미치광이인 척한 게 아닌 가요?"

"아무튼 희극이라고 정해버리면 소설도 끝장이야. 희극 이었을지도 모른다는 의심을 남겨두었더라면 훨씬 좋았을 텐데."

그리고 나는 덧붙였다.

"자네가 소설을 쓸 작정이라면 두 형이 희극이었는지, 희극이 아니었는지 평생에 걸쳐 한번 생각해봐. 그 정도가 아니면 쓸 수 없어."

나오지의 소설이 두 형을 동정하지 않는 건 아니었다. 두 형이 비상수단으로 신분이 낮은 여자와의 결혼을 완수한 것은, 시골 지주의 봉건적인 가족제도에 대한 반역이며 또 한 지방의 오래된 가문의 붕괴라고 보았다.

하지만 그 후 두 사람 모두 뼈대가 빠져버린 듯 시골에서 얌전하게 자리 잡고 있다. 젊은 시절에 한 번 용기를 떨쳤을 뿐이다.

나는 나오지의 형들과는 거의 교류가 없기 때문에 두 사람의 인성도 생활도 잘 모르지만, 나오지의 말대로 자리 잡고 있는지 어떤지 겉치레만으로는 알 수 없으리라.

나오지는 형수들의 낮은 신분과 부족한 교육에 불만과 경멸을 지닌 것 같았다. 그걸 노골적으로 쓰지는 않았지만, 자신의 연인을 쓸 때와 형수들을 쓸 때는 저절로 문장이 달라졌다. 또한 유서 있는 집안의 주인다운 아버지에게는 경의를 표하고, 아버지와 더불어 형들에게 실망한 듯한 구석이 있었다.

그러나 나오지의 소설에서 형들에 대해 쓴 부분은 그나마 낫고, 정작 중요한 자신의 연애를 쓴 부분은 평범했다. 연애 그 자체가 평범하기 때문이다. 도쿄에서 즐거운 밀회를 거듭하고 있을 뿐이다. 둘이서 긴자를 산책하거나 영화를 보거나 하는 일은 사실 가장 쓰기 어렵다.

두 형의 사건도 있었던 탓에 나오지의 결혼은 본인이 원하는 대로, 부모나 형의 반대도 없이 착착 진척되었다. 상대는 내게 보여준 소설 속 아가씨였다.

그런데 형 두 사람의 결혼보다도 나오지 쪽이 특이한 결혼이었다고 말할 수도 있었다.

즉 부부 사이에 풍파가 끊이지 않았다. 이런 게 어쩌면 당연한 결혼이라고 할지도 모르겠다.

나오지의 소설은 잠시 우발적인 생각에 불과했고, 학교를 나와 회사에 취직했지만 그 후 회사를 두세 군데 옮기면서 그다지 성공하지 못했다.

나오지의 아내는 싸움을 하면 친정으로 도망치는 버릇이 있었다. 그 나쁜 버릇은 아이가 둘이 되고 큰아이가 초등학교에 들어가도 고쳐지지 않았다. 아이는 두고 갔다. 그리 진지하게는 아닐지라도, 이혼 이야기도 되풀이되었다.

여느 때처럼 아내가 친정으로 도망친 후, 나오지가 옷장을 열어보니 아내의 옷가지가 줄어든 것 같았다. 친정으로 갈 때의 보자기 꾸러미가 작아져서 돌아오는 일은 전에도 있었던 터라, 나오지는 확인해본 것이다.

화려한 옷을 여동생에게 주기라도 하는 건가, 하고 나오지는 생각했지만 기분이 언짢았다.

아내가 돌아왔기에 곧바로 그 이야기를 하자,

"글쎄, 친정에 갔을 때 갈아입을 옷이 없단 말이에요."

아내가 말했다. 그 말에 나오지는 노발대발했다. 대판 싸움이 벌어졌다. 아내는 다시 친정으로 가버렸다.

이번엔 더 이상 못 참겠다며 나오지도 우리 집으로 의논하러 왔다. 나는 형들에게 의논하라고 말했다. 물론 그럴 생각이라고 나오지는 으르댔다.

그러나 4, 5일 후에 나오지는 한풀 꺾여 얼빠진 얼굴로 우리 집에 나타났다.

"시골에 다녀왔습니다. 아이도 데리고 가졌어요."

"형들의 의견은?"

"의견은 애당초 알고 있었지만, 글쎄 큰형은 제가 이런 저런 이야기를 하자, 형수를 부르더니 버선을 벗어 발에 동상이 난 흉터를 보여주라더군요. 화엄 폭포에서 죽다 살아 남았을 때 동상에 걸린 거죠."

"어?"

"큰형 입장에선 형수의 헌신적인 간호가 있어서 자신의 병이 좋아졌다고 믿고 있었어요."

"예전의 자네 소설과는 상당히 다르군." 나는 말했다.

"네. 그런데 큰형은 저를 얼추 달래준 셈인데, 작은형한 테는 협박당했습니다. 작은형은 제 이야기를 잠자코 듣고 있다가 느닷없이, 겨우 그 정도로 법석이냐? 나는 내 눈으로 마누라의 간통을 목격했어! 그러더군요. 저는 깜짝 놀라 얼떨결에 형의 얼굴을 보고는 다음 말이 나오질 않았습니다."

나도 깜짝 놀라 나오지의 얼굴을 보았다.

나오지는 내게 이야기를 계속했다. 작은형이 한 말은 정말일까? 간통한 것은 첫 아내이고 작은형은 그것 때문에 정신이 이상해졌다고 짐작하는데, 그렇다면 약간 미쳐버린 후의 망상이었는지도 모른다. 그때의 망상이, 다시 말해 일시적인 광기가 아직도 형 깊숙이 잠재되어 있는 걸까? 아니면 그저 나오지를 타이르기 위해 그런 말을 꾸며낸 것뿐일까? 나오지는 어쩐지 무서워져서 작은형과의 이야기를 거기서 잘랐다.

나오지는 큰형에게 작은형의 아내에 대해 물어보았다. 첫 아내에 대해선 물어볼 수 없으니까, 하녀였던 나중 아내에 대해 물어보면 첫 아내의 간통 진위를 추측할 수 있으리라고 생각했다.

하녀는 작은형과 수상한 관계가 아니고, 정신병원에까지 함께 따라가주었기 때문에 작은형은 머리가 좋아진 후에 결혼할 마음이 생긴 거라고 큰형은 나오지에게 말했다고 한다.

뱀

마흔네 살의 이네코가 꾼 꿈이다.

자기 집이 아닌 남의 집에 간 것은 틀림없는데, 잠에서 깨어나 생각해보니 누구의 집인지 알 수 없다. 꿈속에서는 그 객실에 간다 사장 부인이 주인 얼굴을 하고 있고, 이네코도 간다 사장의 집에 와 있다고 생각했다. 하지만 객실 모양새도 방 배치도 실제 간다의 집과는 다르다.

처음에 작은 새를 보았을 때는 남편도 그 객실에 있었던 것 같다. 이네코와 남편, 두 사람뿐이었던 것 같다.

그 새에 대해서도 꿈 이야기를 끝까지 들은 남편이,

"작은 새는 새장 안에 있었어? 정원에서 날아왔어?" 하고 묻기에 이네코는 잠시 대답을 망설이다가,

"객실에 있었어요. 객실을 걷고 있었어요."

작은 새는 두 마리, 벌새처럼 작고 오목눈이처럼 꼬리가 길었다. 몸은 오목눈이보다 작지만 꼬리는 오목눈이보다 훨씬 크고 튼실했다. 그 꼬리는 보석처럼 반짝반짝 빛났다.

이네코는 작은 새의 꼬리가 다양한 보석으로 만들어졌

다고 느꼈다. 꼬리가 움직이면서 아름다운 색깔과 빛이 미묘하게 변화하는 것도, 여러 보석이 각도 차이에 따라 반짝였기 때문이다.

작은 새가 이네코의 손에 앉아 날갯짓하자, 그 날개도 비단벌레 빛깔로 빛났다. 비단벌레 빛깔 속에 선명한 색이 다섯 가지, 일곱 가지나 되었다.

"어머! 예뻐라!"라는 생각 외에 이네코에게 다른 감정은 전혀 없었다. 보석 꼬리를 지닌 작은 새가 있는 것도, 그 새가 손에 앉아 있는 것도 이상스레 여기지 않았다.

어느 사이에 남편은 객실에 없고, 간다 사장 부인이 앉아 있었다.

객실은 장식단이 서쪽, 남쪽에서 동쪽은 정원인데, 복도는 동북쪽 끝에서 거실 복도로 꺾이면서 빙 돌아 이어졌다. 이네코와 간다 부인은 거실에 가까운 동북쪽 구석에 앉아 있었다.

객실에 뱀이 다섯 마리 기어가고 있었다. 그걸 보고 이네코는 소리를 지르진 않았지만, 달아나려고 했다.

"괜찮아요. 아무렇지 않아." 간다 부인이 말했다.

다섯 마리 뱀은 제각각 색깔이 달랐다. 이네코는 잠에서 깬 뒤에도 제각각의 색깔을 잘 기억했다. 첫째는 까만 뱀이었다. 둘째는 줄무늬 뱀이었다. 셋째는 율모기처럼 빨간 뱀이었다. 넷째는 살무사 같은 무늬가 있는데, 살무사보다 선명한 색깔이었다. 다섯째는 멕시코 오팔이 반짝이며 불꽃이 보이는 듯한 빛깔로 더없이 아름다운 뱀이었다.

"아아! 예뻐라!" 이네코는 생각했다.

어디선가 시노다의 전 아내가 나타나 객실에 앉아 있었다. 젊고 사랑스럽고, 무희 같은 모습이었다.

간다 부인은 현재의 나이, 이네코 자신도 현재의 나이인 것 같은데, 시노다의 전 아내는 이네코가 그녀를 알고 지내던 25년 전보다도 젊었다. 은은히 향기로웠다.

시노다의 전 아내는 무늬 없는 물빛 기모노를 입고 있었다.

모습은 고풍스러워도 머리는 요즘 유행하는 식으로 머리카락을 앞쪽으로 모아 촘촘하게 꾸몄는데, 그 앞머리에 반짝반짝 빛나는 장식이 달려 있었다. 여러 보석으로 만든 큼직하고 둥근 빗이나 작은 보석 왕관 같은 장식이다. 보석은 빨강, 파랑도 있지만 다이아몬드가 가장 많았다.

"아아! 예뻐라!" 생각하며 이네코가 보고 있자니, 시노다의 전 아내는 머리에 손을 가져가 장식을 빼면서,

"이걸 사세요."

그리고 얼굴 앞에 처든 그 머리빗 같은 장식이 가장자리부터 조금씩 꼬물거렸다. 역시나 뱀이었다. 작은 뱀이었다.

거실에서 물소리와 하녀의 목소리가 들렸다. 거실 건너

편 귀퉁이에 부엌이 딸려 있어, 하녀 두 명이 참마를 씻고 있었다.

"제대로 보고 사 오라니까. 너무 굵은 것뿐이잖아." 한 사람이 말하자 다른 한 사람이,

"어머, 너무해. 굵은 게 좋을 것 같아서 골라 사 왔더니, 야단맞네."

거기서 이네코는 잠이 깼다.

꿈속에서 별로 개의치 않았지만, 정원에도 뱀이 가득했다.

"우글우글했어?" 남편이 묻자,

"스무 마리 정도." 이네코는 숫자를 확실하게 대답했다.

또한 객실 안쪽의 별실에는 간다 사장과 사장의 남동생, 그리고 이네코의 남편도 포함된 남자들이 있었던 듯, 이네코는 꿈꾸는 동안 남자들의 말소리가 들리는 기분이었다.

이네코가 꿈 이야기를 끝내고 나서, 이네코도 남편도 잠시 아무 말이 없었다.

"시노다의 전 부인은 어떻게 지내고 있으려나?" 남편이 말했다.

"글쎄, 어떻게 지내고 계실까요?" 이네코도 말하고,

"어디에 계시는 걸까요?"

벌써 25년이나 만나지 못했다. 시노다가 죽은 지도 그 럭저럭 20년이 되었다.

이네코의 남편과 시노다는 대학 동기였다. 이네코는 시노다의 전 아내와 같은 여학교 후배로 귀여움을 받았고, 그녀의 소개로 결혼했다. 그러나 시노다는 전 아내와 곧 이혼했고, 이윽고 재혼했다. 나중 아내와도 이네코 부부는 교제했기 때문에, 전 아내라고 부르는 까닭이다.

전 아내는 이혼과 동시에 이네코 부부 앞에서도 모습을 감추었다. 시노다는 재혼 후 서너 해 만에 죽었다.

이네코의 남편도 시노다와 같은 회사에 근무했다. 두 사람의 취직을, 시노다의 전 아내가 선배인 간다에게 부탁해주었던 것이다.

시노다의 전 아내는 시노다와 결혼하기 전에 간다를 좋아했다. 그러나 간다가 결혼해주지 않아 시노다와 결혼했다.

간다의 아내는 그런 사실을 모른 채 결혼했기 때문에, 시노다 씨의 부인께는 죄송하게 되었다고 예전에 이네코에게도 말한 적이 있었다.

지금은 간다가 사장이 되었고, 이네코의 남편도 같은 회사에 있다.

이네코는 꿈을 애써 해석하려고 하지 않았으나, 마음에 남았다.

가을비

단풍 든 산에 불똥이 떨어지는 환영이, 내 눈 깊숙이 보였다.

산이라기보다 골짜기라고 하는 게 좋을 만큼 그 골짜기는 깊고, 산은 계곡 양쪽으로 깎아지른 듯 우뚝 서 있었다. 머리 위 하늘을 우러러보듯 쳐다보지 않으면, 산 위 하늘은 보이지 않았다. 그 하늘은 아직 파랗지만, 해거름이 밀려드는 기색이 있었다.

계곡의 하얀 돌에도 비슷한 낌새의 빛깔이 있었다. 높은 데서 나를 감싸고 몸에 스며드는 단풍의 고즈넉함이 이른 저녁을 느끼게 하는 걸까. 계곡의 물결은 짙은 감색, 단풍이 물결에 비치지 않는 감색인 것을 내 눈이 미심쩍어했을 때, 그 감색 물 위로 불똥이 떨어지는 게 보인 것이다.

불똥이 비처럼, 가루처럼 떨어져 내리는 게 아니라 그저 물 위에 작은 불덩어리가 반짝거렸다. 그러나 흘러내리는 건 분명하고 그 작은 불똥 하나하나는 감색 물 위에 떨어져 사라졌다. 산골짜기로 떨어지는 동안은 단풍에 불 빛깔이 보이지 않는다. 그렇다면 산 위는 어떤가 싶어 올려다보면, 하늘에서 예상치 못한 속도로 작은 불덩어리들이 떨어지고 있었다. 불덩어리가 움직이기 때문인지 양쪽 산꼭대기를 물가로 삼아, 좁은 하늘은 강물처럼 흐르는 듯 보였다.

교토로 가는 급행열차 안에서 밤이 되어 꾸벅꾸벅 졸기 시작한 나의 환영이다.

15, 16년 전 내가 담석 수술로 병원에 있을 때, 내 기억에 깃든 두 여자아이 가운데 한 사람을 나는 교토의 호텔에서 보기 위해 가고 있었다.

그중 한 사람은 갓난아기. 담즙을 보내는 담관이 없이 태어나, 그런 아이는 1년 정도밖에 살 수 없기 때문에 인공관을 넣어 간장과 담낭을 서로 연결하는 수술을 받았다. 어머니가 그 아이를 안고 복도에 서 있기에 나는 다가가 아기를 보면서 말했다.

"다행이군요. 아기가 귀엽네요."

"고맙습니다. 이젠 오늘 내일 사이 가망이 없다고 해, 집에서 데리러 와주길 기다리고 있어요." 어머니는 조용히 대답했다.

아기는 편안히 잠들어, 동백꽃 무늬가 있는 기모노 가슴팍이 수술 후의 붕대 때문인지 느슨하게 불룩했다.

내가 어머니에게 어설픈 병문안 인사를 건넨 것도 입원 환자들 사이에 오가는 느슨해진 마음 때문이었는데, 이 외

과 병원에는 심장 수술 아이들이 많이 와 있어 수술 전에 복
도를 소란스럽게 돌아다니거나 엘리베이터를 타고 오르락
내리락하며 놀았고, 나도 그 아이들에게 선뜻 말을 걸기도
했다. 다섯 살부터 일고여덟 살짜리 아이들이었다. 선천성
심장 장애를 고치는 수술은 어릴 때가 좋고, 미리 수술해두
지 않으면 젊은 나이에 죽을 염려가 있는 아이들이었다.

그 아이들 중 하나가 특히 내 주의를 끌었다. 내가 엘리
베이터를 탈 때마다 반드시라고 해도 좋을 만큼, 그 아이는
엘리베이터를 타고 있었다. 엘리베이터 구석에 혼자 웅크리
고 앉아, 서 있는 어른들의 발 뒤에서 그 다섯 살짜리 여자
애는 언제나 시무룩해 있었다. 매서운 눈을 그지없이 반짝
거리며 야무진 입을 꼭 다물고 있었다. 나를 돌보는 간호사
에게 물으니, 그 여자애는 매일이다시피 두 시간이고 세 시
간이고 혼자 그렇게 엘리베이터를 계속 탄다고 했다. 복도
의 긴 의자에 앉아 있을 때도 그 여자애는 변함없이 불퉁한
표정이었다. 내가 말을 건네보았지만, 눈빛 하나 움직이지
않았다. "장래가 기대되는 아이로군." 간호사에게 나는 말
했다.

그 여자애가 보이지 않았다.

"그 애도 수술했겠지? 결과는 좋은가?" 간호사에게 물
어보니 "수술하지 않고 돌아가버렸어요. 옆 침대 아이가 죽
는 걸 보고는 싫어, 돌아갈래, 싫어, 돌아갈래, 하며 고집을

부리고 말을 듣지 않았어요."

"흐음. ······그런데, 요절하지 않으려나."

지금은 꽃다운 아가씨가 된 그 여자애를, 나는 교토에 보러 가는 중이었다.

객차의 유리창을 때리는 빗소리에 나는 비몽사몽 눈을 떴다. 환영은 사라졌다. 비가 창문에 부딪히는 걸 나는 깜빡 졸기 시작하면서 알고 있었지만, 이윽고 빗줄기가 창문에 소리를 낼 정도로 세차졌던 모양이다. 창문에 부딪는 빗방울은 물방울 모양 그대로 유리창에 비스듬히 흘렀다. 창문 끝에서 끝까지 가는 것도 있었다. 그리고 흘러내리면서 한순간 멈췄다가는 움직이고 멈췄다가는 움직였다. 나는 그것이 리듬처럼 보였다. 이슬방울의 무리는 나중 것이 앞의 것을 추월하거나 위의 것이 밑의 것보다 아래로 떨어지기도 하고, 한데 뒤엉킨 선을 그리면서 흐르는 리듬에 음악이 들려왔다.

단풍 든 산에 불똥 떨어지는 환영은 적막하여 소리가 없었지만, 유리창을 때리며 흐르는 이슬방울들의 음악이 그러한 불똥 떨어지는 환영이 된 모양이라고 내겐 여겨졌다.

모레, 교토에 있는 호텔의 큰 객실에서 설날 기모노를 보여주는 모임에 나는 포목점으로부터 초대받았는데, 그 모델들 가운데 벳푸 리쓰코라는 이름이 있었다. 나는 그 여자애의 이름을 잊지 않았다. 하지만 패션모델이 되어 있을 줄은 몰랐다. 나는 교토의 단풍을 보기보다도 리쓰코를 보러 왔다.

다음 날도 비가 이어졌고, 오후에 나는 4층 로비에서 텔레비전을 보고 있었다. 이곳은 연회장의 대합실인 듯 두세 쌍의 결혼 피로연 손님들로 붐비고, 몸단장을 한 신부도 지나갔다. 순서가 빠른 신랑 신부가 식장을 나와 내 뒤에서 기념 촬영하는 것을 나는 얼핏 돌아다보기도 했다.

포목점 주인이 거기서 내게 인사를 건넸다. 나는 벳푸 리쓰코가 와 있는지 물었다. 주인은 바로 곁을 눈으로 가리켰다. 비로 희뿌연 창문 앞에 서서 신랑 신부의 기념 촬영을 매서운 눈길로 보고 있는 이가 리쓰코였다. 입술을 꼭 다물고 있었다. 아직 살아 늘씬하게 서 있는 아름다운 아가씨에게 나를 기억하는지, 생각나는지, 말을 건네보고 싶은 마음을 애써 망설였다.

"저이한테, 내일은 모임에서 신부 의상을 입힐 거예요……" 포목상이 내 귓전에 속삭였다.

편지

상쾌한 계절, 한층 건승하시리라고 생각됩니다.

저도 요즘은 아내의 죽음에 갇혀 지내던 날들로부터 쏙 빠져나온 세상에 태어나, 죽은 아내와 생생하고 긴밀하게 노닐기 시작했습니다. 안심하세요.

그런데 죽은 아내 대신 그 집안과 친밀해지고 보니 죽은 아내를 "이모, 이모" 하고 따르는 조카딸이 많은 데에 놀랐습니다. 이 조카딸들에게서 살아 움직이는 아내를 봅니다. 이 아가씨들 중 소질이 있는 두 명에게 죽은 아내가 좋아했음에도 하지 못한 예능과 국문학 연구를 시키면 어떨까 싶어 의논드린바, 부모님도 아가씨도 의욕을 보이기에 서서히 이 두 아가씨를 교육시키는 참입니다. 죽은 아내는 한동안 두 아가씨를 통해 '유희 삼매경'에 빠질 테지요.

죽은 아내의 예능 취미를 이어받을 아가씨는 구메 여사에게 부탁드려, 속요 제자가 될 수 있었습니다. 스승으로부터 각별한 보살핌을 받아 입문한 지 4, 5개월 만에 첫 무대를 밟게 되었습니다. 다소 거문고에 재능이 있었던 게 도움이 되었겠지요. 그런데 이 지나친 보살핌은 스승도 아가씨에게 소질이 있다는 걸 인정한 것이며, 건강하고 성실한 아가씨이니 충분히 재능을 꽃피울 수 있을 것 같습니다. 수재에서 천재로 건너뜀 수 있을지, 이것이 장래의 커다란 시련이라고는 해도 어쨌건 죽은 아내가 이루지 못한 소망의 한 귀퉁이가 현실로 흘러나온 셈입니다. 죽은 아내가 애용하던 상아 기러기발*을 사용해 간진初勸進帳를 켜는 모습을 보고 있노라면 절로 눈물이 흐릅니다.

국문학 연구를 시키려고 한 조카딸은 게이오 대학 국문과에 입학했습니다. 이전에 시가를 짓기도 했는데, 그 시가는 호소미치細道 같으면서도 순수한 면이 있었습니다. 근래 소설을 쓰고 싶다는 말을 꺼내기도 했는데, 이 아가씨의 시가 취향이 소설로 향하기엔 아직 부족한 탓에, 여자가 스물다섯이 되어서도 정말로 소설을 좋아하는지 어떤지 스스로 확인할 수 있을 때까지 기다리라고 타이르고 있습니다.

일전에 아내의 성묘를 마치고 돌아오는 길에 죽은 아내와 함께 진작부터 애써 찾고 있었던 이상적인 아가씨를 발견했습니다. 길에서 우연히 마주쳤습니다. 품격이 있고 너그럽고 아름다운 아가씨입니다. 열여섯이라고 했습니다. 모모야마桃山 시대풍입니다. 마침 부모님이 함께 계시기에 간

---

* 거문고나 가야금 등의 줄을 고르는 기구로 기러기의 발 모양이다. 안족.

곡히 부탁드려 사진을 찍어도 좋다는 승낙을 얻었습니다. 사진의 대가인 가네다 씨에게 부탁드려 아가씨 집으로 사진을 찍으러 갈 것입니다. 사진이 완성되면 보여드리겠습니다. 만약 양가의 조건이 맞으면 며느릿감으로 어떨까 하고, 죽은 아내와 저는 마음속으로 바라지만 남녀 두 사람의 운명을 좌우하는 일인 만큼 허투루 말을 꺼낼 수는 없습니다. 아가씨의 부모님께도 이 말은 하지 않았습니다. 앞으로 이 아가씨가 어떻게 성인으로 성장하는지, 멀리서나마 지켜볼 생각입니다. 죽은 아내는 아가씨의 아름다움을 지켜줄 테지요.

죽은 아내는 이런 식으로 다시 살아 깨우치며 즐기기 시작한 것 같고, 저 역시 어지간히 눈이 팽팽 돌 정도로 분주합니다. 죽은 아내는 현실 속 생활인이라는 느낌이 강해지면서, 저도 죽은 아내와 함께 이 아가씨들의 신상에 따라 움직이게 되었습니다.

죽은 아내를 조문하러 도야마富山현에서 와주었던 선승을 만나고 싶어서 다음 달 초순, 단풍 구경을 겸해 다녀올까 합니다. 이 스님이 조금이라도 불교 냄새를 풍길 것 같으면 한방에 때려눕혀서라도 고쳐줄 작정입니다. 이 청년 스님은 죽은 아내의 영면 통지를 받고 도야마의 시골에서 울면서 나왔다가, 저의 집과 묘지를 방문하고 다시 울면서 돌아갔습니다. 그야말로 눈물 바람이었습니다. 죽은 아내의 묘지

울타리가 서향이라고 하기에 절 마당에다 서향을 심어 죽은 아내를 추모하고 있다고는 했지만, 묘지의 울타리는 붓순나무입니다. 그래서 이번엔 제가 그쪽에 맞추느라 묘지에 서향을 심어주었습니다.

묘지는 저와 죽은 아내에게 랑데부 장소에 불과합니다. 같이 가고 같이 돌아옵니다. 요즘은 삶도 죽음도 그리 모나고 고정된 형태로는 보이지 않고, 구체와 추상에도, 현재도 과거와 미래에도, 두드러진 경계가 없는 듯 느낍니다. 삶과 죽음의 이음매가 없는 죽은 아내의 생명의 은혜가, 둔재인 제게도 내려오는 것이라고 여겨 새삼 보답하고 있습니다.

오랜 교분에 기대어, 죽은 아내로 인해 제게 인연이 닿은 아가씨들 이야기를 잠시 말씀드리고 싶었습니다. 용서하세요.

이웃

"당신들이라면 노인 분들도 좋아하실 테지요." 신혼의 기치로와 유키코를 보고 무라노가 말했다. "부모님은 귀가 전혀 들리지 않다 보니 다소 이상한 구석이 있긴 합니다만, 아무것도 개의치 말아주세요."

무라노는 일 형편상 도쿄로 이사했고, 가마쿠라의 집에는 노부모가 남아 있었다. 노부모는 사랑채에서 지낸다. 그래서 안채를 빌릴 사람을 구했다. 집은 잠가놓는 것보다는 사람이 사는 게 훨씬 낫고, 노인들도 적적하지 않다고 하기에 집세는 그저 시늉으로만 받았다. 기치로 부부의 결혼을 중매한 이가 무라노의 지인이라서 다리를 놓아준 덕분에 기치로는 유키코를 데리고 무라노를 만나러 갔는데, 별일 없겠지, 하고 두 사람은 무난하게 보였던 모양이다.

"귀가 안 들리시는 노인네 분들 옆에 활짝 꽃이 피겠군요. 굳이 신혼부부여야 한다는 생각은 없었지만, 신혼부부가 와서 사시게 되어 낡은 집이나 노인 분들이나 두 분의 젊은 기운으로 환해지는 모습이 눈에 선합니다." 무라노는 이런 말도 했다.

가마쿠라의 그 집은 가마쿠라에 흔한 산골짜기에 있었다. 안채는 방이 여섯이라 신혼인 두 사람에게 너무 넓었고, 게다가 막 이사 온 날 밤은 집과 그 적막한 분위기가 낯설기만 하여 여섯 개의 방 전체에 전등을 밝히고, 부엌이며 현관에도 전등을 켜놓은 채 운동장만 한 거실에 있었다. 가장 널찍한 방인데, 유키코의 옷장, 경대, 침구, 그 밖에 혼례 도구들이 일단 이곳에 부려진 탓에 앉을 자리가 없을 만큼 비좁은 것이 두 사람을 안심시켰다.

유키코는 목걸이로 쓸 잠자리옥玉을 이리저리 배열을 바꿔가며 끼워 맞춰 목걸이를 다시 만드는 참이었다. 유키코의 아버지가 대만에 있던 4, 5년 동안 토착민들의 전통 '잠자리옥'을 200, 300여 개 모아두었는데, 유키코는 결혼 전에 마음에 드는 걸 열예닐곱 개 얻어 목걸이로 꿰어 만들어 신혼여행 때 가지고 갔었다. 아버지의 애장품이었던 터라 유키코는 부모님과 헤어지는 섭섭한 마음을 그 옥구슬에 담았다. 첫날밤을 보내고 난 아침, 유키코는 그 목걸이를 했다. 기치로는 목걸이에 이끌려 유키코를 안고 목에 얼굴을 힘껏 비벼댔다. 유키코는 간지럼을 타고, 소리를 지르며 목을 흔들어 피하려다 옥이 바닥에 떨어져 흩어졌다. 목걸이 줄이 끊어진 것이다.

"앗!" 하고 기치로는 유키코를 놓았다. 두 사람은 쪼그리고 앉아 바닥에 흩어진 옥을 주웠다. 무릎을 꿇은 채 바닥을 기다시피 옥을 찾는 기치로의 모습에 웃음보가 터진 유키코는 갑자기 몸놀림이 나긋나긋해졌다.

그때 주워 모은 잠자리옥을 가마쿠라에 온 날 밤, 새로 꿰어 맞추려는 참이었다. 잠자리옥은 제각기 색깔도 무늬도 모양도 달랐다. 동그란 것, 네모난 것, 가느다란 통 모양도 있다. 색깔은 빨강, 파랑, 자주, 노랑 등 원색이지만 색이 바래 수수하고, 옥에 그려진 무늬도 토착민의 소박함이 묻어나 흥미롭다. 조금씩 서로 다른 옥의 배열 방식을 달리하면, 목걸이의 느낌도 다소 달라진다. 원래 토착민 목걸이용 옥이다 보니, 줄을 꿰는 구멍이 나 있다.

유키코가 이리저리 배열을 바꿔보고 있는데,

"처음 배열 모양은 잊어버렸어?" 기치로가 말했다.

"아빠랑 같이 배열한 거라 다 기억하진 못해요. 기치로 씨가 원하는 대로 새로 꿸 거예요. 지켜봐줘요."

두 사람은 어깨를 부대끼며 잠자리옥을 배열하는 궁리에 시간을 잊고 밤이 깊었다.

"바깥에 뭔가 걸어 다니는 소리 안 나요?" 하고 유키코는 귀를 쫑긋 세웠다. 낙엽 소리였다. 이 집 지붕이 아니라 뒤뜰 사랑채 지붕에 가랑잎이 떨어지는 소리 같았다. 바람이 일고 있었다.

다음 날 아침, 유키코가 기치로를 불렀다.

"와봐요, 어서 와봐요…… 뒤뜰 노인 분들이 솔개를 키우고 있어요. 솔개가 함께 밥을 먹고 있어요."

기치로가 일어나 가보니 화창한 늦가을 날, 사랑채의 장지문을 활짝 열어젖히고 거실에 비쳐드는 햇살 속에서 노인 부부가 식사하는 모습을 볼 수 있었다. 사랑채는 안채의 뒤뜰에서 약간 높다랗고 그 사이에 나지막한 산다화 울타리가 있었다. 산다화가 흐드러지게 피어 사랑채는 그 꽃 저편에 떠 있는 듯 보였다. 양옆과 뒤로 야트막한 산의 곱게 물든 잡목에 파묻힐 듯 자리 잡고 있었다. 산다화에도 잡목의 단풍에도 깊어진 가을의 아침 햇살이 비추어, 그 빛은 구석구석 따뜻이 덥혀주는 것 같았다.

솔개 두 마리가 식탁에 다가와 고개를 들고 있었다. 노인 부부가 접시의 달걀 프라이와 햄을 손수 입에 넣고 잘게 썰어 젓가락으로 집어줄 때마다 솔개는 살짝 날개를 움직여 펼쳐 보이곤 했다.

"아주 익숙해졌군." 기치로가 말했다. "인사하러 가자. 식사 중이지만 괜찮겠지. 귀여운 솔개도 보고 싶고."

유키코는 방으로 들어가 옷을 갈아입고 간밤에 고생해 완성한 목걸이를 하고 나왔다.

두 사람이 산다화 울타리에 다가선 낌새에 솔개 두 마리가 화들짝 날아올랐다. 그 날갯짓 소리가 두 사람의 귀를 놀라게 했다. 유키코는 앗! 하고 솔개가 날아오르는 하늘을 올려다보았다. 산 솔개가 노인들이 사는 곳에 내려와 있었던 모양이다.

기치로는 안채에서 살도록 허락해준 고마움을 공손히 말씀드리고,

"솔개를 놀라게 해서 죄송합니다. 잘 따르네요"라고 말했다. 하지만 노인 부부에게는 전혀 안 들리는 듯하다. 들으려고 애쓰는 기색도 없이 민숭민숭한 표정으로 젊은 두 사람을 바라보았다. 유키코는 기치로 쪽으로 낯을 돌려, 어쩌면 좋으냐고 눈으로 묻고 있었다.

"잘 와주셨소. 할멈, 이렇게 예쁜 젊은 분들이 우리 이웃이 되었구먼." 노인은 불쑥 혼잣말처럼 말했지만, 늙은 아내에게 이 말은 들리지 않는 듯했다.

"이웃의 귀먹은 노인네들은 있어도 없는 셈 친들 상관없어요. 그래도 젊은이들이 보고 싶을 테니 언짢게 여기진 말고, 일부러 숨지도 말아줘요."

기치로와 유키코는 끄덕였다.

사랑채 위를 솔개가 맴도는 듯, 애틋한 울음소리가 들렸다.

"솔개의 식사가 아직 덜 끝났는지 산에서 다시 날아왔군요. 방해될 것 같아서 이만." 기치로는 유키코를 재촉해 자리를 떴다.

나무 위

게스케의 집은 큰 강이 바다로 흘러 들어가는 그 강변에 있었다. 큰 강은 뜰에서 이어졌지만 제방을 높다랗게 쌓았기 때문에 집에서 흐름은 보이지 않았다. 소나무가 죽 늘어선 오래된 물가는 제방보다 훨씬 낮아서, 소나무는 게스케네 집의 정원수 같았다. 소나무 앞에 젖꼭지나무 산울타리가 있었다.

미치코는 그 산울타리를 헤치고 게스케와 놀기 위해, 아니 게스케를 만나러 왔다. 미치코도 게스케도 초등학교 4학년이었다. 대문으로도, 집 뒤 쪽문으로도 들어가지 않고 산울타리 밑으로 빠져나가는 것이 두 사람의 비밀을 만들었다. 여자아이에겐 쉬운 일이 아니어서, 머리와 얼굴을 두 팔로 감싸고 가슴을 숙여 산울타리에 처박다시피 했다. 뜰 안으로 굴러 나오거나 게스케에게 안겨 나오는 일도 있었다.

매일매일 오는 것이 게스케 가족에게 창피하다는 말을 듣고 게스케가 가르쳐준 산울타리 빠져나가기에 대해,

"너무 재밌어. 가슴이 두근두근, 두근두근해." 미치코가

말했다.

　어느 날 게스케가 소나무 위에 올라가 있는 사이, 미치코가 오고 말았다. 곁눈질도 하지 않고 물가를 바삐 걸어온 미치코는 산울타리 앞 늘 빠져나가는 자리에 멈춰 서서 주위를 살폈다. 길게 땋아 늘어뜨린 머리카락을 앞으로 돌려 중간쯤을 입에 물고는, 재빨리 자세를 갖추어 산울타리에 처박았다. 나무 위에서 게스케는 숨을 죽였다. 뜰로 빠져나온 미치코는 그곳에 있어야 할 게스케가 없는 탓에 겁먹은 듯 뒷걸음질하며 산울타리 뒤에 숨었는데, 게스케에게 보이지 않게 되었다.

　"밋짱! 밋짱!" 게스케가 불렀다. 미치코는 산울타리에서 나와 뜰을 둘러보았다.

　"밋짱! 소나무! 소나무 위!" 게스케의 목소리에 올려다보고, 아무 말도 하지 못하는 미치코에게 게스케가 말했다.

　"이리 와. 이리로 와!"

　미치코는 산울타리를 빠져나와 게스케를 올려다보고, "내려와!"

　"밋짱, 올라와! 나무 위는 좋아."

　"못 올라가. 심술쟁이! 남자아이는 심술쟁이. 내려와!"

　"올라와! 나뭇가지가 이렇게 많으니까 여자아이도 오를 수 있어."

　미치코는 그 가지의 상태를 바라보고, "떨어지면 게짱

탓이야. 죽어도 난 몰라." 우선 밑가지에 매달려 오르기 시작했다.

게스케가 있는 가지까지 오르자 미치코는 거칠게 숨 쉬며 "올라왔어! 올라왔어!" 그러고는, 눈을 반짝이며 "무서워! 붙잡아줘."

"응." 게스케는 미치코의 가슴을 꼭 끌어안았다. 미치코는 게스케의 목을 그러안고, "바다가 보여!"

"뭐든지 잘 보여. 강 건너편도, 상류도…… 올라오길 잘했지?"

"좋아! 게짱, 내일도 오르자!"

"응." 게스케는 잠시 말이 없다가, "밋짱, 비밀이야. 난 자주 나무 위에 올라와 있어. 비밀이야. 나무 위에서 책도 읽고 공부도 해. 아무한테도 말하면 안 돼."

"말 안 해." 미치코는 끄덕이고, "어째서 새처럼 되었어?"

"밋짱이니까 말해줄게. ― 아빠랑 엄마가 한바탕 싸웠는데, 엄마는 나를 데리고 자기 집으로 돌아간다고 했어. 난 구경하는 거 싫어서 뜰의 나무 위에 올라 숨어버렸어. 게스케가 없어졌다고 아무리 찾아봤자 보일 리 없지. 아빠가 바다 쪽으로 찾아 나서는 거, 난 나무 위에서 봤어. 지난해 봄이었어."

"어째서 싸운 거야?"

"뻔하잖아? 아빠한테 여자가 있어."

"······"

"그 후로 난 자주 나무 위에 있어. 아빠도 엄마도 아직 몰라. 비밀이야." 게스케는 다짐을 두고, "밋짱, 내일부터 학교 책을 가져와. 나무 위에서 공부하자. 성적이 오를 거야. 뜰의 후피향나무에서. 잎사귀가 많지? 밑에서도 어디서도 안 보여."

두 사람의 나무 위 '비밀'은 얼추 2년간 이어졌다. 굵은 나무줄기가 꼭대기부터 가지를 펼친 자리에서 두 사람은 편하게 지냈다. 미치코는 나뭇가지 하나에 올라타고 앉아, 나뭇가지 하나에 기대었다. 작은 새가 오는 날도, 바람이 잎사귀를 흔드는 날도 있었다. 그다지 높지 않았건만 지상을 완전히 벗어난 세계에 있다고, 어린 연인은 느꼈다.

승마복

런던의 호텔에 도착하자, 나가코는 창문 커튼을 단단히 치고 침대에 쓰러지듯 드러누웠다. 눈을 감았다. 구두를 벗는 것도 잊어버리고 있던 터라, 발목을 침대 가장자리로 내밀어 흔들자 구두는 바닥에 떨어졌다.

일본에서 북쪽을 순회하면서 알래스카, 덴마크를 거쳐 온 비행기, 그리고 나 홀로 여행에서 오는 피로감만은 아니었다. 그 피로감 때문에 여자로서 인생의 피로감, 이구치와의 부부 생활 피로감이 한꺼번에 몰려온 것 같았다.

작은 새들의 지저귐이 연신 들려왔다. 호텔이 네덜란드 공원 옆 한적한 주택가에 있어, 공원의 우거진 숲에 작은 새들이 이토록 많은 거겠지. 도쿄보다 계절은 뒤처졌지만, 5월의 나무들이 움트고 꽃이 피고 작은 새가 지저귀는 런던의 봄이었다. 그런데 창문을 닫고 바깥이 안 보이는 채로 새소리를 듣고 있으니, 먼 나라에 왔다고는 여겨지지 않았다.

"영국 런던이야." 나가코는 자신에게 말해보지만, 일본의 고원지대에 있는 것 같았다. 작은 새들의 지저귐이라면 산인들 상관없지만, 나가코에겐 고원지대가 머리에 떠올랐다. 고원지대에서의 행복한 추억이 있기 때문이다.

— 열두세 살의 나가코는 큰아버지와 사촌 두 사람과 고원 지대의 초록 길을, 말을 타고 달렸다. 그때의 어린 자신의 모습이 눈에 선했다. 나가코는 큰아버지네 밝은 집에 맡겨지고 나서, 아버지와 둘이서 지냈던 그 어둠을 한층 더 잘 알 수 있었다. 말을 타고 내달리면 아버지의 죽음을 까맣게 잊어버렸다. 하지만 그 행복은 길지 않았다.

"나가코짱, 사촌은 안 돼"라는 사촌 시게코의 말에, 그 행복은 상처 입었다. 열네 살이었던 나가코는 시게코의 짧은 그 말의 의미를 이해했다. 사촌 요스케와의 연애나 결혼은 "안 돼!" 하고 시게코가 훈계한 것이다.

나가코는 요스케의 손톱을 깎거나 귀 청소를 해주는 것을 좋아했고, 요스케한테 잘한다는 소릴 듣는 게 기뻤다. 그 일을 할 때 거의 무아지경과 흡사한 나가코의 모습이, 시게코의 비위에 거슬린 것이다. 그 후부터 나가코는 요스케와 거리를 두게 되었다. 요스케와는 나이 차도 많이 나는 데다 나가코는 겨우 소녀라서 결혼 따윈 꿈에도 생각하지 않았지만, 시게코의 말로 인해 숙녀의 마음이 눈떴다. 그 후 오래도록 그것이 첫사랑이었다고 생각하게 되었다.

요스케는 결혼해 따로 가정을 꾸리고, 시게코도 결혼해 집을 나가고 나가코만 집에 남았다. 그것도 시게코의 눈

엣가시려니 싶어, 나가코는 여자대학의 기숙사에 들어갔다. 큰아버지의 말씀대로 결혼을 했다. 남편이 직장을 잃었기 때문에 나가코는 고등학교 입시 학원에 영어를 가르치러다녔다. 이렇게 4, 5년이 지나, 나가코는 큰아버지와 이혼에 대해 의논했다.

"이구치가 아빠를 쏙 빼닮아가는 것만 같아요." 나가코는 남편에 대해 하소연했다. "아빠가 그렇지만 않았더라도 전 이구치를 참고 견딜 수 있을지도 몰라요. 하지만 아빠를 떠올리면 제겐 무능력한 사람과 살아야만 하는 운명 같은 게 늘 따라다니고 있다는 생각에, 안절부절 어쩔 줄 모르겠어요."

이구치와의 결혼에 책임이 있는 큰아버지는 초조해하는 나가코를 보며, 아무튼 일본을 떠나 20여 일이나 한 달쯤 영국에라도 가서 잘 생각해보고 오도록 여비를 마련해주었다.

런던의 호텔에서 작은 새의 지저귐을 들으며 자신의 어릴 적 승마 모습을 떠올리는 사이, 나가코에게 귀울림이 생겼다. 귀울림은 폭포 소리로 변했다. 그 폭포 소리가 콸콸 드높아져 나가코는 "아악!" 소리칠 뻔하다, 눈을 떴다.

—나가코는 빌딩 7층의 중역실에 아버지의 편지를 들고 쭈뼛쭈뼛 들어갔다. 고등학교 때 아버지와 동급생이었다는 그 사람은 나가코를 보고 "너, 몇 살이냐?"

"열한 살이에요."

"흠. 아버지한테 가서 전해. 애 심부름 시키지 말라고…… 아이가 불쌍하다고 말이야……" 그 사람은 언짢은 낯으로 돈을 건네주었다.

빌딩 밑에서 기다리고 있던 아버지에게 나가코는 그대로 말을 전했다. 아버지는 지팡이를 치켜들고 비틀거리면서,

"빌어먹을! 폭포가 떨어지고 있단 말이다. 난 그 폭포를 맞고 있단 말이다." 이렇게 말하고 빌딩을 올려다보았다. 7층 창문에서 아버지 위로, 정말로 폭포가 떨어지고 있는 것처럼 나가코는 느꼈다.

나가코가 아버지의 편지를 들고 가는 회사는 서너 곳쯤 되었다. 아버지의 동급생이 있는 회사였다. 그곳들을 차례차례 돌며 다녔다. 엄마는 아버지한테 정나미가 떨어져 헤어지고 말았다. 아버지는 가벼운 뇌출혈 이후 다리를 절게 되어 지팡이를 짚고 있었다. 폭포가 떨어지는 회사에 간 다음 달 다른 회사에 갔더니,

"혼자 왔을 리 없어. 아버진 어디에 숨은 거냐?" 상대방이 말했다. 나가코는 그만 창문 쪽으로 눈길을 주었다. 상대방은 창문을 열고 아래를 보았는데, "아니! 무슨 일인가?"

그 목소리에 이끌려 나가코도 창문으로 내다보니, 아래 도로에 아버지가 쓰러져 사람들이 에워싸고 있었다. 두번째

뇌출혈로, 아버지는 돌아가셨다. 회사의 높다란 창문에서 폭포가 떨어져 아버지를 돌아가시게 한 것 같다고 나가코는 느꼈다.

이제 막 도착한 런던의 호텔에서, 나가코에게 그 폭포 소리가 들려왔다.

일요일, 나가코는 하이드파크에 가서 연못가 벤치에 앉아 물새를 구경하고 있었다. 말발굽 소리에 뒤돌아보았다. 부모와 아이 둘, 네 사람이 말을 몰고 왔다. 열 살 남짓한 여자아이 그리고 두세 살 더 많아 보이는 남자아이, 그런 아이들까지도 제대로 격식을 갖춘 승마복을 입고 있는 것이 나가코는 놀라웠다. 그야말로 어린 신사, 어린 숙녀의 모습이었다. 말을 타고 내달리는 일가족을 배웅하면서 저렇듯 멋스러운 승마복을 파는 가게를 이 런던에서 찾아, 한번 만져보기나 했으면 싶었다.

까치

오래 사귄 친구인 서양화가가 설경 그림을 두 장 가져
왔기에, 그 그림을 보며 객실에서 이야기하고 있었다. 불쑥
친구가 일어나 복도 끝에서 정원을 보며,

"까치가 와 있군."

"까치가?" 나는 똑같은 질문을 되풀이했다. "저 새, 까치
인가?"

"까치야."

"호오! 가마쿠라에 까치가 있나?" 나는 믿기지 않아 말
했다. 친구는 풍경 화가로 자주 산과 들로 사생 여행을 다녀
서 새에 대해서도 잘 아니까, 분명 까치일까. 하지만 정원에
와 있는 새가 까치라니, 내겐 뜻밖이었다.

단순한 뜻밖이 아니었다. 까치라고 듣자마자 일본의 옛
시가에서 많이 읊은 '까치'를 떠올렸기 때문이다. '까치가 놓
은 다리'도 있다. 칠석날 밤, 은하수에서 만나는 견우와 직
녀를 위해 까치들이 날개를 펼쳐 다리를 만든다.

그 까치가 매일처럼 정원에 와 있다. ── 까치라고 친구

에게 들은 날은 양력 칠석날로부터 대엿새 후였다.

　만약 친구가 잘못 알고 있어서 그게 까치가 아니더라도 나는 손님이 올 때마다,

　"정원에 까치가 와 있어요" 하고 그 새를 보여줄지도 모른다.

　그러나 친구가 "까치야" 하고 복도에서 보고 있을 때 나는 객실에 앉은 채,

　"예닐곱 마리부터 ─ 그래, 열 마리씩이나 자주 정원에 오곤 해." 이렇게 말하면서도 자리에서 일어나 친구와 함께 보려고 하진 않았다. 이미 자주 봐와서 눈에 익은 새이기 때문이다. 복도로 나가 새를 보기보다도, 그 새의 이름을 나는 생각하고 있었다. '까치'라는 이름을 들으면 그 새가 단박에 내 정감에 스며들었기 때문이다. '까치'라는 이름을 알게 된 지금과 알지 못했던 이전, 그 새는 내게 이미 똑같은 새가 아닌 것이다. 여러 사물의 이름에는 이런 효과를 주는 말이 적지 않지만 '까치'라는 단어, 일본 옛 시가의 흐름이 내 안에 떠올라 그리운 여울 물소리도 들릴 듯했다.

　그 새들은 정원에서 늘 봐온 터라 이미 내겐 친숙하다.

　"무슨 새일까?" 지금까지 번번이 나는 집사람에게 말했다. "물까치 같은데 물까치 치고는 너무 큰걸. 무슨 새일까?"

　이름을 알지 못하면서도 그 새들이 매일처럼 정원으로 와주기를, 나는 바랐다. 내년에도 그 뒤로도 해마다 와주기

를 바란다. 그 새는 열 마리 남짓 한 떼로 온다. 정원수에서
잔디밭으로 내려와 먹이를 찾아다닌다. 먹이를 뿌려주고 싶
은데 뭐가 먹이인지 알 수 없다.

우리 집은 가마쿠라 큰 불상 근처인데, 뒤로 작은 산을
등졌고 그 산 깊숙이 산들로 이어져 새들이 찾아온다. 계절
이 되면 작은 새 무리도 건너오지만 우리 집 뒷산에는 오랫
동안 정착해 살고 있는 새도 있다. 참새는 제쳐놓고 솔개,
휘파람새, 소쩍새 등이다. 이 새들은 울음소리로 쉽게 알 수
있고, 그 울음소리를 나는 좋아한다. 제철이 되어 휘파람새
소리를 듣고 소쩍새 소리를 들으면,

"아아, 올해도 있었구나!" 하고 나는 기쁘다. 이 집에
산 지 20년이니까 새들과도 20년 친분이다. 나는 20년 전의
새가 계속 살고 있다고 생각했다. 새의 수명을 생각해보지
않았다. 어느 순간, 자신의 그 멍청함에 나는 느닷없이 찔
렸다.

"휘파람새는 몇 년쯤 사는 걸까? 솔개는 몇 년쯤 사는
걸까?" 나는 집사람에게 말했다. "해마다 똑같은 휘파람새,
똑같은 솔개라고 생각했는데, 사실은 20년 전부터 몇 대째
휘파람새, 몇 대째 솔개일지도 모르지."

이른 봄 휘파람새는 어린아이의 옹알이 같은 울음소리
였다가 날마다 연습을 거듭하면서 휘파람새의 노래로 바뀌
는 걸 나는 매년 들어왔는데, 그건 지난해의 휘파람새가 노

래를 잊어버려 다시 연습을 하고 있었던 걸까? 아니면 올해 태어난 휘파람새가 연습을 시작하고 있었던 걸까?

20년 동안 우리 집 뒷산에서 새들이 태어나 죽고, 태어나 죽고 하면서 그 몇 대째 아이가 정원수에 와서 울기도 하고, 밤이 되어 울기도 하고, 지붕 위를 춤추며 울기도 한 것이다. 그것을 나는 똑같은 새가 20년을 살아 있다고 생각했으니 어찌 된 걸까.

하지만 친구가 이름을 가르쳐주어, 정원에서 낯익은 새가 단박에 나의 정감에 스며든 그 '까치'라는 단어도, 생각해보면 몇 대인지 알 수 없는 옛사람들이 읊은 시가의 마음이다.

까치는 목소리가 나쁘고 가냘픈 모습에 움직임이 다소 차분하지 못하다. 까치의 옛 노래, 「까치가 놓은 다리」와는 연결이 안 되는 느낌이지만, 그걸 연결 짓지 않고선 나는 이미 정원으로 오는 이 새들을 볼 수 없는 걸까.

나의 정원에 와 있는 새들은 자기들이 먼 옛날부터 '까치'라는 이름으로 노래로 읊어졌다는 사실은 알 턱이 없고, 더없이 활기찬데 ─ .

이 새들을 '까치'라고 한 친구는 규슈九州에서 자랐다.

불사 不死

노인과 젊은 처녀가 걷고 있었다.

이 두 사람에게는 기이한 구석이 여럿 있었다. 나이가
얼추 예순 살이나 차이 나는 것을 서로 느끼지 못하는 듯,
연인처럼 다정한 모습이었다. 노인은 귀가 먹었다. 처녀가
말하는 게 전혀 들리지 않는다. 처녀는 자줏빛과 하얀색이
섞인 자잘한 화살 깃무늬 윗옷에 거무스름한 자주색 바지를
입고 있었다. 옷소매는 다소 긴 편이었다. 노인은 잡초 뽑는
여자 같은 옷차림을 하고 있었다. 토시나 각반은 하지 않았
다. 면 통소매와 통바지가 어쩐지 여자용으로 보인다. 홀쭉
한 허리께가 헐렁헐렁하다.

잔디를 조금 걷자, 두 사람 앞에 높다란 철망이 서 있었
다. 똑바로 걸어 나가면 부딪힐 텐데, 연인은 철망도 눈에
안 띄는 모양이다. 두 사람은 멈춰 서지도 않고, 스르르 철
망을 통과했다. 산들바람처럼……

통과하고 나서 처녀는 철망을 알아챘는지,

"어머?" 하고 의아해하며 노인을 보았다. "신타로 씨도

철망을 빠져나왔어요?"

노인에겐 들리지 않는다.

그러나 노인은 철망의 그물코를 그러쥐고,

"이 녀석, 이 녀석!" 흔들어대면서 말했다. 팔 힘이 지
나치게 들어간 나머지, 밀어젖히면서 커다란 철망이 앞으로
움직이는 바람에 노인은 비틀거리고 철망을 붙잡은 채 앞으
로 고꾸라질 뻔했다.

"위험해요, 신타로 씨! 왜 그러세요?" 처녀가 노인의 가
슴을 안아 일으켰다.

"철망에서 손을 떼요…… 이렇게 가벼워지셨네요." 노
인은 간신히 일어섰다. 가쁜 숨을 어깨로 몰아쉬었다.

"어이쿠, 고맙구먼." 노인은 다시 철망의 그물코를 그러
쥐었다. 하지만 이번엔 한쪽 손으로 가볍게…… 그리고 귀
먹은 이가 그러듯 큰 소리로, "난 날이면 날마다 이 철망 뒤
에서 공을 주워야 했었지. 무려 17년 동안이나."

"겨우 17년이 길다고요? 짧아요."

"공을 땅땅, 제멋대로 쳐 날려 보내더군. 철망에 부딪히
면 소리가 나지. 익숙해지기 전엔, 움찔 놀라 목을 움츠리게
돼. 그 소리 탓에, 난 귀머거리가 되고 말았어. 이 녀석!"

골프 연습장에서 공 줍는 사람들의 몸을 보호하기 위
한 철망이니까, 밑에 바퀴가 달려 있어 앞뒤 좌우로 움직일
수 있었다. 코스와 그 옆 연습장 사이에는 나무들이 심어져

있다. 원래 드넓은 잡목림이었으나, 드문드문한 가로수처럼 베어져 남아 있다.

철망을 뒤로하고 두 사람은 걸었다

"그리운, 바다 소리가 들려요." 이 말을 들려주고 싶어서, 처녀는 노인의 귀에 입을 갖다 댔다. "그리운 바다 소리가 들려요."

"뭐라……?" 노인은 눈을 감고 "미사코의, 달콤한 숨결이군. 옛날 그대로야."

"그리운 바다 소리, 안 들려요?"

"바다, 바다라니……? 그리운……? 자신이 몸을 던진 바다가, 어째서 그리워?"

"그리워요. 내가 55년 만에 고향에 돌아오니, 신타로 씨도 와 계시네요. 그리워요." 이제 노인에게는 들리지 않지만, "난 몸을 던지길 잘했어요. 몸을 던졌을 때 그대로, 언제까지나 신타로 씨를 마음에 둘 수도 있고…… 그리고 내 기억도 추억도, 열여덟 살까지밖에 없어요. 신타로 씨는 영원히 젊어요, 내겐…… 그러니까, 신타로 씨 자신에게도 그런 거예요. 열여덟에 몸을 던지지 않고, 지금 고향에 만약 만나러 왔다면, 난 할머니 아닌가요? 싫어요. 만날 수 없어요."

노인은 귀먹은 이가 혼잣말하듯 "난 도쿄로 나갔다가 실패해, 늙은 몰골로 고향에 돌아왔지. 옛날, 나와 헤어지는 걸 슬퍼하던 처녀가 몸을 던진 바다 근처 골프장에서 일하게 해달라고 부탁했지. 울며불며, 동정심으로……"

"이렇게 둘이서 걷고 있는 주변은, 신타로 씨 집안의 산림이었잖아요."

"연습장에서 공 줍는 일밖에 할 수 없어. 꾸부정한 허리가 아프도록…… 날 위해 몸을 던진 처녀가 한 사람은 있었어. 그 바위 절벽은 바로 곁이니까, 비칠비칠해도 뛰어내릴 수는 있어. 그리 생각했지."

"싫어요. 꿋꿋이 살아야…… 신타로 씨가 죽는다면, 신타로 씨처럼 미사코를 생각해줄 사람은 이 세상에 한 사람도 없게 되잖아요. 나도 진짜로 죽어버리는 거잖아요?" 처녀가 매달려 말해도 노인에겐 들리지 않는다.

그러나 매달리는 처녀를 노인은 끌어안고,

"그렇지. 같이 죽자. 이번엔…… 마중을 나와준 게로군."

"같이……? 하지만 살아, 살아서, 신타로 씨는, 날 위해서……" 처녀는 노인의 어깨 너머로 눈길을 주며 들뜬 목소리로,

"어머! 저 큰 나무가, 아직도 있네요. 세 그루 모두 옛날 그대로예요. 그립군요."

처녀가 손으로 가리키자, 노인도 커다란 세 그루 나무에 눈길을 보냈다. "골프쟁이 놈들, 저 나무가 무섭다고 베어내라는 거야. 쳐서 날려 보낸 공이, 저 나무의 마력에 빨려 들어가 오른쪽으로 휘어진다나."

"그런 골프 손님들은, 머잖아 죽어버리겠죠. 수백 년을 서 있는 나무보다 먼저. 사람의 수명도 모르고 하는 소리예요."

"수백 년, 내 조상들이 대대로 소중히 지켜온 나무들이니, 이 세 그루는 베어내지 않는다는 약속을 하고 내가 이곳을 팔았지."

"어서 가요" 하고 서두르는 처녀의 손에 이끌려, 노인은 비틀비틀 나무로 다가갔다.

처녀는 나무둥치 속을, 스르르 빠져나갔다. 노인도 빠져나갔다.

"어머?" 처녀는 미심쩍어 노인을 응시했다. "신타로 씨도 죽은 거예요? 죽었어요? 언제?"

"……"

"죽었군요. 정말로……? 저세상에선 만날 수 없었네요, 신기해요. 자! 한 번 더, 살았는지 죽었는지 알기 위해 나무를 통과해봐요. 신타로 씨가 죽은 거라면, 함께 나무 속으로 들어가버려도 좋아요."

큰 나무 속으로 사라져, 노인도 처녀도 나오지 않았다.

세 그루 큰 나무 뒤로, 가냘픈 나무들 위에는 해거름이 내려앉기 시작하고 바다 소리가 나는 건너편 하늘은 흐릿하니 붉은빛을 띠었다.

월하미인*

월하미인 꽃이 피는 밤에 고미야가 아내의 학교 친구를 여름마다 한 번 초대하는 것도 3년 동안 이어졌다.

첫번째로 온 무라야마 부인은 응접실에 들어오자마자,

"어머! 예뻐라! 정말 멋지네요. 이렇게 많이 피었어요? 지난해보다도……" 멈춰 선 채 월하미인을 보았다. "지난해 엔 일곱 송이였죠? 오늘 밤은 몇 개 피었나요?"

고풍스러운 서양식 목조건물의 널찍한 응접실에는 테이블을 한쪽으로 치우고 한가운데에 둥근 받침대를 내놓았는데, 화분에 심긴 월하미인이 올려져 있었다. 화분은 부인의 무릎보다 낮았지만, 월하미인은 약간 올려다볼 정도로 자라 있었다.

"꿈의 나라의 꽃……, 하얀 환상의 꽃 같아요." 부인은 지난해 여름과 똑같은 말을 했다. 처음 이 꽃을 본 지지난해 엔 똑같은 말을 좀더 감동적인 목소리로……

* 공작선인장의 일종. 밤에 하얗고 큰 꽃이 핀다.

부인은 월하미인에 다가가 한참 더 바라보고 나서 고미야 앞으로 와 초대받은 인사를 했다. 고미야 곁의 여자아이에게도,

"도시코짱, 안녕? 고맙구나. 정말 귀엽게 많이도 자랐네…… 월하미인이 지난해의 곱절로 피었듯이 도시코짱도."

여자아이는 부인의 얼굴을 보았지만 말이 없었다. 수줍어하지도 미소 짓지도 않았다.

"엄청 정성을 들이셨을 테지요?" 부인은 고미야를 향해, "이렇게 많이 꽃피우려면……"

"오늘 밤, 올해 가장 꽃이 많아질 것 같습니다." 그래서 갑자기 오늘 밤 초대했노라고 고미야는 말하려는 것인데, 목소리에 그런 들뜬 기색은 없다.

무라야마 부인이 첫번째로 온 것은 구게누마鵠沼 해안의 거처에서 이곳 하야마葉山까지 가까워서만은 아니었다. 고미야가 먼저 무라야마 부인에게 "오늘 밤"이라고 전화를 걸면, 곧바로 부인이 도쿄의 친구들에게 전화로 권했다. 그 전화의 응답을 부인은 고미야에게 알렸다. 다섯 명의 부인 가운데 두 명은 어렵고, 한 명은 남편의 귀가를 기다리고 있어 결정할 수 없다. 이마자토 부인과 오모리 부인이 온다.

"세 사람? 올해는 줄었네, 하고 오모리 씨가 말하면서 시마키 씨를 데려가도 괜찮아요……? 시마키 씨는 처음인데 우리 반에서 아직 결혼 안 한 사람은 시마키 씨 정도가 아닐

까……” 무라야마 부인이 말했다.

도시코는 의자에서 일어나더니 월하미인 건너편을 지나 나가려는 모양이었다.

“도시코짱!” 부인은 불러 세우고, “같이 꽃구경하자꾸나.”

“피는 거 봤어요.”

“피는 걸 보고 있었어? 아빠랑 둘이서…… 도시코짱, 월하미인 꽃은 어떻게 벌어지는데?”

여자아이는 부인을 뒤돌아보지도 않고 갔다.

산들바람에 흔들리듯 벌어져요, 연꽃 벌어지듯 피지요, 라고 고미야에게서 지지난해 들었던 것을 부인은 떠올렸다.

“도시코짱은 엄마 친구들을 만나는 게 싫은 걸까요? 엄마 이야기를 듣고 싶지 않은 걸까요?” 부인이 말했다. “전 역시 사치코가 여기 있어서, 함께 이 꽃을 보고 싶어요. 사치코가 있으면 고미야 씨는 월하미인 따위 만드시지 않을지도 모르겠지만……”

“……”

지지난해 여름밤, 무라야마 부인은 헤어진 아내를 데려왔으면 좋겠다는 이야기를 하러 고미야의 집에 왔다가 월하미인 꽃을 보았다. 그리고 사치코의 친구들에게도 권유해 꽃을 보러 다시 찾아오겠다, 그 승낙을 고미야에게 구했다.

자동차 소리가 나고 이마자토 부인이 도착했다. 9시 반을 지나고 있었다. 월하미인은 밤이 되면서 벌어지기 시작해, 2시나 3시에는 이미 오그라든다. 하룻밤 꽃이다. 20분쯤 늦게 오모리 부인이 시마키 스미코를 데리고 왔다. 무라야마 부인은 스미코를 고미야에게 소개하고,

"얄미울 정도로 젊죠? 너무 아름다워서 결혼 안 하세요."

"몸이 약했기 때문이에요." 스미코는 말하면서도 월하미인에 눈을 반짝였다. 스미코만 이 꽃이 처음이다. 스미코는 월하미인 앞에 우두커니 서 있는가 하면 천천히 돌며 지켜보고, 다시 꽃에 얼굴을 가까이 댔다.

길쭉한 잎사귀 끝에서 굵은 꽃대를 내밀어 핀 큼직하고 새하얀 꽃은 활짝 열어젖힌 창문으로 들어오는 산들바람에 희미하게 흔들리고 있었다. 꽃잎이 갸름한 하얀 국화나 하얀 달리아와도 닮지 않은, 신기한 꽃이었다. 몽환적으로 떠오르는 꽃 같다. 줄기 셋이 대나무 지지대에 의지해 위쪽으로 짙푸른 잎사귀가 무성하고, 거기에 꽃도 많았다. 선인장 종류라서 잎에서 잎이 나온다. 암꽃술이 길다.

꽃을 유심히 바라보는 스미코에게 이끌려 고미야가 일어나 다가가도, 스미코는 알아채지 못하는 것 같았다.

"월하미인은 일본에서도 지금은 여기저기서 키우기 시작했습니다만, 하룻밤에 열세 송이 꽃을 피운 건 아직 드물 테지요." 고미야가 말했다. "저희 집에선 1년에 예닐곱 차례

꽃을 피우는데, 오늘 밤이 가장 많습니다."

그리고 고미야는 백합을 닮은 큼직한 꽃봉오리를 가리켜, 이건 내일 밤 벌어집니다. 또 잎사귀에 붙은 작은 팥같은 것 몇 개를 가리켜, 이건 잎사귀, 이건 꽃봉오리가 됩니다, 하고 가르쳤다. 이런 꽃봉오리는 피는 데 한 달 걸립니다.

달콤한 꽃향기가 스미코를 감쌌다. 백합 향기보다 달콤하고, 백합처럼 지독하지 않다.

스미코는 의자에 가서도 월하미인에게서 눈을 떼지 못했는데,

"어머! 바이올린…… 누가 켜시는 건가요?"

"우리 애입니다." 고미야가 대답했다.

"아름다운 곡이네요. 무슨?"

"글쎄요."

월하미인에 좋은 반주네요, 라고 오모리 부인이 말했다. 스미코는 천장을 올려다보다가, 정원의 잔디밭으로 나갔다. 아래는 바로 바다였다.

스미코는 응접실로 돌아와 말했다.

"어린 따님이네요. 2층 발코니에서…… 바다를 향하지 않고 바다에 등을 돌린 채 켜고 있더군요. 그러는 편이 더 좋은지……"

땅

1

한 여자가 태양을 입고 발밑에 달을 밟고, 그 머리에 열두 개의 별 왕관을 쓰고 있었다. 이 여자는 아이를 잉태하여 출산의 고통과 고뇌로 울부짖고 있었다.

2

"그 옛날 내가 즐겨 산책하던 물레방아 길을 따라, 언젠가 내가 모르는 사이 아담한 가톨릭교회가 들어섰다. 더구나 원목으로 지은 그 아름다운 교회는, 눈 덮인 뾰족한 지붕 아래 이미 거무스름한 벽 판자를 내보이고 있었다"라고, 호리 다쓰오*의 소설에도 나오는 그 성바오로 교회는 지붕도 노

---

* 堀辰雄(1904~1953): 소설가. 대표작은 『성가족聖家族』『바람이 일다』 등.

송나무 널판자, 내부는 목조 맞배집 구조인 것 같다. 성단聖壇 위의 첨탑, 십자가도 물론 목조다.

3

호리 다쓰오가 그렇게 쓴 지 25년도 넘은 지금, 젊은이와 처녀가 여름 휴양지 가루이자와輕井澤를 한낮 차림으로 걷고 있었다.

"무시무시한 말을 엄마가 듣게 된 건, 이 교회 앞을 지날 때였지." 젊은이는 말하고 멈춰 서서, 교회를 보았다. 처녀도 교회를 보고 나서 젊은이의 얼굴을 보며 말했다.

"하지만 당신은 어머니를 믿고 있어요. 어머니를 믿으니까 확실한 아버지가 있는 거죠."

"……"

"난 엄마를 믿으려고 해도 믿을 도리가 없는, 아빠 없는 아이예요. 완전히 아빠 없는 아이예요."

"자식이 엄마를 믿는대도 확실한 아빠를 알 수 있는 건 아냐. 아빠가 엄마를 믿지 않는다면. 아빠도 엄마를 의심하면, 의심은 끝이 없어."

"그치만 가령 의심한다고 해도 당신에겐 의심할 수 있는 상대로 아버지가 있어요. 난 환상의 아빠도 없어요. 감옥이 아빠일까요?"

"난 아빠를 어디 한 군데 닮은 구석이 없어."

"그래요. 안 닮았어요. 어머니마저, 어디 한 군데도 안 닮았어요."

"어째서일까?"

4

"내 아이가 아냐. 누구 앤지 알 게 뭐야!"

20년 남짓 전에 젊은이의 엄마가 이 교회 앞을 걸어가면서 임신한 사실을 알렸을 때, 젊은이의 아빠한테 듣게 된 무시무시한 말이었다.

한 남자밖에 모르는 어린 처녀는 너무도 놀랍고 두려운 나머지, 증명해 보일 엄두조차 내지 못했다. 남자가 증명을 거부하면 여자는 방도가 없다.

출산한 사내아이를 증명 삼아서, 처녀는 젊은이의 집으로 보여주러 갔다.

"내 아이가 아냐. 누구 앤지 알 게 뭐야!" 젊은이는 거부했다. "음란한 아이일 테지."

처녀는 분노가 치밀어 그 자리에 있던 등산용 나이프로 품 안의 갓난아기를 찔러 죽이려고 했다. 젊은이는 갓난아기를 빼앗아 들고 처녀를 발로 넘어뜨렸다. 처녀는 갓난아기의 아빠를 찔렀다.

그때, 번개에 내비친 듯 그림 하나가 정결한 처녀의 마음을 퍼뜩 스쳤다. 낡은 지하 예배당의, 음란하기 짝이 없는 벽화다. 하얀 뱀 두 마리가 여자의 양쪽 젖가슴에 달려들어 물며 매달리고, 그리스도의 손에 의해 창이 여자의 왼쪽 젖가슴에서 가슴으로 꿰찌르고 있다. 그리스도가 창으로 여자를 찔러 죽이고 있다. — 처녀는 소리쳤다.

젊은이의 상처는 깊었다. 젊은이와 그 가족은 처녀를 용서하기보다 자신을 지키기 위해 온갖 이야기를 꾸며댔기 때문에 처녀는 붙잡혔다.

5

죄수들 틈에 있을 때, 하늘이 열리고 신의 환상을 보았다.

6

젊은이를 찌른 처녀가 있던 감옥에, 질투에 미쳐 애인

을 찔러 죽인 젊은 처녀가 들어왔다. 그녀는 처녀에게 아이
가 있다는 걸 알고는, 무척 부러워했다.

"난 그 사람의 아이를 낳고 싶었어. 이젠 낳을 수 없어.
그 사람을 죽여버렸으니까" 하고 그녀는 처녀에게 매달려
울었다. "난 낳을 수 없어. 평생, 아이를 낳을 수 없어. 어느
누구의 아이도 낳을 수 없어. 난 아이를 낳지 못하는 나이가
될 때까지 오래오래 감옥에 갇혀 있어야 해. 여자로서 사형
이야. 그러니까 아아! 누구의 아이건, 어떻게 해서라도 아이
를 낳고 싶어."

"어떻게 해서라도 괜찮아?"

"누구의 아이건 상관없어."

"그래? 그렇다면 내가 낳게 해줄까……"

"넌 여자잖아."

"난 이제 곧 여길 나갈 수 있으니까 그때까지 기다려.
낳게 해줄게."

7

감옥을 나온 처녀가 감옥에 남은 그녀를 찾아왔다.

그녀는 임신했다.

감옥은 기이하게 술렁거렸다. 그녀는 누구의 아이라고

고백하지 않았다. 할 수조차 없었다. 간수를 비롯한 감옥의 남자들은 죄다 조사받았지만, 이를테면 여죄수의 간수는 여자이고, 그녀에게 접근한 남자는 없었다. 감옥 바깥으로 나갈 통로는 없다.

교도관 수녀는 기적을 보았다고도, 성령이 깃들었다고도, 신의 아이가 태어난다고도 말하지 않았다.

그녀는 감옥 안에서 지극히 평온하게 갓난아기에게 젖을 먹이고 그 처녀에게 감사의 편지를 썼다.

처녀는 두 번 다시 만나러 오지 않았다.

8

옥중 입양되어 행복하게 성장한 아이가 성 바오로 교회 앞을 걷고 있던 처녀다. 지금은 감옥에서 나온 생모를, 처녀는 만나고 싶을 때 자유로이 만나 옥중 출생 이야기를 듣곤 한다.

처녀와 함께 걸었던 젊은이가, 격노한 엄마에게 찔려 죽을 뻔했던 아이다. 아빠는 뉘우쳤고, 엄마를 용서한 뒤 지금껏 부부로 지낸다.

"아빠가 갓난아기를 구하고 자신이 상처 입은 건, 내 아빠였기 때문일까?" 젊은이가 말했다.

땅

"그래요." 처녀는 끄덕였다. "아빠 없는 아이인 나도, 아빠 있는 아이를 낳을 수 있어요."

젊은이도 끄덕이고, 교회 앞의 길을 걸어 나갔다.

9

뱀은 여자 뒤에 물을 강처럼 입에서 토해내어 여자를 휩쓸어버리려고 했다. 그러나 땅은 여자를 구했다. 땅은 그 입을 벌려, 용이 입에서 토해낸 강을 삼켜버렸다.

하얀 말

졸참나무 잎 속에 은빛 태양이 있었다.

문득 얼굴을 들어 올린 노구치는 부신 햇살에 눈을 깜박이고 나서 다시 쳐다보았다. 햇살이 직접 눈에 와닿는 건 아니었다. 햇살은 무성한 잎 속에 깃들어 있었다.

졸참나무치고 이렇듯 굵게 자란 건 없을 텐데, 이렇듯 높다랗게 쭉 뻗은 건 없을 텐데, 싶은 거목을 중심으로 졸참나무 몇 그루가 무리 지어 있다. 저녁 해를 가려준다. 밑가지도 늘어진 게 없다. 여름 저녁 해는 졸참나무 숲 저편으로 기울고 저물어간다.

잎사귀들이 두툼하니 울창하여 이쪽에서는 태양의 형태가 보이지 않고, 우거진 잎 속에 햇살이 펼쳐진 것이 태양이다. 노구치에게는 익숙한 풍경이다. 1,000미터나 되는 고원지대여서 나뭇잎의 초록빛은 서양의 나뭇잎처럼 환하다. 저녁 해를 받으니 졸참나무 잎은 옅은 초록빛으로 투명해진다. 산들바람에 일렁이다, 빛의 잔물결을 반짝거려 보이기도 한다.

오늘 저녁은 졸참나무 잎이 잠잠하고, 울창한 잎 속의 햇살도 고요했다.

　"엉?" 노구치는 절로 소리를 내고 말았다. 어둑한 하늘 색깔이 눈에 띄었기 때문이다. 태양이 아직 졸참나무의 높다란 숲 가운데 있는 하늘 색깔이 아니었다. 해가 방금 저문 것 같은 색깔이었다. 졸참나무 잎 속의 은색 빛은, 숲 저편에 떠 있는 작은 하얀 구름이 석양을 받아 반짝인 것이었다. 숲 왼쪽에 먼 산등성이는 온통 푸르스름한 빛으로 저물었다.

　졸참나무 숲에 깃들어 있던 은색 빛이 스르르 사라졌다. 울창한 잎사귀의 초록빛이 거뭇해졌다. 그 숲의 나뭇가지 끝에서 하얀 말이 튀어나와 잿빛 하늘을 내달렸다.

　"아아" 하고 소리 냈지만 그리 놀라지는 않았다. 노구치에겐 진기한 환영이 아니었다.

　"역시 말을 타고 있군. 역시 검은 옷이야."

　하얀 말을 탄 여자의 검은 옷이 뒤로 기다랗게 펄럭였다. 아니, 치켜올려진 말 꼬리 위에서도 기다랗게 펄럭이는 검은 천의 겹겹은, 검은 옷에 이어져 있지만 검은 옷과는 다른 그 무엇인 듯하여,

　"뭘까?" 노구치가 생각한 그 순간, 하늘의 환영은 사라졌다. 말의 하얀 다리 움직임이 마음에 남았다. 경마처럼 내달리는 모습이지만 발놀림은 완만했다. 그리고 환영 속에서

움직이고 있던 것은 발뿐이었다. 그 발굽이 날카롭고 뾰족했다.

"뒤에 늘어진 검은 천은 뭐였을까? 천이 아니었나." 노구치는 불안해졌다.

── 노구치가 초등학교 상급반일 무렵, 산울타리의 협죽도가 만발한 마당에서 다에코와 여러 모양의 그림을 그리며 놀고 있었다. 말 그림이 되었다. 다에코가 하늘을 내달리는 말을 그렸기 때문에 노구치도 그렸다.

"산을 걷어차고, 신神의 샘을 솟아나게 한 말이야." 다에코가 말했다.

"날개가 없잖아?" 노구치가 말했다. 노구치의 말에는 날개가 달려 있었다.

"날개는 필요 없어." 다에코가 대답했다.

"발톱이 뾰족하거든."

"탄 사람은, 누구?"

"다에코. 탄 사람은 다에코. 분홍색 옷을 입고 하얀 말을 타고 있어."

"흠. 산을 걷어차고 신의 샘을 솟아나게 한 말을, 다에코짱이 타고 있다고?"

"그래. 노구치의 말은 날개가 있는데 아무도 타지 않았네?"

"좋아!" 노구치는 말 위에 남자아이를 재빨리 그렸다.

다에코가 곁에서 바라보았다.

그리고 그뿐, 노구치는 다에코가 아닌 딴 여자와 결혼을 하고 아이가 생기고 나이 들어 그런 일은 잊어버리고 있었다.

그 일을 떠올린 것은 잠 못 드는 한밤중에 느닷없이 그랬다. 아들이 대학 입학시험에 떨어져 매일 밤 2, 3시까지 공부하는 게 신경 쓰여, 노구치는 잠을 이루지 못했다. 잠 못 드는 밤이 이어지는 가운데 노구치는 인생의 쓸쓸함과 맞닥뜨렸다. 아들은 내년이라는 희망을 갖고 밤에도 자지 않는다. 그러나 아버지는 이부자리 위에 하릴없이 일어나 있다. 아들을 위해서가 아니라 자신의 쓸쓸함을 맛본 것이다. 쓸쓸함에 한번 붙잡히자, 그건 저 멀리 물러나지 않고 노구치 깊숙이 사무치게 뿌리를 뻗친다.

노구치는 잠들기 위해 온갖 궁리를 했다. 조용한 공상이나 추억을 그려보기도 했다. 그러다 어느 날 밤 불쑥, 다에코의 하얀 말 그림을 떠올린 거였다. 그 그림은 잘 기억하지 못한다. 아이의 그림이 아니라, 하늘을 내달리는 하얀 말의 환영이 어둠 속에서 눈을 감은 노구치에게 떠올랐다.

"앗! 다에코짱이 타고 있나? 분홍색 옷을 입고."

하늘을 내달리는 말의 하얀 모습은 분명한데, 말 위 사람은 형태도 색깔도 분명하지 않았다. 여자아이가 아닌 듯하다.

그런데 하얀 말의 환영도 허공을 내달리는 속도가 점점 완만해지면서 저 멀리 사라져감에 따라 노구치도 잠 속으로 빨려 들어갔다.

그날 밤 이후 노구치는 하얀 말의 환영을 수면을 부르는 데 사용하게 되었다. 쉽사리 잠 못 이루는 것도 이따금 노구치의 버릇이 되었다. 괴롭거나 고민이 있을 때마다 그게 습관이 되었다.

노구치가 잠 못 이루는 밤을 하얀 말의 환영에 구제받은 지 벌써 몇 년이 되었을까. 그 환영의 하얀 말 모습은 생생하고 선명한데, 그 말을 탄 사람은 어쩐지 검은 옷 입은 여자인 것 같았다. 분홍색 옷을 입은 여자아이가 아니다. 게다가 그 검은 옷차림을 한 여자의 모습은 세월과 더불어 노구치의 환영에서도 나이 들고 쇠약해져 나날이 기이한 모습을 띤다.

— 침상에서 눈을 감고 나서가 아니라, 의자에 앉아 깨어 있는데도 노구치에게 하얀 말의 환영이 보인 것은 오늘이 처음이었다. 환영 속 검은 옷 입은 여자 뒤로 기다란 검은 천 같은 게 펄럭이는 것도 처음이었다. 펄럭인다고 말하기에는 두툼하고 묵직한 검은 그것은,

"무엇일까."

아직 채 저물지 않은 잿빛 하늘, 하얀 말의 환영이 사라진 하늘을 노구치는 계속 지켜보고 있었다.

다에코와는 이미 40년이나 만나지 않았다. 소식도 모른다.

눈雪

노다 산키치는 정월 초하루 저녁부터 3일 아침까지 도
쿄의 고층 호텔에 혼자 숨어 지내는 것이 최근 4, 5년간 거
의 습관이 되었다. 호텔에는 멋들어진 이름이 있지만 산키
치는 '환상 호텔'이라고 부른다.

"아버지는 '환상 호텔'에 계십니다."

산키치의 집으로 새해 인사를 하러 찾아온 손님들에게
그의 아들이며 딸도 이렇게 전한다. 손님들은 산키치의 행
방을 감추는 세련된 속임수로 받아들인다.

"좋은 곳에서 멋진 새해를 맞이하고 계시겠지요"라고
말하는 사람도 있다.

하지만 산키치의 가족도 산키치가 '환상 호텔'에서 환영
을 보고 있는 줄은 알지 못한다.

호텔 방은 매년 정해져 있었다. 눈雪 방이다. 그 몇 호실
인가가 눈 방이라는 건, 사실은 산키치가 자기 혼자 그렇게
이름 붙인 것이다.

산키치는 호텔에 도착하자마자 방의 커튼을 치고 곧장

침대에 누워 눈을 감는다. 그리고 두세 시간 안정을 취한다. 허둥지둥 분주했던 한 해의 피로와 초조 — 그 휴식을 얻으려는 모습이지만, 초조함은 가라앉아도 피로는 오히려 와락 솟구쳐 번져가는 모습이었다. 산키치는 그걸 잘 알고 있어, 도리어 피로의 끝을 기다린다. 피로의 밑바닥에 끌려들어가 머리가 찌릿찌릿 저려올 즈음, 환영이 떠오르기 시작한다.

눈을 감은 어둠 속에 좁쌀만큼 자잘한 빛의 알갱이가 춤추며 흐르기 시작한다. 그 알갱이 하나하나는 속이 비칠 듯 투명한 금빛이다. 그 금빛이 옅은 하얀 빛에 차갑게 얼어붙으면서 알갱이 무리가 움직이는 방향도 속도도 일정해져 가랑눈이 된다. 저 멀리 내리는 가랑눈으로 보인다.

"올해 설에도 눈이 내려주었군."

이렇게 생각하자, 눈은 이제 산키치의 것이다. 산키치의 마음대로 내린다.

산키치의 눈꺼풀 속에서 가랑눈은 가까이 다가온다. 그리고 펑펑 쏟아지는 가운데 가랑눈은 함박눈이 된다. 큼직한 눈송이가 가랑눈보다도 느릿느릿 내린다. 산키치는 소리 없는 조용한 함박눈에 감싸인다.

이제 눈을 떠도 좋겠지.

산키치가 눈을 뜨자, 벽이 온통 눈 풍경이다. 눈꺼풀 속의 눈은 단지 떨어져 내리는 눈송이뿐이었지만, 벽에 보이는 건 눈 내리는 풍경이다.

나목이 대여섯 그루 서 있을 뿐인 드넓은 벌판에 함박
눈이 내리고 있다. 눈이 쌓여 흙도 풀도 없다. 집도 없고 사
람도 없다. 쓸쓸한 풍경이지만 산키치는 23, 24도 남짓 난방
이 된 침대 위에서 눈 쌓인 벌판의 차가움은 느끼지 않는다.
그런데 있는 건 눈 풍경뿐, 산키치 자신은 없다.

'어떤 곳으로 갈까? 어떤 사람을 불러낼까?' 하고 생각하
는 모양이지만, 그건 자신이 아니라 눈이 시킨 듯하다.

내리는 눈 말고는 움직이는 게 없는 허허벌판은 이윽
고 저절로 흘러 내려가, 산골짜기 풍경으로 바뀌었다. 한쪽
산이 드높이 치솟아, 계곡도 그 산자락에 붙어 있었다. 좁은
계곡물은 눈 속에 멈춰 있는 듯이 보이지만, 잔물결도 없이
흘러간다. 물가 둔덕에서 떨어진 눈덩이가 물 위에 뜬 채 흐
르는 걸 보면 알 수 있다. 그 눈덩이는 둔덕에서 불거진 바
위 뿌리에 빨려 들어가 멈춰 있는 사이, 물로 사라져버렸다.

그 바위는 큼직한 자줏빛 수정 덩어리였다.

수정 바위 위에 산키치의 아버지가 나타났다. 아버지는
서너 살쯤 된 어린 산키치를 안고 서 있었다.

"아버지, 위험해요. 그렇게 울퉁불퉁 뾰족한 바위 위에
서 있으면…… 발바닥이 아프잖아요."

쉰네 살의 산키치는 침대 위에서 눈 풍경 속 아버지에
게 말했다.

바위 꼭대기에는 수정이 뾰족하니 솟은 끝이 발을 찌

르듯 무리 지어 서 있었다. 산키치의 말을 들은 아버지가 발을 움직여 조심스레 내딛자, 바위의 눈이 무너지면서 계곡에 떨어졌다. 이걸 본 아버지가 겁먹었는지, 산키치를 껴안았다.

"이처럼 좁은 개울인데도 이런 큰 눈에 절대 파묻히지 않아. 신기한걸." 아버지가 말했다. 아버지의 어깨와 머리, 그리고 산키치를 안은 팔에 눈이 내려 쌓이고 있었다.

벽의 눈 풍경은 바뀌어, 계곡을 거슬러 올라갔다. 호수의 전망이 펼쳐졌다. 깊은 산속 작은 호수지만 그토록 좁다란 계곡의 수원치고는 컸다. 하얀 함박눈은 이쪽 물가에서 멀어질수록 잿빛을 띤 듯 보이고, 두꺼운 구름이 낮게 드리운 것 같았다. 건너편 물가의 산은 희미했다.

하염없이 쏟아지는 함박눈이 수면 위에서 사라지는 걸 산키치가 한참 지켜보고 있는데, 건너편 물가의 산에 움직이는 게 있었다. 잿빛 하늘을 건너 가까이 다가왔다. 새들의 무리였다. 눈 빛깔의 커다란 날개를 지녔다. 눈이 날개가 되었는지, 산키치의 눈앞을 날아올라도 날개 소리는 없었다. 날개를 한껏 유유히 내뻗었는데 날갯짓은 없나? 내리는 눈이 새들을 띄우고 있나?

새를 세어보려는데 일곱 마리였다가 열한 마리였다가, 산키치는 어지럽다기보다 마구 신이 나서,

"무슨 새……? 몇 마리일까?"

"새가 아니에요. 날개에 탄 사람이 안 보이세요?" 눈 새가 대답했다.

"아아, 알겠어." 산키치가 말했다.

산키치를 사랑해준 여자들이 눈 속의 새를 타고 왔다. 어느 여자가 먼저 이야기했던가.

환영의 눈 속에서 산키치는 과거에 자신을 사랑해준 사람들을 마음껏 불러낼 수 있었다. ─ 새해 첫날 저녁부터 3일 아침까지, 산키치는 '환상 호텔'의 눈 방에서 커튼을 치고 식사도 방으로 가져오게 하여 내내 침대에 드러누운 채 그런 사람들을 만났다.

진기한 사람

"오늘 또 진기한 사람을 만났어."

근래 아버지는 학교에서 돌아오면 딸에게 이렇게 말하고 그날 만난 '진기한 사람' 이야기를 하는 일이 거듭되었다. 사흘 혹은 닷새 걸러.

아버지는 사립학교의 국어 교사인데, 정년이 된 후에도 그 학교에서 강사로 근무하고 있다. 두 달 전에 아들이 결혼해 분가한 뒤로는 딸과 단둘이 살고 있다. 아들은 서른셋에 늦은 결혼을 했고, 딸도 스물여섯이다. 아버지는 첫 아내와 4년 만에 헤어져 아이가 없고, 두번째 아내와는 아이 둘을 두었으나 딸이 여섯 살 때 헤어졌다. 그 후 독신으로 죽 지내왔다. 오랫동안 집안일을 도와준 가정부가 있었고, 이 사람을 차라리 주부로 앉히는 게 어떤가 하는 이야기도 친척에게서 나왔지만 아들과 딸이 받아들이지 않았다. 그런 일이 생긴 까닭에, 가정부는 계속 머물기 힘들어 집을 나갔다.

아버지는 아이들이 어렸을 때부터 딸보다도 아들을 귀여워했다. 아들은 여성적이었다. 아버지의 일상용품에도 딸보다 세심하게 신경을 써주곤 했다. 학생 시절부터 멋쟁이여서 자신의 구두와 함께 아버지의 구두를 닦고, 자신의 양복과 함께 아버지의 양복을 다림질했다. 넥타이부터 속옷까지 아버지의 몸에 걸치는 것은 아들이 골라 사 왔다. 아들은 요리도 했다. 부엌에서 아들이 저녁 식사를 준비하는 걸 보며 아버지가 딸에게 너도 좀 거드는 게 어떠냐고 말을 하면,

"좋아해서 하는 거니까 방해하면 기분 상해요." 딸은 차분하게 "오빠를 여자처럼 만들어버린 건 아빠 탓이잖아요?"

"저 앤 어렸을 때부터 엄마 흉내만 냈어."

"오빠는 엄마가 안 계신 게 안타까워서 아빠한테 엄마처럼 해야겠다고 절실히 느꼈는지도 몰라요. 전 그게 못마땅해요."

그리고 아들이 결혼해 분가한 뒤로 늙은 아버지의 쓸쓸한 모습은 딸에게 동정보다도 혐오가 더 클 때가 있었다. 아버지가 그날 매고 나갈 넥타이도 고르지 못해 세 개, 네 개씩 바꿔 매도, 딸은 말없이 바라보곤 했다. 학교에서 돌아오는 아버지의 모습에는 예전보다 부쩍 피로가 묻어났다. 갑자기 늙었다.

"오늘 진기한 사람을 만났어."

아버지의 이 말이 시작된 것은 그때부터였다.

"시골 초등학교에서 같은 반이었던 여자애야. 여자애라 한들 이젠 영락없는 할머니지만, 나이에 비해 나보단 훨씬

젊어 보이더군. 당찬 애였거든. 그 아이에 대해 인상 깊은 장면이 두 번 있어. 옛날 시골 초등학생이었던 우리는 난폭해 학교에서 집으로 돌아가는 길에 여자애 머리채를 잡아당기곤 했어. 남자아이가 한 명씩 여자아이를 넘어뜨려 땅에 늘어뜨린 머리카락을 잡고 질질 끌었는데, 여자아이가 빨리 울음을 터뜨리는 조가 싸움에서 지고, 오랫동안 참는 조가 이기는 거지. 그런데 그 애는 끝까지 울지 않아서 남자아이 대여섯 명 가운데 내가 1등을 했어. 여자아이가 울지 않을까 싶어 표정을 살피며 질질 끌고 있었으니까, 그 애가 치켜 올라간 눈으로, 눈도 깜빡이지 못한 채 꾹 참고 있던 매서운 얼굴을 지금도 기억하지."

수십 년 후에 아버지는 그 아이를 도쿄의 길거리에서 만났다고 한다. 그 아이는 보험회사 중역의 아내로, 물론 손자도 있다고 한다. 아버지는 그쪽에서 먼저 말을 걸어왔다고 한다.

다음으로 아버지가 우연히 만난 '진기한 사람'은 아버지의 고등학교 시절, 전당포 점원이었다. 아버지는 학교 기숙사에 들어갔지만, 그 무렵의 기숙사는 자유로운 편이라 아버지는 방학에 고향으로 갈 때 이불을 전당포에 맡겼다. 히로시마廣島현으로 돌아가는 도중, 교토나 어딘가에 하차해서 하루 구경했다. 기숙사로 다시 돌아올 때는 학비를 받아오니까 전당 잡힌 물건을 다시 찾을 수 있었다.

"기숙사로 그 이불을 짊어지러 와주거나 또 짊어지고 와주기도 했던 점원이야. 지금은 시바^芝에서 여전히 전당포 가게를 갖고 있다더군. 그리워하던걸."

　또한 아버지는 첫 결혼을 중매한 부부를 길에서 마주쳤다고, 학교에서 돌아와 딸에게 이야기했다. 그 아내는 재혼했는데, 고생만 하다가 벌써 10년 전에 죽었다고 한다.

　"짧게나마 부부로 지낸 여자가 죽었는데도 난 아무것도 몰랐어." 아버지가 말했다.

　그 후로도 아버지는 오래전 인연이 닿았으나 지금은 소원해진 사람들을 잇달아 시내에서 우연히 만나는 모양이다. 그럴 때마다 딸에게 이야기를 들려주었다. 대학 친구, 교사가 되고 나서 처음 가르친 학생, 옛날 집주인의 딸, 딸의 엄마의 친구, 옛날 같은 스승 밑에서 함께 퉁소를 배우던 사람, 옛날 등산 친구의 누나, 시골의 마을 사람…… 그러나 그 사람들을 만났다는 아버지의 이야기는 점점 간단해졌다. 딸은 의아하게 생각했다.

　"오늘 또 진기한 사람을 만났어."

　여느 때처럼 아버지는 이렇게 말하고 양복을 벗기 전, 주머니에서 담배와 손수건을 꺼냈다. 단지 옛 친구를 만났다는 것뿐, 그 친구에 대한 설명은 없었다. 딸이 손수건을 주워 들자, 그 안에서 크고 빨간 단풍잎 한 장이 흘러 떨어졌다.

"어머! 예뻐라! 요리 접시에 곁들여 있었어요? 그 친구 분과 저녁을 드셨어요?" 딸이 말했다.

"아니. 바람에 학교 단풍잎이 지고 있었어. 이 잎이 내 머리 위에 떨어졌어. 딱 한 장, 내 머리에 떨어진 잎이야."

아버지가 정말로 이토록 빈번히 '진기한 사람'을 우연히 만나는지, 딸은 확인해보고 싶어졌다. 아버지의 퇴근 시간을 알고 있었기에 딸은 학교 근처 역 뒤에 숨어 기다렸다. 아버지는 바쁜 걸음으로 역에 왔다. 오른손으로 가볍게 신호했다. 아버지가 만난 여자를 보고, 딸은 충격을 받았다. 딸의 엄마였다. 딸은 선 채 꼼짝도 못 했다.

지금까지 아버지가 만났다고 이야기한 '진기한 사람'은 모두 아버지의 거짓말이고 실은 엄마였나, 하고 딸은 생각했다. 아버지는 왜 딸에게 숨기는 걸까? 재혼한 지금, 남편도 아이도 있는 엄마를 위해서일까? 언제부터, 어째서, 아버지는 엄마를 만나온 것일까?

다음번에는 자신도 엄마를 만날 작정으로 딸은 사흘 동안 역으로 나갔다. 엄마는 오지 않았다. 나흘째, 아버지는 역으로 들어오는 아름다운 중년 부인을 보고 걸음을 멈추더니 고개를 갸웃하다 다가가서 말을 걸었다. 부인은 의아한 표정을 지었다. 생각이 안 나는 모양이다. 아버지는 어쩐지 사람을 잘못 본 듯하다. 딸은 아버지에게 달려가고 싶어졌다. 아버지가 만난 '진기한 사람'도 모두 딴 사람이 아니었나

싶어 두려워지면서, 딸의 엄마인 그 여자도 딴 사람인가, 하
는 의심이 솟구쳤다.

짧다, 그러나 여운은 길다

'손바닥 소설Palm-of-the-Hand Stories'*(원제 『掌の小説』)이라니! 이 묘한 장르에 고개를 갸웃하는 사람들이 많은 듯하다. 평론가 요시무라 데지는 이렇게 설명한다. "손바닥 소설, 즉 손바닥에 적어둔 소설 혹은 손바닥에 들어갈 만큼 조촐한 소설로도 해석할 수 있다. 조촐하다는 것은 내용의 단순함, 빈약함을 의미하지 않는다. 또한 흔히 말하듯 소설에 쓰고 남은 찌꺼기 재료로 짓는 것도 아니다. 하이쿠俳句는 가장 짧은 시의 형태지만 장시나 단가 등을 짓고 난 뒤 남은 재료로 완성되는 변변찮은 게 아니다. 빼어난 하이쿠 하나가 우주 하나를 품고 장편 시에 필적할 내용을 지니고 있는 것과 마찬가지로, 손바닥 소설도 그러하다. 풍부한 내용, 복잡한 심리, 인간성에 가닿는 예리함 등, 모든 점에서 보통소설에 뒤지지 않는다."

* Translated by Lane Dunlop & J. Martin Holman(2006). 이 책에는 총 70편이 실려 있다.

그의 알기 쉬운 설명에 전적으로 동감하면서도 '보통소설에 뒤지지 않는다' 정도가 아니다,라고 말하고 싶어진다. 손바닥 소설을 보통소설과 비교하고 있지만, 애당초 손바닥 소설은 보통소설과는 다른 독자적인 위치를 점한다고 봐야 하지 않을까. 마쓰오 바쇼의 독보적인 하이쿠가 하이쿠 그 자체로 존재하듯이.

『손바닥 소설』에 실린 작품들은 가장 짧은 것이 200자 원고지 2매, 긴 것은 32매 남짓하다. 그중 가장 많이 나타나는 길이가 대략 14매, 10매 안팎임을 알 수 있다. 즉 『손바닥 소설』에 실린 작품들 대부분은 길어야 겨우 30매가 될까 말까 한 극히 짧은 이야기다. 하지만 길이가 문제는 아니다.

평론가들은 '가와바타 문학의 고향' 혹은 '가와바타 문학을 여는 열쇠'라는 표현으로 이 소설에 의의를 부여했다. 다이쇼 말기의 초超단편 유행 시기에 여타 작가들의 시도가 지속되지 못한 반면, 오직 가와바타 한 사람만이 세련된 기법을 필요로 하는 이 형식으로 요술쟁이라고 불릴 정도의 재능을 꽃피웠다는 것이다.

작가 자신이 '나의 표본실'이라고 부른 『손바닥 소설』은 중단된 시기도 있었으나, 20대 초부터 60대에 이르기까지 가와바타 전 생애에 걸쳐 집필되었다. 『손바닥 소설』에 기울인 작가의 남다른 애착과 열정은 일반적으로 알려진 총 120여 편, 연구자에 따라 많게는 175편에 이르는 작품 수에서도 고스란히 묻어난다. 소설의 한 형태가 곧 제목인『손바닥 소설』이 가와바타 고유의 소설로서 주목받는 이유는 무엇인가. 이 작품집 속에「동반 자살」「메뚜기와 방울벌레」「석류」등 수많은 명작이 질적인 면에서 높이 평가받고 있기 때문이라는 것은 말할 필요도 없고, 게다가 그 작품 수가 매우 많다(마쓰자카 도시오)는 데서 찾을 수 있을 것이다.

*

가와바타의 '손바닥 소설' 초기 35편은『감정 장식感情裝飾』(1926), 그 후 신작을 포함한 47편이『나의 표본실』(1930), 그리고『가와바타 야스나리 선집』제1권(1938)에 77편이 수록되었다.『가와바타 야스나리 선집』의「후기」에서 작가는 말하길,

　　나의 저작 가운데 가장 그립고, 가장 사랑하고, 지금
　　도 여러 사람에게 가장 보내고 싶다고 생각하는 것은
　　실로 이 손바닥 소설들이다. 이 소설의 작품 대부분은
　　20대에 썼다. 많은 작가가 젊은 시절에 시를 쓰지만,
　　나는 시 대신 손바닥 소설을 썼다. 무리하게 설정된
　　작품도 있으나, 또한 절로 물 흐르듯 쓰인 좋은 작품
　　도 적지 않다. 이제 와서 보건대 이 책을 '나의 표본

실'이라고 하기에 부족함은 있지만, 젊은 날의 시 정신은 꽤 살아 있다고 생각한다.

『손바닥 소설』은 한마디로 '시 소설'이다. 한 편의 소설이 시적 감흥으로 넘친다. 상상력을 자극하고 무한대로 팽창시킨다. 소설은 끝났는데 이야기의 여운이 머릿속에서 떠나지 않고 맴돈다. 그래서일까, 가와바타의 『손바닥 소설』 가운데 몇 작품은 영화화되기도 했다. 「고맙습니다 씨」 (1936)의 원작은 「고맙습니다」, 소설과 동명인 「손바닥 소설」(2010)은 이야기 넷으로 이루어진 옴니버스 영화다. 「웃지 않는 남자」와 「데스마스크」를 합친 이야기 하나, 「고맙습니다」와 「아침 발톱」을 합친 이야기 하나, 그리고 각각 「일본인 안나」와 「불사不死」.

「고맙습니다」는 『손바닥 소설』의 여러 작품 가운데 자주 언급되는 대표작이다. 작가 미시마 유키오도 높이 평가했다고 알려진다. 「고맙습니다」는 어머니가 딸을 팔러 가기 위해 함께 버스를 타는 데서 시작되어, 다음 날 아침 두 사람이 집으로 돌아가기 위해 다시 버스를 타는 데서 끝난다. 그사이에 무슨 일이 있었던 것일까. 어머니가 딸을 팔아야 하는 극도로 비극적인 상황임에도 불구하고 이 짤막한 소설은 더없이 따스하고 훈훈하게 읽힌다. '고맙습니다 씨'로 불리는 선한 운전사에게 마음이 가 있는 딸을 어머니는 굳이 모른 척하지 않는다. 좁디좁은 산길을 달릴 때마다 갓길로 비켜주는 승합마차와 짐수레와 인력거, 심지어 말에게까지 '고맙습니다'를 잊지 않는 '평판 좋은' 운전사가 어머니의 마음에 든 게 분명하다. 그런데 혹시 눈 밝은 독자는 눈치챘을지도! 이 작품에는 독특한 특징이 발견된다.

"올해는 감 풍년이라 산 가을이 아름답다."

소설의 첫 문장이야 거의 모든 작가가 공들이는 부분일 테지만, 가와바타의 그 유명한 『설국雪国』의 서두는 차치하고 「고맙습니다」는 서두 문장과 종결 문장이 동일하다. 흔히 '가을 산'이라고 해버리기 쉬운데 '산 가을'이다. 산 가을이 아름답다. 가을이 아름답다는 건 단풍이 아름답다는 것. 게다가 감 풍년이다. 풍요로운 자연을 만끽할 수 있는 계절이다. 단 한 문장의 자연묘사, 그러고는 인간의 삶이 그려진다. 어머니와 딸의 처지는 아름다운 풍경을 감상하기엔 턱없이 곤궁하다. 어머니와 딸, 운전사 이야기가 그려지고, 마지막에 한 번 더 "올해는 감 풍년이라 산 가을이 아름답다."

작가가 어떤 의도로 이렇게 썼는지 참으로 알 수 없으나, 자연은 자연의 진면목을 최대한 유감없이 드러낼 때 아름다운 게 아닐까, 인간 또한 그 자연 속 극히 보잘것없는 존재로나마 가장 인간다운 삶을 영위할 때 아름다움이 발현되지 않겠는가, 이런 생각을 해보게 된다. 그리고 자연과 인간의 완벽한 조화야말로 이상향이 아닐까 싶다. 「고맙습니다」를 끝까지 읽고 나서 이 마지막 한 문장의 의미를 곱씹으면서 거듭 소설을 읽기 시작하는 것도 좋으리라.

「동반 자살」은 애정의 속박, 허무와 슬픔을 다룬 작품으로 손바닥 소설의 정점에 있다는 극찬을 받는다. 쇼트 쇼트short-short 형식의 소설을 다작한 호시 신이치는 이 작품을 가리켜 몇 번 다시 태어나도 '도저히 쓸 수 없는 작품'이라고 했다. 도망친 남편한테서 소리를 내지 말라는 편지가 날아온다. 아홉 살짜리 딸아이가 내는 고무공 소리, 밥그릇 소리조차 금지시킨다. 반발심이 생긴 아내는 요란한 소리를 일부러 만들어내고, 급기야 남편은 "아무 소리도 내지 마" "호흡도 하지 마"라는 명령조의 편지를 보내온다. 아내와 딸이 죽고 "그리고 신기하게도" 남편 역시 그 옆에 나란히 죽어 있었다는 이야기다. 이 작품에는 원격 투시 같은 심령현상이 효과적으로 사용되어 기이한 사랑의 형태를 드러내고 있다.

자전적인 작품이라면 『손바닥 소설』의 첫번째 「뼈 줍기」를 들 수 있다. 앞을 못 보는 조부의 죽음(화장)에 대해 쓴 '열여덟 살의 문장'이 기술된다. 알려진 대로 가와바타는 어린 시절에 이미 육친을 잇달아 잃는 상실을 겪었다. 16세 때까지 조부와 단둘이 보낸 고독한 시간은 소년에게 일찍부터 삶의 허무를 직감하고 응시하게 만들었으리라고 짐작하게 한다. 그리고 이때 체득된 허무감, 덧없음은 가와바타 문학의 뿌리로 자리 잡게 된다.

작가의 전기적 체험에서 기인된 '죽음의 초월'은 가와바타에게 전 생애에 걸친 과제였다고 할 수 있다. 한때 서양의 심령학에도 관심을 가진 바 있는 가와바타는 이후 불교적인 전세와 내세, 윤회전생輪廻轉生 등의 관념을 통해 죽음, 죽음 이후의 삶을 이야기한다. 작가 나이 64세 때의 작품인 「불사不死」는 50여 년 전 죽은 채 나이를 먹지 않는 여자와 그녀의 연인이었던 노인(두 사람은 예순 살이나 차이가 난다)이 만나 나누는 대화로 이루어진다. 죽음 이후에 마침내 극적으로 이루어지는 꿈. 혹은 또 다른 생.

『손바닥 소설』이 다루는 주제와 소재, 발상, 문체 등의 특징은 바로 가와바타 문학의 원점을 형성한다고 할 만하다. 다시 말해 '가와바타의 모든 것'이 여기에 응축된 것이다. 남녀 간의 미묘한 심리, 부부 사이의 애정 표현, 복잡한 인간 심리, 풍속적인 내용, 새와 짐승을 소재로 삼은 작품, 소년 소녀의 사랑, 자전적인 작품, 윤회 사상, 일상과 이탈, 야성적 미에 대한 동경 등 다채로운 소재와 내용들이 그 어느 소설보다도 실험적인 기법으로 때로는 기괴하게, 때로는 환상적·몽환적인 분위기를 띠며 곳곳에 매복되어 있다.

가와바타는 이야기 하나하나마다 사랑과 이별, 꿈, 고독, 죽음, 젊음과 늙음 등 어느 누구도 피해 갈 수 없는 삶의 한 갈피씩을 냉혹하고 적나라하게, 동시에 따듯하고 유머

러스하게 펼쳐 보인다. 『손바닥 소설』은 '손바닥만 한 길이'
라는 특성상 한층 간결하고 섬세하게, 함축적인 울림으로
독자에게 말을 건넨다. 작품의 여백은 당신의 몫일지도 모
른다.

　"국경의 긴 터널을 빠져나오자, 눈의 고장이었다. 밤의
밑바닥이 하얘졌다"로 시작되는 『설국』에서 겹겹이 감춰
진 상징적이고 감각적인 표현을 구사한 가와바타의 문체는
『손바닥 소설』에서도 생생히 빛을 발한다. 『손바닥 소설』
에 실린 각 작품의 발표 시기와 같은 시기에 발표된 중·단
편 소설들의 주제 및 발상이 서로 호응 관계에 있다는 점,
스토리 중심의 소설이라기보다 시적인 서정성이 돋보이는
『설국』이 여러 '손바닥 소설'로 구성되어 그 기법의 특징을
드러낸다는 점에도 주목할 필요가 있다. 『손바닥 소설』이
가와바타 문학 세계가 품은 시혼詩魂의 전형인 동시에 정수
라는 평가가 과하지 않음을 새삼 확인하게 된다.

＊

　신기하게도, 일상이 심드렁할 때 가와바타의 문장을
읽으면 정신이 말갛게 트이는 짜릿함을 맛본다. 뭉툭
해진 감각이, 무뎌진 신경이 서서히 기지개를 켜고
일어서며 푸른빛으로 벼려지기 시작한다. 그런 느낌

이다. 가와바타의 『손바닥 소설』은 '손바닥만 한' 길이의 제약을 떨치고 단숨에 시공간을 초월한 거대하고 무한한 상상력의 세계로 우리를 안내한다. 당신도 그 초대를 마음껏 즐길 수 있기를.

2009년 가을, 『손바닥 소설』을 우리말로 초역·소개하는 글에서 나는 이렇게 썼다. 당시 신초문고(新潮社, 1989)에 실린 122편 가운데 절반쯤인 68편을 선별·번역해서 책이 나왔는데, 이번 스펙트럼 시리즈 합류를 계기로 완역을 감행했다. 두 권으로 묶인 작품의 분량을 보니, 처음부터 완역을 기획했다면 영 엄두가 나지 않았을 성싶다. 12년 전이나 지금이나, 『손바닥 소설』은 변함없이 푸릇푸릇 감각이 번득인다. 작품 순서와는 무관하게 그때그때 제목에 끌리는 대로, 손에 잡히는 대로 읽어도 충분히 좋겠다.

한층 새롭고 알찬 모습으로 『손바닥 소설』을 다시 내놓게 된 데는 한결같은 문지 편집부의 응원의 힘이 컸다. 아울러 이 범상치 않은 소설에 각별한 애정을 보여주신 모든 분께 감사의 마음을 전하고 싶다.

2021년 봄
유숙자

작가 연보

1899   6월 14일, 오사카에서 태어남. 부친은 개업 의사.

1901   부친 에키치 사망. 외가로 거처를 옮김.

1902   모친 겐 사망. 조부모에게 맡겨짐.

1906   조모 사망. 도요카와 고등소학교에 입학.

1909   누나 요시코 사망.

1912   오사카 부립 이바라키 중학교에 수석으로 입학. 이때부
        터 소설가를 지망.

1914   조부 사망. 홀로 남은 가와바타는 외가 친척들에게 맡
        겨짐. 조부의 임종을 지켜보며 쓴 일기를 후에 『16세의
        일기』(1925)로 발표.

1917   3월, 중학교 졸업. 9월, 제일 고등학교에 입학해 기숙사
        생활을 함.

1918   가을, 처음으로 이즈를 여행. 이때의 체험을 바탕으로
        소설 「이즈의 무희」(1926)를 씀. 이후 약 10년에 걸쳐
        해마다 이즈에 장기 체재함.

1920   도쿄제국대학 문학부 영문학과에 입학. 이듬해 국문학

과로 전과.

1921   소설「초혼제 일경」발표, 호평을 받음. 제6차『신사조
       新思潮』발간.

1923   5월,「장례식의 명인」을『문예춘추』에 발표.

1924   3월, 도쿄제국대학 국문학과 졸업. 졸업 논문은「일본
       소설사 소론」. 9월, 신진 작가들이 모여『문예시대』창
       간, 신감각파 운동을 시작.

1926   「이즈의 무희」를『문예시대』2, 3월호에 발표, 출세작
       이 됨. 6월, 첫 창작집『감정 장식』출간.

1929   4월,「시체 소개인」을『문예춘추』에 발표.『가와바타
       야스나리 작품집』출간.

1930   4월, 신흥예술파 총서『나의 표본실』출간.

1933   「이즈의 무희」영화화. 6월, 단편집『화장과 휘파람』
       출간. 7월,「금수禽獸」를『개조』에 발표.

1934   5월, 수필「문학적 자서전」을『신조』에 발표. 6월, 처
       음으로 에치고 유자와를 여행,『설국』의 주인공 고마
       코의 실제 모델인 마쓰에를 만남. 12월,『서정가』출간.

1935   1월, 문예춘추사에서 아쿠타가와 류노스케芥川龍之介
       문학상을 제정, 선정위원이 됨.「저녁 풍경의 거울」을
       『문예춘추』에 발표(이 작품과 그 후 연작 형태로 쓴 단
       편들을 모아 1937년 6월『설국』으로 출간, 이어 1948
       년 12월 완결판『설국』을 출간).

1940   2월,『꽃의 왈츠』출간.

1941   『만주일일신문』의 초청으로 만주 방문. 태평양전쟁 발발. 12월, 단편집『사랑하는 사람들』출간.

1948   5월부터『가와바타 야스나리 전집』(전16권)을 신초샤에서 간행(1954년 완결). 일본 펜클럽 회장에 취임. 12월, 완결판『설국』출간.

1949   5월,「천우학」발표(이후 연작 형태로 단편을 써서 1951년 10월에 완결). 9월,「산소리」발표(이후 연작 형태의 단편들을 모아 1954년 4월에 출간).

1952   2월,『천우학』출간. 이 작품으로 예술원상 수상.

1953   「천우학」영화화. 예술원 회원으로 추대.

1954   「산소리」영화화. 4월,『산소리』간행으로 제7회 노마 野間 문예상 수상.

1957   4월,『설국』영화화.

1958   3월, 기쿠치 간菊池寬 상 수상. 9월, 독일 프랑크푸르트의 국제 펜 대회에서 괴테 메달을 받고 국제 펜 부회장 가운데 한 명으로 추대. 담석증으로 도쿄대학 병원에 입원.

1960   1월부터「잠자는 미녀」를『신조』에 연재(이듬해 9월 완결). 프랑스 정부로부터 예술문화훈장을 받음. 7월, 브라질 국제 펜 대회 출석.

1961   11월, 제21회 문화훈장 수상.『잠자는 미녀』로 마이니

치 출판문화상 수상.

1962   6월, 『고도古都』 출간.

1965   10월, 일본 펜클럽 회장 사임.

1967   2월, 중국 문화혁명에 반발해 학문과 예술의 자유 옹
        호를 위한 성명을 아베 코보, 미시마 유키오 등과 함께
        발표.

1968   노벨문학상 수상. 12월, 스웨덴 스톡홀름의 수상식에서
        「아름다운 일본의 나—그 서설」이라는 제목으로 기념
        강연. 『잠자는 미녀』 영화화.

1969   4월, 『가와바타 야스나리 전집』을 신초샤에서 간행 개
        시(1974년 3월 완결).

1970   6월, 대만에서 개최된 아시아 작가회의에 참석하여 강
        연. 이어 서울에서 개최된 국제 펜클럽 대회에 참석. 9월,
        「대만·한국」을 『신조』에 발표.

1971   8월, 『결정판 설국』 출간. 12월, 「시가 나오야」를 『신
        조』에 연재(1972년 3월까지). 일본 근대문학관 명예관
        장으로 추대.

1972   3월 7일, 급성 맹장염으로 입원하여 수술을 받고 15일
        퇴원. 4월 16일, 즈시 마리나 맨션에서 스스로 생을 마감.

1973   3월, 가와바타 야스나리 문학상 제정.

1985   5월, 이바라키 시립 가와바타 야스나리 문학관 개관.